고창근 소설집

나는 날마다
칼을품고산다

2015 문학마실

국립중앙도서관 출판예정도서목록(CIP)

나는 날마다 칼을 품고 산다 : 고창근 소설집 /
지은이: 고 창근. -- 상주 : 문학마실, 2015
   p. ;   cm

ISBN 979-11-951187-6-2 03810 : ₩15000

한국 현대 소설[韓國現代小說]

813.7-KDC6
895.735-DDC23   CIP2015019193

고창근 소설집

나는 날마다
을품고산다

고창근 소설집
나는 날마다 칼을 품고 산다
2015년 7월 20일 발행
2015년 7월 25일 1쇄 펴냄

지은이 - 고창근
펴낸이 - 고창근
펴낸곳 - 문학마실
홈페이지: http://cafe.daum.net/mhmasil
출판신고번호 - 제 511-2013-000002 호
주소 - 경북 상주시 구두실길16-1(인평동)
전화 - 010-9870-0421
전자우편 - sgamm@hanmail.net

ⓒ 고창근, 2015
ISBN 979-11-951187-6-2 (03810)

– –

값 15,000원

<작가의 말>

소설집을 내기 위해 4년 동안 여기저기 발표한 단편소설들을 모아보니 12편이 되었다. 다시 읽어보니 4년 동안 내가 어떤 생각을 하며 살아왔는지 새삼 알게 되었다.

숨 막히는 자본주의 사회를 살아가는 중년남녀들의 힘겨운 삶과 가슴속에 숨겨진 은밀한 욕망이랄까.

자본주의 사회의 부속품이 되어 존재감을 잃고 살아가는 중년남녀들, 내 소설의 주인공이었던 그들과 나는 4년 동안 동고동락한 셈이었다.

어쩌면 나는 어디에 있고 어디로 가고 있는가, 이런 물음을 나에게 던지고 싶었는지 모른다.

2015년 여름 주막듬에서

고창근

차 례

응망(應望)

아내는 집을 떠났다. 사랑하는 사람이 생겼다고 했다. 평소처럼 차분해 보였다. 어젯밤 미리 짐을 싸놓았는지 아침을 먹자마자 여행용 가방을 들고 현관문을 나섰다.

아침부터 날씨가 무더웠다. 장마가 끝나고 전국의 대부분 지역에 폭염 특보가 내려졌고 매일 열대야가 나타났다.

*

농업기술센터에서 양봉농가 150여 명을 대상으로 꿀벌사양 및 계상관리를 위한 기술교육 특강을 하였다. 시장은 인사말을 1시간 동안이나 하였다. 과수농가와 양봉농가간의 협의체를 구성해서 농약으로 인한 피해를 최소화하고 상생 발전해야 한다는 말을 했다. 나는 뻑뻑한 눈을 손바닥으로 비볐고 교육생들은 하품을 했다. 내가 특강할 시간보다 길어질 참이었다. 단상에 올라가 멱살이라도 잡고 끄집어내리고 싶은 충동을 가까스로 참았다. 시장의 끝날 듯하던 인사말이 또

이어졌다. 양봉농가는 지속적인 기술교육과 로열 젤리, 봉독 등 기능성 양봉산물 생산을 통한 소득원의 다변화에도 많은 노력이 필요하다고 했다. 누구나 다 필요성을 느끼는 얘기였고 이미 일부는 시도하고 있는 바였다.

시장의 인사말이 끝나고 내가 특강을 했지만 강의는 종종 맥이 끊겼고 중심을 잡지 못 해 갈팡질팡했다.

"……벌 중에서 열심히 하는 벌들은 20%에 지나지 않습니다. 그러니까 20%의 벌이 꿀의 80%를 생산하는 거지요. 나머지 80%의 벌들은 20%밖에 생산 안 한다는 것입니다. 20%의 벌들만 죽어라 일한다는 의미입니다……."

나는 하마터면 인간 사회도 그와 같다는 말을 덧붙일 뻔했다. 죽어라 일하는 사람 따로 있고 일하지 않고 물려받은 재산으로 땅 투기나 하며 빈둥거리고 노는 사람들 따로 있다는 말이 입안에서 맴도는 것을 억지로 목구멍 안으로 집어넣었다.

제일 앞줄에 앉은 젊은이가 그러면 그 벌의 20%만으로 양봉을 치면 더 효율적이지 않느냐고 물었다. 나는 고개를 저었다. 실험 결과 그 20%를 모아 집단을 만들었더니 그 집단은 또다시 20%만 일하고 나머지 80%는 빈둥거리는 현상이 일어났다고 말했다. 마찬가지로 빈둥거리던 80%의 벌들로 집단을 만들어 놓아도 또다시 20%만 일하고 80%는 게으르게 일한다는 연구 결과가 있다고 말했다. 나는 말하면서도 창밖으로 눈을 흘끗거렸다. 창밖은 무더위로 하얀 막이 쳐진 것 같았다.

다들 지친 표정들이었고 이제 끝내야겠다 생각하던 참인데 오십대가 손을 들고 일어섰다. 농업센터 직원이 재빨리 마이크를 갖다 주었다. 나는 눈을 끔벅이며 그를 바라보았다.

"근데요. 아까 수벌이 짝짓기가 끝나면 다 죽는다고 했잖아요. 그건 왜 그렇지요?"

수벌의 행태에 대해 자세히 얘기하려다 그냥 간단하게 넘어간 부분이었다. 당기지 않는 질문이었다. 나는 대답 않고 넘어가려다 다시 마이크 앞으로 갔다.

"일벌은 꿀을 따오고 꽃가루도 수집하여 벌들을 치송할 뿐만 아니라 적이 침입하려 할 때는 죽을힘을 다해 싸우지요. 그러나 수벌은 일은 거의 안 합니다. 평상시엔 거들먹거리고 유유자적 놀기만 합니다. 그러다 새로 탄생한 여왕벌이 수정의 필요성을 느낄 때 하늘에서 여왕벌과 교미를 합니다. 교미한 수벌은 정자 주머니 자체를 여왕벌에게 주고 죽지요. 교미를 하지 못 한 수벌은 패잔병처럼 벌통으로 돌아갑니다. 근데 이게 말이지요, 그때부터 수벌의 생활은 말이 아닙니다. 일벌들의 따가운 눈총을 받을 뿐만 아니라 심하면 구타를 당하고 죽임을 당하기도 합니다. 특히 겨울이 올 무렵이면 벌통 안에 꿀이, 그러니까 양식이 없어질 때면 수벌들은 쫓겨나 떠돌다 죽고 말지요."

나는 이쯤에서 컵에 든 물을 마셨다. 일순 양봉농가들은 조용했다. 나는 고개를 들어 쭉 둘러보았다. 이쯤에서 끝냈으면 좋겠다는 생각이 들었다. 더 얘기할 기운도 없었고 의욕도 없었다. 또 한 사람이 일어섰다. 이번엔 육십대로 보였다.

"근데요, 벌들이 갑자기 사라지는 이유는 뭡니까? 그냥 뒀는데 다음날 보니 벌통에 벌이 한 마리도 없더라고요. 분봉도 아니고."

육십대의 말에 여러 사람들이 고개를 끄덕였다.

"그런 경우가 학계에 보고되긴 했습니다만, 아직 이유는 정확하게 밝혀지진 않았습니다. 인간들이 쓰는 휴대전화 같은 전자파의 교란으로 벌들이 방향 감각에 혼란을 느껴 꿀 따러 갔다가 돌아오지 못 하는 경우가 가끔 있다는 보고도 있습니다. 하지만 제 생각엔 아마도 벌통의 습도나 온도가 맞지 않기 때문에 더 좋은 자리로 옮기지 않았나 싶습니다. 오늘은 이것으로 마치도록 하겠습니다."

나는 서둘러 말을 마쳤다. 몇 사람이 박수를 쳤고 아쉬운 듯한 표정을 짓던 사람들도 박수를 뒤따라 쳤다. 나는 사무실에 들러 통장 계좌번호를 가르쳐 주곤 집으로 곧장 왔다.

역시 아내는 없었다. 아침에 여행 가방을 들고 떠나버렸으니 괜한 바램이었는지 몰랐다. 순간 더 좋은 자리로 옮기는 벌들이 떠올랐고 일벌들에게 구박받는 수벌을 생각했다. 둘 다 영 개운치 않은 뒷맛을 남겼다. 나는 머뭇거리다 아내 방으로 들어갔다. 일인용 침대 중앙엔 시트가 말려 있어 아내가 누웠던 표시가 났다. 침대 옆의 일인용 소파에 앉았다. 창 쪽에 있는 화장대가 눈에 띄었다. 화장품이 그대로 있었다. 아내는 떠나면서 왜 화장품을 가져가지 않았을까. 고개를 뒤로 젖히고 뻑뻑한 눈을 감았다. 아내는 떠났다. 아무 얘기도 없이 집을 나섰다가 들어온 지 6일만이었고 내리 3일 동안 잠만 자고 일어난, 오늘 아침이었다.

아내는 몇 개월 전부터 온전하게 자신의 시간을 갖고 싶다고 했다. 문화센터에 나간 지 여러 달이 지났을 무렵이었다. 나는 무슨 말이냐고 물었고 아내는 일주일에 딱 한 번만이라도 자신만의 시간을 갖고 싶다고 했다. 아내는 일주일에 하루 밥도 하지 않고 집안 청소를 하지 않았다. 방 안에 처박혀 하루 종일 밖으로 나오지 않거나 새벽에 집을 나가 밤늦게 들어오곤 했다.

*

먼저 당신에게 미안할 따름입니다. 하지만 이렇게 할 수밖에 없는 저를 용서해 주세요.

일전에 당신에게 말했지요. 통하는 사람이 생겼다고요. 그러나 당신은 누군지 묻지도 않고 그거 잘 되었데, 그랬죠. 그래요. 당신이 권한 문화센터에서 만난 사람이에요. 이제 와서 고백합니다만 제게 그림을 가르치는 화가입니다. 아마도 당신은 놀라시겠지요.

저는 당신과 결혼하면서 적성에 맞지도 않는 교사직을 그만둔 후 계속 살림만 했지요. 처음엔 당신이 출근한 후 청소를 하고 난 뒤 거실에 앉아 창밖을 보며 커피를 한 잔 마시면 행복했어요. 그리고 책을 읽기도 하고 드라마를 보기도 했습니다. 나름대로 행복했지요. 결혼 다음 해에 아기가 태어났고 아무 탈 없이 잘 컸지요. 대학도 당신의 전공을 따라 들어갔고요.

제가 살면서 나름 뭔가 해야겠다는 생각이 든 적은 없었습니다. 그냥 주어진 대로 살아왔다는 느낌입니다. 어릴 때나 학교 다닐 때는 모범생이었으며 대학은 학력고사 성적대로 들어갔고 책 읽기를 좋아한다는 이유만으로 별 생각 없이 국문학을 전공했고요. 대학 때 교직 강의를 들은 덕분에 졸업하면서 중등교사 2급 자격증을 땄고 곧장 사립학교에 국어 교사로 들어갔지요. 요즘엔 하늘의 별따기라는 교사를 그때는 별로 힘들이지 않고 할 때였지요. 그러다 결혼하자마자 그만두었고요. 당신에게 왜 이런 말하냐면 전 그렇게 평범하게 살아왔다는 것입니다. 당신에게도 불만이 없었고 나 자신에게도 불만이 없었지요. 당신은 가정적이지 않았지만 교수로서 벌에 대해 열심히 연구하시는 모습이 보기 좋았습니다. 다만 당신이 그토록 신경을 써서 연구하시는 벌에 대해 나한테는 한 번도 얘기를 한 적이 없었지요. 좀 아쉽기는 했습니다.

그러다 아이는 대학을 가고 저는 좀 따분하다는 생각을 했습니다. 그렇다고 뭐 심하지는 않았고요. 여전히 당신이 출근하고 나면 청소를 하고 거실에 앉아 커피를 마시며 책을 읽었지요. 오후엔 수영장에 다녀온 후 뒷산에 산책을 가기도 했고요. 그러던 어느 날이었지요. 평소처럼 청소를 끝내고 당신과 나의 속옷을 손빨래한 후 느긋하게 커피를 한 잔 마시는데, 글쎄, 눈물이 핑 도는 거예요. 아무 이유도 없었어요. 그냥 창밖을, 바람에 이리저리 흔들리는 나뭇잎을 바라보고 있었지요. 원, 이거 참. 나는 손등으로 쓰윽 닦은 후 커피를 한 모금 마시는데, 글쎄, 목이 콱 메이는 거예요. 나는 사례가 들려 켁켁거렸지요. 한참동안 켁켁거리는데 눈물이 왈칵, 쏟아지더라고요. 고개를 드니 창밖의 햇살이 나뭇잎에 떨어져 하얗게 빛나더군요. 조금 지나 아무 일도 없었듯이 평상시로 돌아왔습니다. 아마 그 무렵이었을 거예요. 당신이 문화센터에 한 번 나가보라고 권한 거요. 당신 보기에도 내가 좀 불안해 보였나봐요. 저는 뭘요, 그냥 이대로가 좋아요, 그랬지요. 맞아요. 전 별로 배우고 싶은 것도, 하고 싶은 것도 없었지요. 그러다 우연히 여성회관 문화센터에서 서양화 강좌를 연다는 알림판을 보았어요. 저기 한 번 나가볼까. 저는 그렇게 문화센터에 그림을 배우러 나갔습니다. 유화 물감과 붓, 팔레트와 앞치마 이젤을 사자 저는 기분이 좋았습니다. 처음엔 크게 내키지 않았는데 이 나이에 새로운 것을 한다고 생각하니 기분이 좋아졌습니다.

저는 그때 당신에게 고백했듯 마음이 통하는 사람을 만난 것입니다. 아까 말씀드렸지만 문화센터의 서양화반에서 저에게 그림을 가르치는 사람입니다. 여성회관에서 15명 정원에 13명이 매주 화요일 오후 2시에 그림을 그렸는데, 그리고 나면 꼭 뒤풀이를 하였지요. 화가의 화실에 가거나 찻집에 가서 수다를 떨었지요. 사실 저는 공부 못하는 학동처럼 그림 그리는 것보다 뒤풀이를 더 재미있어 했습니다. 거기서 그림에 대해 많은 얘기를 나누었으니까요. 그림 그리는 시간엔 기교만 배우는 시간이었고요. 화가는 그림 그리는 자세에 대해 많은 얘기를 했는데 그 중에서도 이런 말이 가장 기억에 남습니다. 욕망에 충실하라. 자신의 욕망에 솔직하지 못 하면 그림도 가짜 그림이 된다나요. 남의 시선에 아랑곳 말고 마음이 가는 대로 붓을 움직이라고 했습니다. 그 분은 주로 인물화를 그리는데 매번 풍경화를 그리는 저희들에게 좀 답답함을 느끼시더라고요. 저는 그 말이 좋았어요. 욕망에 충실하라.

그러던 어느 날이었지요. 문화센터에서 그림을 미처 다 그리지 못한 날이었지요. 찻집에서 뒤풀이를 하고 난 뒤 그림을 더 그릴 사람은 자기 화실에 가서 그려도 된다고 하시더군요. 물론 이번이 처음이 아니고 개강 때부터 오전 시간만 빼고 언제든 그림 그릴 사람은 자기 화실에 오라고 했지만 사실 전 남자 혼자 있는 화실에 가는 건 좀 꺼려지더라고요. 말씀 안 드렸나요? 그 분은 나이가 마흔 넘었지만 아직 미혼인데다 화실 구석에 방을 꾸며 거기서 밥을 먹고 잠도 자고 그랬습니다. 오전은 그 분 혼자서 그림 그리는 시간이라고 하더군요. 그날은 몇몇이 화구를 들고 화실로 갔습니다. 혼자가 아니라 네댓 명이 가니까 용기가 생기더라고요. 사실 전 그때까지 수강생들과 잘 어울리지는 못 했습니다. 뒤풀이를 좋아해 참석해도 뒤에서 주로 듣는 입장이었지요. 다른 수강생들은 몇몇이 어울려 화실에 놀려가기도 하는 모양이었지만 전 화실에 한 번도 간 적이 없었습니다. 그러다 주로 옆에서 그림을 그리던 사람의 강권에 따라 화실로 갔지요. 갔는데, 글쎄, 전 엄청 놀랐습니다. 아까 말씀드렸지만 인물화를 주로 그리신다고 말씀드렸는데 구체적으로 누드화를 그리시는 분이었어요. 화실 벽면이 온통 여자의 누드화로 채워져 있더라고요. 저는 부끄러워 고개도 못 들 정도였어요. 그때 누군가 화실 옆에 있는 식당에서 막걸리와 김치부침개를 사 왔고 우리는 그림 그리기는커녕 술을 마시며 얘기를 나누었지요. 그분은 주로 몸에 대해 많은 얘기를 했습니다. 이 세상에서 가장 아름다운 것은 몸이다, 그리고 몸에 자유를 주어야 한다, 의식이 몸을 억눌러서는 안 된다, 주로 그런 말을 했는데 글쎄, 너무 가슴에 와 닿는 말이었습니다. 그 분이 얘기를 하면 시간가는 줄 몰랐습니다. 다른 사람들은 저녁을 지어야겠다고 가는데 전 너무나 아쉬웠습니다. 계속 얘기하고 싶었습니다. 몸에 대해서, 영혼의 지배를 안 받는, 자유로운 몸에 대해서 계속 얘기를 나누고 싶었습니다. 지금까지 그렇게 마음이 통하는 사람은 처음이었습니다. 그런 사람을 이제야 만나다니. 아쉽지만 집에 왔습니다. 하지만 집에 와서도, 당신께 죄송하지만 계속 그 분 생각뿐이었습니다. 저녁을 지으면서도 잠을 자면서도 그 분과 뭔가 끊임없이 얘기를 나누는 제 자신을 보았습니다. 그 후로 저는 자주 화실에 놀러갔습니다. 화가가 있을 때도 있었고 없을 때도 있었는데, 없을 때는 출입문 옆에 있는 배전반에서 열쇠를 꺼내 문을 열고 들어갔습니다. 그리고 혼자 누드화를 바라보다 집으로 돌아오곤 했습니다. 옷 하나 걸치지 않은 그림의 주인공들이 너무나 부러웠습니다. 제가 살고 있는 세상 외에 또 다른 세상이 있구나, 생각했습니다. 화가가 있을 때는 많은 대화를 나누었습니다. 얘기를 나눌 때면 화장실 가는 것조차 시간이 아까울 지경이었습니다. 누드화는 인문학이라고 했습니다. 인체를 관찰하고 의식을 표현하기 때문이지요. 또한 화가는 모델과 많은 무언의 대화를 나눈다고 합니다. 모델의 삶 전체를 이해해야 제대로 그림을 그릴 수 있다고 합니다. 저도 누드화를 그려보고 싶다고 했습니다. 그러자 우선 자신의 몸부터 그려보라고 했습니다. 구도니 이런 거 따지지 말고 원하는 색으로 그려보라고 했습니다. 그러면 어느 순간 자신의 몸이 눈에 확 들어오는 날이 있다나요. 그래서 저는 매일 집에서 옷을 벗고 거울 앞에서 제 몸을 그렸습니다. 근데요, 처음 옷을 벗고 거울 앞에 섰을 때 그렇게 제 몸이 낯설게 느껴본 적이 없었어요. 샤워를 할 때마다 보는 몸인데 막상 그림을 그리려고 보니 생전 처음 보는 몸뚱이인 거 같았습니다. 마치 남의 몸을 보는 것 같았습니다. 안 그래도 그릴 줄 모르는데 내 몸까지 낯서니 그림이 될 일이 없지요. 그래도 노란색으로 붉은 색으로 푸른색으로 캔버스에 막 그렸습니다. 차마 그림은 화가에게 보여주지 못 하고 말로 다 했습니다. 화가는 빙그레 웃더군요. 이 세상엔 잘 그린 그림과 못 그린 그림은 없다더군요. 다만 얼마나 인체가 품고 있는 그 무엇을 봤느냐 못 봤느냐가 있을 뿐이라고 했습니다. 전 그 말이 무슨 뜻인지도 모르면서 고개를 끄덕였습니다.

그러던 어느 날이었습니다. 화가가 무슨 일인지 무척 화가 나 있었습니다. 왜 그러냐고 물어도 대답도 잘 안 하더니 서울서 일주일에 한 번씩 내려오는 모델이 아파서 못 온다는 것이었습니다. 그러니 개인전을 준비하던 화가는 화가 날 수밖에요. 다른 모델을 부르면 안 되느냐고 물었더니 할 수 없이 그래야겠다고 하더군요. 그러면서 무척이나 아쉬워했습니다. 몇 년 동안 작업을 같이 해온 모델인데 마음이 무척 잘 맞았다고 합니다. 아마도 그런 모델을 앞으로 만나기 어려울 것이라고 몇 번이나 말했습니다. 저는 이제껏 그렇게 아쉬운 표정을 짓는 사람을 본 적이 없었습니다.

저는 며칠 동안 고민했습니다. 제가 그 분의 모델이 되고 싶은데 자신이 없었습니다. 나이 쉰이 넘은 여자가 무슨 모델을. 제 자신을 책망했습니다. 축 늘어진 가슴이며 불어난 뱃살. 처음으로 이런 몸에 경멸감까지 느꼈습니다. 마음이 안정되지 않았습니다. 당신한테는 미안한 일이지만 전 그 분의 모델이 되고 싶었습니다. 단 한 번만이라도. 그러던 어느 날 화실에서 그림을 그리다 제가 모델해도 될까요? 하고 저도 모르게 불쑥 물었습니다. 제가 말해놓고도 마치 다른 사람이 말한 것처럼 느껴져 주위를 두리번거렸습니다. 예? 그 분은 놀란 표정으로 저를 바라보았습니다. 저는 얼굴이 화끈거려 더 이상 말을 못 하고 고개만 숙이고 있었습니다. 잠시 침묵이 흘렀습니다. 등에서 식은

땀이 흘렀습니다. 그렇게 해 주시겠습니까? 그 분의 말이 마치 하늘에서, 공명처럼 울렸습니다. 얼마나 가슴이 뛰던지요.

　어떻게 모델을 섰는지 지금도 기억에 별로 남은 게 없습니다. 옷을 벗고 포즈를 취하고 있는데 그 분이 제 몸을 물끄러미 바라보던 기억만이 선명하게 납니다. 부끄럽다거나 창피하다거나 그런 생각은 들지 않았습니다. 머리가 텅 빈 느낌이었습니다. 요즘 힘든가요? 그가 물었습니다. 예? 저는 무슨 말인가 물었습니다. 몸이 굳어 있어요. 딱딱하고요. 그리고, 엉켜 있어요. 예? 저는 무슨 말인지 알아듣질 못 했습니다. 저는 제 몸의 늙은 것에만 신경을 썼다는 게 솔직한 심정일 거예요. 몸은 마음을 드러냅니다. 화가는 그렇게 말했습니다. 제 몸이 굳어 있고, 딱딱하고, 엉켜 있고. 글쎄요. 이 말처럼 제 생활, 마음을 정확히 표현한 게 있을까요. 몸은 마음을 표현한다고 했는데 아마도 그런가 봅니다. 편안히, 마음을 편안히 하세요. 화가는 계속 저에게 편안하게 있으라고 했습니다. 그렇습니다. 저는 편안하게 있었습니다. 아니, 편안하게 있으려고 노력했습니다. 그 분이 틀어준 클래식을 들으며 음악에 빠져들려고 했고, 허공을 바라보며 텅 빈 내 마음을 생각했습니다. 그러나 실패했습니다. 그 분은 도저히 그림을 그릴 수 없다고 했습니다. 저의 모습이 도저히 그림을 그릴 수 없는 무언가가 터져나올 듯하더랍니다. 그래서 크로키 포즈만 몇 번 취하고 옷을 주워 입는데 그제야 부끄러움이, 수치심이 와락 몰려왔습니다. 옷을 벗을 땐 몰랐는데 막상 옷을 입으려니까 수치심이 몰려오다니요. 그러나 어쨌든 옷을 벗고 모델을 섰을 땐 편안한 마음이 들었던 건 사실입니다.

*

아내가 누군가와 통한다고 얘기했을 때 눈치를 챘어야 했을까. 사실 나는 그 상대가 그 화가인지 몰랐고 전혀 상상조차 하지 않았다. 왜 당연히 여자라고 단정지었을까.

나는 소파에서 일어나 아내의 침대로 걸어가 앉았다. 아내의 냄새가 나는 듯했다. 얼마 만에 아내의 채취를 느끼는가. 막상 아내와 함께 지낼 땐 느끼지 못하던 냄새였다. 나도 모르게 아랫도리가 뻐근해지는 걸 느꼈다. 이런. 몇 해 동안 살을 비비며 살았어도 느껴보지 못한 향기에 이러다니. 나를 책망했다.

아내는 문화센터에 나간 지 얼마 후 자신의 방을 꾸며야겠다고 했다. 나는 아무 생각 없이 그러라고 했다. 아내는 아들이 대학 간 후 비어 있는 방을 자신의 방으로 꾸몄다. 침대는 그대로 썼고 나머지는 버리거나 다용도실에 갖다 놓았다. 일인용 소파와 화장대를 가져놓았고 커다란 거울을 벽에 걸었다. 단출했으나 뭔가 짜임새가 있는 방이었다. 아내는 낮에 그 방에 있는 듯했고 밤에도 그 방에서 많은 시간을 보냈다. 하지만 잠은 꼬박 안방에 와서 잤다. 어쩌다 거기서 잠을 자기도 했는데 솔직히 나는 그런 것에 신경 쓰지 않았다. 그냥 자기 방에서 자는가보다 했다.

그러던 어느 날 아내는 일주일에 단 한 번만이라도 자신의 시간을 갖고 싶다고 했다. 나 또한 수벌의 생태에 대한 논문을 준비하던 때여서 벌의 생활을 관찰하느라 바빴기에 아무 생각 없이 그러라고 했다.

아마 그렇게 하고 난 뒤에도 아내에 대해 별로 신경 쓰지 않았다. 그러던 어느 날 아내는 계속 자신의 방에서 자고 싶다고 했다. 애원하는 눈치였다. 나는 무심히, 그러라고 했다. 그러자 아내는 분명히 바라던 일이었을 것 같은데 표정이 밝지 않았다. 그 뒤로 아내는 그 방에서 잤고 나 또한 크게 불편한 점을 못 느꼈기에 그런 생활이 계속 되었다.

그러다 아내는 며칠 동안 집에 들어오지 않았다. 한 번도 외박하지 않던 아내였다. 하다못해 친정엘 가더라도 이틀을 못 자고 집에 오는 성격이었다. 집이 편하다고 했다. 그런데 아내가 아무 말도 없이 집을 나가다니. 나는 주위에 수소문할 생각은 없었다. 콕 집어 말할 수는 없었지만 아내는 자기의 방을 갖고 자신만의 시간을 보내는 동안 뭔가 이상한 기색은 있었다. 결혼한 지 30여 년이 됐는데도 어떨 땐 전혀 딴 사람처럼 느낄 때도 있었다.

그때라도 아내를 잡았더라면 혹, 아내는 집을 나가지 않았을까. 그러나 그게 아니었다. 아내가 집을 처음으로 나간 후의 어느 날이었다. 아마도 6일쯤 지난 날이었을 것이다. 퇴근하여 집에 왔을 때 현관문은 열려 있는데 거실의 불은 꺼져 있었다. 마당에 들어설 무렵부터 혹 아내가 들어왔나 싶었다. 아니 속마음이 그랬다. 계단에 올라서서 현관문에 열쇠를 꽂았다. 그러나 현관문은 쉽게 열렸다. 아침에 현관문을 잠그지 않고 출근했나. 반신반의하면서 벽을 더듬거리며 거실의 불을 켰다. 이상한 느낌으로 내 방으로 가면서 아내의 방을 흘끔거렸다. 그때 느낌이 묘했다. 문이 반쯤 열려 있었는데 문득 저기 아내가 있지 않을까 하는 생각이 들었다. 지금으로서는 상상이 되지 않는 일이지만 그때는 그랬다. 살며시 아내의 방문을 열었고, 그리고 보았다. 아내의 나신을. 아내는 옷 하나 걸치지 않은 채 나신으로 웅크리고 잠이 들어 있었다. 창문으로 들어온 빛으로 아내의 나신은 하얗게 빛났다. 나도 모르게 흡, 하고 숨을 들이마셨다. 6일 만에 들어온 아내는 그렇게 옷 하나 걸치지 않고 나신으로 내리 3일 동안 잠만 잤다. 참으로 평온하게 보였다. 지금 생각해보니 참 어처구니없었다. 그리고 오늘 아침 아내는 사랑하는 사람이 생겼다며 집을 떠났다.

아내의 방에 더 있지 못하고 밖으로 나왔다. 그리고 내 방으로 가 등산복으로 갈아입었다. 폭염 경보가 전국의 대부분 지역에 내려졌고 나머지 지역에도 폭염 주의보가 내려진 상태였다. 그렇다고 집에 있을 수는 없었다. 등산복을 입고 가까운 산에라도 오르고 싶었다. 벌써 오후 5시가 지났으니 많이 덥겠다는 생각은 들지 않았다. 나는 마당으로 나와 일본 토종개인 아키다에게 사료와 물을 주었다. 평소에 아내가 개에게 사료와 물을 주곤 했다. 개는 사료를 먹지 않고 나에게 매달렸다. 아내도 나도 개를 산책 시켜주지 못 했다는 생각이 들었다. 그러나 지금은 마음의 여유가 없었다. 두 앞발로 달려드는 개를 뿌리치고 차에 올라탔다. 그리곤 곧장 마을을 벗어났다.

그제야 번쩍 머리에 떠오르는 게 있었다. 아내가 마음이 잘 통하는 사람이 생겼다고 했을 때 좀 더 신경을 썼어야 하지 않았을까, 하는 생각이 들었다. 혹, 그 말이 많은 것을 내포하고 있지 않았을까. 나는 오른손 주먹으로 머리를 쥐어박았다. 왜 말이 잘 통하는 사람이 여자라고 단정 지었을까. 왜 남자라는 생각은 못 했을까. 참으로 어이가 없었다. 오히려 잘 되었다고, 잘 지내보라고까지 말하지 않았던가.

산 밑에 차를 주차하고 산을 오르기 시작했다. 몇 발자국 떼지 않았는데 벌써부터 몸에서 열이 났고 이마에 땀이 맺혔다. 아내는 6일 동안 뭐 하고 지냈나, 의문이 떠올랐다. 그 화가라는 놈하고 지낸 게 분명한데, 그렇게 생각하자 가슴 속에서 열이 치솟았다. 화가와 뒹구는 아내의 벗은 몸이 눈에 선했다. 아내의 벗은 몸은 매끈하고 탄력 있는 몸매였다. 날씬하고 군더더기 하나 없는 몸매. 나는 고개를 저었다. 평소엔 축 늘어진 가슴, 튀어나온 뱃살에다 나잇살이 찐 허리였는데. 자꾸만 늘씬한 아내의 벗은 몸이 화가와 뒹구는 모습으로 떠올랐다. 나는 고개를 세차게 흔들었다. 아내와 언제 관계를 가졌나. 아내의 벗은 몸을 본 지가 언제인가. 그리고 보니 아내와 잠자리를 한 지가 몇 년은 지난 것 같았다. 아내가 원한 적은 있었던가. 그런 것 같지는 않았다. 나도 관심이 없었고 아내 또한 관심이 없었던 것 같았다. 그런데도 자꾸만 화가와 함께 옷을 벗은 모습이 상상 되었다. 수치심이 확 몰려 왔다. 바보가 된 느낌이었다.

산에 오르는 사람은 보이지 않았다. 무리하지 말자. 속으로 그렇게 다짐하며 걷는데도 발걸음이 나도 모르게 빨라졌다. 작은 언덕을 넘는데도 가슴이 찢어질 듯 아팠고 머리가 띵, 했다. 이러다 무슨 탈이라도 나지. 나는 언덕을 다 오르자마자 나무그늘에 쓰러지듯 앉았다. 배낭에서 생수통을 꺼내 주둥이를 입에 물고 꿀꺽꿀꺽 마셨다. 순식간에 한 병을 다 마셨다. 그제야 정신이 좀 돌아오는 것 같았다. 나는 생수통을 배낭에 넣고 고개를 돌리는데 옆에 이리저리 왔다갔다하는 벌레 한 마리가 눈에 들어왔다. 등이 파란색인데 꼭 나뭇잎 같았다. 동그랗게 벌레 먹은 듯한 문양도 보였다. 언뜻 보면 나뭇잎과 흡사했다. 너는 보호색을 띠고 어디를 헤매는 것이냐. 내 속에서 누군가 벌레에게 말을 걸었다. 벌레는 먹이를 찾는 모양으로 여전히 주위를 돌아다녔다. 넌 가족이 없는가. 그런데도 외롭지 않은가. 왜 인간은 가족이 필요한가. 가족인데 왜 서로에게 상처를 주고받나. 군집 생활을 하는 벌은 서로에게 상처를 주지 않지 않는가. 내 몸 속에서 누군가 자꾸만 말을 했다. 나는 그 말을 들으며 곤충을 물끄러미 바라보기만 했다. 너는 외롭겠구나. 내 속의 누군가 말을 했다.

"저, 천왕봉 가려면 이쪽으로 가면 되나요?"

나는 깜짝 놀라 뒤를 돌아보았다. 신혼부부로 보이는 남녀가 똑같은 등산복을 입고 있었다.

"예. 저, 저 쪽으로."

나도 모르게 말을 더듬었다.

"그 봐 내 말이 맞잖아."

오른 쪽 길로 들어서며 여자가 남자를 타박했다. 문득 부럽다는 생각이 들었다. 아내와 한 번도 등산을 한 적이 없었다. 일어서서 젊은 부부가 간 길 반대쪽으로 걷기 시작했다. 자꾸만 허방을 걷는 듯했다.

*

내가 사는 세상 외의 다른 세상을 발견했다는 생각이 듭니다. 너무나 황홀한 세상입니다. 이제 그걸 아는 이상, 지금의 세상에서 살수 없다는 생각을 했습니다. 이런 생각이 든 것은 아마도 당신에게 일주일에 한 번이라도 제 시간을 달라고 했을 때였을 겁니다.

저는 처음 모델 서는 것을 실패한 후에도 여전히 화실에 자주 갔습니다. 가면 마음이 편했습니다. 그림을 그리는 것도 아닌데 그냥 있는 것 자체가 편안했습니다. 여긴 내가 살고 있는 세상이 아니라 딴 세상이구나. 그런 생각이 들었습니다.

언제인가 화실에서 저는 깜박 잠이 들었는가 봅니다. 제가 소파에 누워 있는데 화가가 열심히 저를 그리고 있는 모습이 눈에 띄었습니다.

잠깐요. 움직이지 마세요.

화가는 내가 일어서려고 하자 황급히 애원했습니다. 순간 내가 옷을 모두 벗고 있다는 것을 알았습니다. 기억을 더듬어 보니 제가 누드화를 보다가 옷을 벗었다는 기억이 났습니다. 그러다 소파로 와서 잠시 있다는 게 깜박 잠이 들었나 봅니다. 저는 누워 있는 자세 그대로 있었습니다. 화가는 열심히 붓을 놀리고 있었고 저는 눈을 감은 채였습니다. 마음이 평온했습니다. 화가의 붓이 내 몸을 간질이는 것 같은 느낌이 들기도 했습니다. 내 생애 이렇게 편안할 때도 있었나 싶을 만큼 그야말로 무아지경에 빠졌습니다.

예. 수고하셨습니다.

빙그레 웃는 화가의 모습을 보자 그제야 나는 정신을 차렸고 얼른 옷을 입었습니다. 옷을 입을 때에야 부끄러움이 와락 달려들더라구요.

너무 편안하게 잠을 자기에 깨울 수 없었어요. 그래서 무례하게.

화가는 사과를 했습니다. 아니요, 아니에요. 나는 세차게 고개를 흔들었습니다. 그리고 화가가 그린 그림을 보았습니다. 중년의 부인이

곤하게 잠든 모습인데 참으로 편안해 내가 아닌 다른 사람 같았습니다. 축 늘어진 가슴이며 튀어나온 뱃살, 울퉁불퉁한 허릿살이 여자의 지나온 삶을 보여주는 것 같았습니다. 과히 나쁘지 않았습니다. 아니 아름다웠습니다. 내 몸이 저렇게 아름답다니. 폐경기가 지난 여자의 몸은 더 이상 쓸모없다고 생각했던 제 자신이 어리석었습니다. 20대 처녀들의 몸매하고는 또 다른 아름다움이 있다는 것을 그때야 깨달았습니다. 이제야 제 몸에 대해 용기를 가졌습니다. 제 몸의 아름다움의 가치를 알아주는 사람이 있는 한 나는 행복하다는 생각을 했습니다.

그 뒤로 수시로 화가의 모델이 되었습니다. 제가 자청했지요. 캔버스 앞에 옷을 벗고 서면 무엇보다 마음이 편안했습니다. 마치 다른 세상에 있다는 느낌을 받았습니다. 화가도 무척 좋아했습니다. 중년 여인의 모습을 그리고 싶었는데 그동안 모델을 구하지 못 했다고 하더군요.

아직은 화가가 어떤 포즈를 취하라고 말을 합니다. 제가 모델 공부를 하지 않았기에 어떻게 포즈를 취하는지 모르기 때문이지요. 화가는 주로 뒷모습을 좋아했습니다. 뒷모습에는 그 사람의 지나온 삶의 궤적이 있다나요. 지금까지 주로 눕거나 혹은 앉은 뒷모습의 포즈를 취했습니다. 이제 곧 앞의 모습으로 포즈를 취할 날이 오겠지요.

포즈를 취하면 화가와 많은 대화를 나눕니다. 물론 무언의 대화지요. 보지 않는데도 화가가 지금쯤 제 어느 모습을 그리고 있구나, 느껴집니다. 그리고…… 제가 살아온 인생을 얘기합니다. 시골의 어느 집 담벼락 따라 서 있던 접시꽃을 바라보던 소녀의 얘기도 하고요. 시장에 간 어머니를 기다리며 울고 있는 아이의 얘기도 합니다. 지금껏 아무에게도 말하지 못한 얘기들이지요. 그러면 화가는 고개를 끄덕이기도 하고 눈을 동그랗게 뜨고 그랬어요? 하고 반문하기도 합니다. 첫 생리 때의 당황했던 기억들. 언젠가 가슴이 갑자기 커졌다고 느꼈던 순간들. 엄마 몰래 지갑에서 돈을 꺼내 친구들과 영화를 보러 갔던 일. 책 산다고 돈을 달래서 군것질 한 일. 화가는 열심히 제 얘기를 듣습니다. 통한다는 건 이런 건가 봅니다. 제 생의 모든 것을 다 들어줄 수 있는 상대. 가장 추한 것도 얘기할 수 있는 사람. 그런 사람이 통하는 사람이고, 또 그 사람이라는 사실에 전 너무나 기뻤습니다. 한참동안 얘기를 하다보면 시간은 몇 시간이 흘러갔으며 화가는 수고하셨습니다, 하고 말을 하면 그제야 제가 옷을 벗고 있었다는 사실을 느끼게 됩니다. 화가는 지치지도 않고 포즈를 취하고 있는 제가 대단하다고 합니다. 그냥 저는 편안한 마음으로 있었을 뿐인데도 말이지요. 원래 모델은 체력을 많이 길러야 한다나요. 여러 포즈를 오랫동안 움직이지 않고 있으려면 말이지요. 하지만 전 한 번도 힘들다는 생각은 들지 않았습니다. 오히려 그림이 끝나면 아쉬웠습니다. 시간가는 게 아까울 지경입니다. 밤새도록 이대로 있으면 좋겠다는 생각을 여러 번 했습니다. 다시 태어난 느낌입니다.

이제는 옷을 입고 있는 것보다 벗고 있을 때가 더 편안합니다. 옷이 거추장스럽습니다. 옷을 벗고 있으면 그제야 살아 있다는 느낌을 받습니다. 반대로 얘기하면 옷을 입으면 숨쉬기가 답답하다는 것이지요. 당신이 출근하고 나면 저는 옷을 벗고 지낼 때가 많았습니다.

이제 당신에게 돌아가는 것은 불가능합니다. 예전의 생활로 돌아가는 것은 상상조차 하기 싫습니다. 용서해 주세요. 앞에서도 말씀드렸듯이 딴 세상이 있는 줄 아는 이상, 지금의 세상에서 살 수 없습니다.

전 그 화가를 사랑합니다. 얘기 안 했지만…… 사실 사랑도 나누었습니다. 포즈가 끝난 후 화가와 깊은 사랑을 나누었습니다. 부부로서, 의무적으로 하는 게 아니라 몸이 통하고 마음이 통하는 사람과의 사랑놀이였습니다. 이 얘기는…… 더 이상 말씀드리지 않겠습니다.

누군가를 사랑한다는 것은 누군가를 멀리하는 것인가 봅니다. 남녀 관계에 있어서 말이지요. 모델을 서고부터 점점 당신과 멀어지는 제 자신을 느꼈습니다. 이러면 안 되는데 하면서도 당신과 함께 자는 것조차 힘들었습니다. 그래서 언젠가 당신에게 말했지요. 제 방에서 자겠다고. 당신은 무심한 표정으로 그러라고 했지요. 당신에게 미안했지만 어쩔 수 없었습니다. 모델을 서면 설수록 점점 당신과의 사이가 서먹서먹해지더군요. 그때는 알 수 없는 일이라 생각되었습니다. 당신과 함께 자다가 당신 몸이 내 몸에 닿으면 저는 화들짝 놀라곤 했습니다. 몸이 먼저 당신을 멀리 했습니다. 당신이 제 방에서 자는 걸 허락하셔서 다행이었습니다. 아니면 그때 이미 집을 뛰쳐나왔을지 모릅니다. 전 제 방에서 혼자 지낼 때가 좋았습니다.

그를 진정으로 사랑합니다. 그를 따라 일산으로 갑니다. 그가 일산에 화실을 얻고 그곳에서 활동한다고 했습니다. 저를 데려가주세요, 저는 간청했답니다. 저도 일산에 가면 모델 공부를 본격적으로 해서 모델 생활을 하고 싶습니다. 아직 그 분 외에는 아무에게도 모델을 선적은 없지만 상상만 해도 황홀합니다. 체력도 기르고 그림 공부도 많이 해서 모델로 남은 인생 살아가고자 합니다.

당신에게 염치없고 죄송할 따름입니다. *

사물이 눈에 보이는 것보다 가까이 있음

그 통나무집에 들른 것은 우연일까. 우연이라기보다는 필연에 가깝다는 생각이 든다. 그렇지 않고서야 어떻게 그녀를 그 날 거기서 만날 수 있었겠는가. 그리고 그녀가 추는 춤까지 보았겠는가. 나중에 들은 바로는 그녀가 춤을 추는 시간은 정해놓은 게 없어 하루 중 출 때도 있고 안 출 때도, 또한 한 번 출 때도 여러 번 출 때도 있다고 했다. 그런데 내가 통나무집에 도착해서 국화차를 시키고 10여 분이 지났을 때에 그녀가 춤을 추었으니 말이다. 마치 내가 도착하기를 기다렸다는 듯이.

그 날은 초등학교 총동창회가 있어 2시간 30여 분을 달려 고향에 도착했을 때 1시간 정도가 남아 있었다. 총동창회는 매년 8월 15일에 했는데 날씨가 더운 탓인지 오후 3시에 시작이었다. 나는 총무의 성화에 못 이겨 몇 년째 참석하고 있었는데 그 때도 총무의 간곡한 전화를 받고는 마지못해 참석하겠노라고 말했다. 그러고는 며칠째 까맣게 총동창회를 잊고 있다가 그 날 아침에 눈을 뜨자마자 참, 오늘 총동창회지 하고는 스마트폰을 켜고 일정표를 보았다. 전 날 밤 불면증으로 늦게 잔 터라 이미 시계는 10시를 가리키고 있었다. 주위가 너무나 조용해 두리번거리다 그제야 이곳이 원룸인 것을 자각했다. 나는 집을 나온 상태였다. 차마 아이가 딸린 아내에게 집을 나가라는 소리를 하지 못 했다. 아이는 중학생인데 사춘기에 접어든 지라 조심스러웠다. 아내가 자신이 집을 나가겠다고 했을 때 먼저 떠오른 것은 아이였다. 저 아이는? 나는 나에게 물었고, 그 뒤로는 아내는 뭐라고 했던가. 이해할 거예요, 크면. 그랬던가. 이미 눈치챘을 텐데 숨길 필요가 있겠어요, 했던가.

나는 톱밥이 가득 찬 듯한 머릴 흔들고 나서 욕실로 향했다.

고향의 톨게이트를 빠져나왔을 때에 시계를 보니 1시 53분이었다. 그제야 아무것도 먹지 않았다는 걸 알았다. 출발할 때 집에서 아침을 먹지 않았기에 가다가 휴게소에 들러 간단하게 뭘 좀 먹어야겠다는 생각만 한 터였다. 그런데 나도 모르게 한 번도 쉬지 않고 2시간 30여분을, 집에서 서울을 빠져나오는 시간을 합치면 3시간 20여 분을 쉬지 않고 달려왔던 것이었다. 총동창회가 열리려면 1시간여 남았다고 해서 뭘 좀 먹고 가기에는 애매했다. 참석하면 소주 맥주에다 고기 과일 등 먹을 게 천지일 것이었다. 그렇다고 동기 누구를 불러내 미리 만나는 것도 별로 내키지 않았다.

톨게이트를 빠져나와 어떻게 1시간을 죽일까, 하는 생각으로 두리번거리다 선산 쪽으로 방향을 잡았다. 아무 의미는 없었다. 어릴 때 살던 집이 선산 방향이기는 해도 무슨 아련한 향수가 있거나 한 것은 아니었다.

하루 중 가장 더운 시간대여서 그런지 도로는 한산했고 나 또한 느긋한 마음으로 시속 40키로의 속도로 달렸다. 다리를 건널 때면 그렇지 저기 저 아래 물에서 이맘때면 살다시피 했지, 방천둑을 바라보며 그래 저기서 친구들이랑 소풀을 뜯었었지, 하며 고개를 끄덕이곤 했다. 그러다 고개를 지날 무렵 도로변에 있는 '통나무집'이란 팻말을 보았을 때, 저기서 좀 쉬다가면 되겠구나, 했다.

도로에서 산 쪽으로 한참 들어간 곳에 있는 통나무집은 이름 그대로 굵은 통나무로 지어진 찻집이었다. 벽은 황토로 되어 있고 기둥이나 창문틀, 내부 가구 등 모두 나무로 되었다. 천장을 보니 한 아름이나 되는 기둥에 얹은 보 또한 그에 조금 모자란 통나무였고 그 위의 상량도 그만한 크기로 맨살을 드러내고 있었다. 왠지 보고 있자니 편안한 마음이 들었다.

창가로 가 의자에 앉았다. 낮이라 그런지 손님은 서너 탁자에 앉아 있을 뿐이었다. 창밖으로 눈길을 돌리니 짙푸른 들이 넓게 펼쳐져 바람이 불 때마다 파도처럼 일렁거렸다. 한창 벼들이 몸집을 불리는 중이었다. 뜨거운 햇살에 배를 내밀고 바람에 몸을 뒤척이는 것 같았다. 마치 살아있는 거대한 동물 같았다. 고향을 떠나야 고향에 대해 제대로 느낀다더니, 고개를 끄덕였다. 주인인 듯한 여인이 메뉴판과 고동색 잔을 들고 다가왔고 나는 곧장 국화차를 시켰다. 고동색 잔을 들어 한 모금 마셨다. 시원하고 구수한 맛이 혓바닥에 감겼다. 둥글레차였다.

역시 고향은 어머니 같은 거야.

둥글레차를 한 모금 더 마시곤 몸을 등받이에 붙이고 눈을 감았다. 뒤따라 온 피곤이 마음을 놓자 엄습했다. 피곤을 하나하나 느끼려는 듯 눈을 감은 채 한동안 그대로 있었다. 앞에서 인기척을 느꼈지만 눈이 쉽게 떠이지 않았다. 얼마나 시간이 흘렀을까. 어떤 기운에 눈을 떴다. 탁자에 작은 주전자와 잔이 놓여 있을 뿐 달리 이상한 것은 없었다. 단지 좀 어둡다는 느낌이 들었다. 뭐지? 속으로 중얼거리며 주전자를 들어 찻잔에 차를 따랐다. 노란 차에서 진한 국화향이 베어났다. 잔을 들어 한 모금 마시고 나서 주위를 두리번거리다 흡, 하고 숨을 멈추었다. 하얀 드레스를 입은 여인이 춤을 추고 있었다. 한 쪽 벽면이 하얀 천으로 드리워져 있는 곳, 바닥 또한 흰색 카펫이 깔려 있었다. 조명까지 있어 무대와 다름없었다. 들어올 때는 눈여겨보지 않았던 곳이었다. 홀의 조명도 모두 꺼져 있었다. 언제 시작했는지 알 수 없었다. 시작한다는 말도 없었다. 그러고 보니 들어올 때 나오던 판소리가 아니라 잔잔한 음악이 흐르고 있었다. 거문고 같기도 하고 대쟁 같기도 한, 깊고 그윽한 소리였다. 한 개의 악기는 아니었다. 주위를 둘러보니 손님들은 아예 의자를 무대 방향으로 돌려놓고 앉아 있었다. 마치 표를 끊고 극장에 들어와 구경하는 듯한 모습들이었다.

여인은 그 음악에 맞춰 손을 위를 향해 쭉 뻗었다가 거두어들이고 고개와 어깨를 움츠렸다. 하얀 드레스 안의 속살이 다 비치어 풍만한 젖가슴뿐만 아니라 음모조차도 보였다. 나는 어떤 기괴한 느낌에 사로잡혀 차 마시는 것도 잊은 채 춤에 몰두했다.

여인의 몸은 음악이 올라갈 때는 함께 공중으로 떠오를 듯 치솟았다가 음악이 잔잔히 깔리면 몸 또한 낮게 낮추었다. 꾸부리고 숙이고 드러누워 비트는 몸짓들이 무언가 갈구하는 듯한 느낌을 주었다.

그때였다.

나 그 사람 사랑해.

깊은 숨을 들이쉬며 찻잔을 들어 국화차를 한 모금 마시고 탁자에 놓는데 공명처럼 아내의 목소리가 들렸다. 나는 눈길은 여인에게 두며 신음처럼 말했다.

그래, 솔직하구나.

아내는 어떻게 그렇게 당당했던가. 속된 말로 손바닥이 발바닥이 되도록 빌었어야하지 않은가. 하지만 아내는 미안하다고 했지만 끝끝내 후회하는 빛이 아니었다. 이혼을 먼저 꺼낸 것도 아내였다. 어쩌면 아내는 자신의 욕망에 솔직했다. 대부분의 사람들이 가슴속에 또 하나의 욕망을 품고 살고 있다면 아내는 솔직히 드러내었을 뿐이었다. 하지만 그 결과는 엄청나게 차이가 났다. 사람이 마음 속의 욕망을 모두 드러낸다면 어떻게 되겠는가. 어찌 세상을 마음대로 살 수 있는가.

음악소리가 갑자기 커지더니 여인의 몸이 위로 솟구쳤다. 덩달아 내 몸도 여인을 따라 솟구치는 것 같았다. 바닥에 떨어지며 낮게 움츠렸던 여인의 몸이 또다시 위로 솟아올랐다. 그러길 여러 번 할 때마다 가슴 깊숙이 침잠해 있던 무엇이 정수리를 통해 밖으로 뿜어져 나오는 느낌이었다. 손바닥에는 땀이 흥건했다.

할 수만 있다면.

옷을 훌러덩 벗고 무대 위로 뛰어들고 싶었다. 하지만 그렇게까지 용기는 나지 않았다. 여인의 몸이 낮게낮게 깔리더니 바닥에 엎드렸다. 누운 채로 어깨와 엉덩이가 꿈틀꿈틀거렸다. 낮은 음악이 흐르면서 여인은 엎드린 채로 무대 밖으로 기어갔다.

무대의 조명이 꺼지고 홀의 전등이 들어왔다. 그러자 갑자기 피로가 몰려왔다. 그렇게 긴 시간은 아니었던 것 같은데도 아주 먼 거리를 다녀온 느낌이었다. 아무 소리도 나지 않았다. 의자를 끌어당기는 소리도 말소리도 전혀 들리지 않았다. 나 또한 눈을 감고 한동안 그대로 앉아 있었다.

얼마나 시간이 흘렀을까. 이제야 의자가 끌리는 소리가 나고 두런거리는 말소리가 났다. 나 또한 이미 식어버린 국화차를 한 모금 마셨다. 여전히 향은 은은했다. 다시 한 모금을 마시며 홀의 벽면을 둘러보았다. 어디에도 춤을 춘다는 안내글은 없었다. 매일 하는지, 하루에 몇 번 하는지, 혼자만 하는지, 초청공연도 하는지. 나는 주전자에 든 차를 다 마시고 나서도 갈증이 나 둥글레차를 다 마셨다. 그제야 맞아 초등학교 총동창회에 왔지, 하며 현실로 돌아왔다. 주머니에서 휴대폰이 울렸다. 나는 휴대폰을 꺼냈다. 총무였다. 시간을 보니 3시 20여 분이 지나고 있었다. 나는 지금 가는 중이라고 말하곤 서둘러 자리에서 일어섰다.

카운터에는 사람이 없어 메뉴판에 적힌 금액을 카운터에 놓고 문을 열고 나왔다. 열기가 얼굴에 확 끼쳤다.

초등학교에 도착하니 대중가요가 크게 울렸고 운동장엔 각 기수별로 천막이 둥글게 처져 있었다. 게임을 하는지 운동장에는 이제 중년으로 들어선 남녀들이 무언가를 집어던지는 모습이 눈에 띄었다.

동기들은 정문에서 가까운 곳에 있어 찾기는 쉬웠다. 드럼통을 반으로 잘라 만든 숯불구이판에서 땀을 뻘뻘 흘리며 고기를 굽던 재동이가 먼저 알은 체를 했다. 악수를 하고나니 천막 안에서 술을 마시며 게임을 구경하던 동기들이 일제히 나를 돌아보았다.

"야, 반갑다."

"왜 이리 늦었냐."

동기들은 악수가 끝나기가 바쁘게 종이컵에 술을 가득 따라 내밀었다. 머리가 벗겨지고 흰머리가 반을 점령한 동기들은 이제 영락없는 중늙은이였다. 하지만 초식동물의 눈처럼 수수하게 웃는 모습은 마음을 편안하게 해주었다.

매 년 모이는 동기들만 오는지 작년에 봤던 동기들이 대부분이었다. 늦게 온 죄라며 연거푸 따라준 술을 마신 터라 금방 취기가 오르는 느낌이었다. 여자 동기들이 안주부터 먹으라고 챙겨주었지만 건배하자고 들어온 술잔을 마시지 않고 그냥 내려놓지는 못 했다.

"요즘 어떻게 지내냐?"

소리가 나는 곳을 돌아보니 진우였다. 고등학교까지 함께 다녔고 대학 다니면서는 못 만나다가 총동창회 때만 만나는 사이가 되었다.

"찬희도 온다던데."

내가 미처 대답을 하기도 전에 술잔을 부딪히고는 술을 마시며 정문 쪽을 힐끔거렸다.

"찬희도?"

나는 와락 반가운 마음에 술잔을 다 비웠다.

"그럼."

진우는 술잔을 내려놓더니 나에게 가까이 왔다. 그러더니 귀에 입을 갖다 대었다.

"성진이도 온데."

흐흐흐. 진우는 웃으며 내 잔에 술을 따랐다. 정말? 나는 술잔을 잡고서 눈으로 물었다. 성진이와 찬희도 고등학교까지 같이 나왔는데 진우와 함께 아주 친하게 지낸 사이였다. 소위 4총사라고 부를 만큼 매번 붙어 다녔다.

"걘 우리 학교 안 나왔잖아."

내가 낮은 목소리로 묻자 진우는 고개를 끄덕였다.

"우리 만나러 오는 거지. 여기 졸업 안 했어도 대부분 아는 사이잖아. 중학교 동기 아니면 고등학교 동기고."

시골이라 학교가 적어 고등학교 졸업 때까지 동기가 안 되는 경우는 드물었다. 그런데 아까부터 성진이가 온다는 말에 뭔가 가슴속에서 쿵, 하고 내려앉는 느낌이 들었다. 뭘까. 고등학교를 졸업하고는 대학을 각자 다른 곳으로 갔기에 만나지 못 한 사이였다. 그건 성진이뿐만 아니라 진우나 찬희도 마찬가지였다.

정말 대학을 다른 곳으로 갔기 때문일까.

그런 생각이 들자 뭔가 서늘한 것이 가슴을 훑고 지나갔다. 중고등학교 다닐 때 죽음도 같이 받아들일 만큼 친하게 지낸 것치고는 이상하기는 했다. 거슬러 올라가면 명확하지는 않지만 고3이 되면서 사이가 멀어진 것 같기도 했다. 물론 명절 때 고향에 오면 누군가의 술 모임 핑계로 몇 번 만나기는 했지만 그 또한 그렇게 반가워죽겠다는 기분은 아니었다. 기이한 일이었다. 그들도 내 마음과 마찬가지인지 술자리가 끝나면 인사를 하곤 곧장 헤어졌다. 2차를 가자는 둥, 뭐 그런 술꾼들의 허다한 일도 없었다. 싸우거나 하는 무슨 일이 있었던 것도 아닌데 말이다.

"나는 아들 가방에서 담배가 나온 거 보고는 야구 방망이로 엉덩이 패쳤다."

잠깐 생각에 잠긴 사이 굵은 목소리가 들렸다. 태우였다. 학교 다닐 때부터 축구부하면서 술을 많이 마시더니 작은 술집을 한다고 했다.

"에이 그러면 안 되지. 너도 고등학교 다닐 때 담배 피웠잖아."

대구에서 온 동기가 반발했다.

"난 그랬어도 애들은 안 돼지."

녀석은 머쓱했던지 목소리를 높였다.

"우리 마누라는 있지, 애 방에서 콘돔을 발견하고는 기겁을 했다는 거 아냐."

시청에 다닌다는 동기의 말에 어떤 이는 웃었고 다른 이는 놀라는 표정을 지었다.

"몇 살인데?"

여자 동기가 물었다.

"고등학생이니까 그렇지."

"어머, 말도 안 돼."

다른 여자 동기가 눈을 동그랗게 떴다.

"뭘. 그 정도면 집에서 성교육 잘 시켰구만."

서울에서 신문사에 근무하는 동기가 말을 받았다. 나이가 50을 지나자 만나면 애들 이야기가 주를 이루었다.

"난 군대 간 애가 걱정이야. 이제 3개월밖에 안 됐는데."

연이은 군대의 사고 소식에 여자 동기가 말을 했다.

"그러게. 우리 애도 다음 달에 날짜 잡혔는데."

다른 여자 동기가 포도를 입으로 가져가며 말했다.

"그래도 남자는 군대 가야돼. 그래야 인간이 되지."

시내에서 식당 체인지점을 하는 남자 동기가 말을 이었다.

"사고 나니까 그렇지."

"그래도 군대가 인간을 만들어."

남자 동기는 목소리를 높였다.

"우리나라에 소위 말빨서는 놈들은 자식 군대 안 보내."

신문사에 다니는 동기의 말에 잠시 침묵이 흘렀다. 다들 떨떠름한 표정을 지었다.

"자자, 모두들 거국적으로 한 잔하고."

총무가 잔을 들고 건배를 제의했다. 남자들은 단숨에 다 마셨고 여자들은 입에 대는 시늉만 했다.

"규찬이 애는 서울대 갔다며? 첫째도 거기 갔다는 소문 들리더니만."

여자 동기의 말에 군대 찬양론을 펼쳤던 동기가 인상을 찡그렸다.

"공부 얘기는 하지 마라. 난 그 얘기가 제일 싫더라."

그 말에 아무도 토를 달지 않았다.

"자, 누가 우리 동기 대표로 노래자랑 나갈래?"

동기회장이 말을 꺼냈다. 이제 기수별 게임이 끝나면 동기별 노래자랑이 있는 모양이었다.

"진숙이 있잖아. 작년에도 2등해서 텔레비전 받았잖아."

"이번에는 남자가 나가. 준호가 잘 부르잖아."

서로 옥신각신하는 중에 나는 정문 쪽으로 눈길을 돌렸다. 성진이가 온다는 얘기를 듣고부터 온 신경이 정문으로 쏠렸다. 아무래도 이해가 되지 않았다. 그렇게 중학교부터 고등학교까지 친하게 지냈으면서 언제부터 서먹하게 되었을까. 그리고 여기에 온다는데 뭔가 쿵, 내려앉는 느낌은 뭘까. 나는 술잔을 든 채 정문을 연신 기웃거렸다.

"누구 기다리나?"

옆에 앉은 여자 동기가 물었다. 어릴 때 옆 동네서 살던 동기였다.

"아니. 뭐."

나는 얼버무렸다.

"대우는 자주 만나나?"

대우 또한 우리 동네에 살던 남자 동기인데 고등학교를 졸업하고는 못 만나는 사이였다.

"같은 서울이라도 만나기 힘들어. 하는 일도 다르고 하면."

신문사에 다니는 동기가 대신 답을 했다.

"참, 희정이 내려왔다며?"

여자 동기가 말을 꺼냈는데 나도 모르게 술잔을 놓칠 뻔했다. 그때 나는 통나무집 여인의 춤이며 성진이가 온다는 말에 동기들의 말을 흘러들으며 기이한 느낌에 사로잡혀 있었다. 4명이 함께 모인다는 거. 한편으로는 반가우면서도 뭔가 알 수 없는 불안감이랄까, 그런 상태에서 희정이란 이름을 들었을 때 나는 올 것이 오고야 말았다는 느낌이 들었던 건 사실이었다. 알 수 없는 일이었다.

나는 짐짓 태연한 표정을 지으며 다른 동기들의 말이 이어지길 기다렸다. 하지만 아무도 희정에 대해 말을 꺼내지 않았다. 분명 희정이 내려왔다는 말을 들었을 텐데 말이다.

손희정. 희정은 내가 초등학교에 입학하면서 만난 공주 같은 아이였다. 짝꿍이었고 후에도 여러 번 한 반이 되었는데 지금 회상해보더라도 그때는 내가 감히 다가갈 수 없는 다른 공간에서 온 아이 같았다.

나는 70년대 초반에 초등학교에 입학했는데 학교가 시내 변두리에 있어 아이들이 시내 아이들 반, 시외 아이들 반이었다. 요즘이야 그게 뭐 대수야 하겠지만 시외에 살던 내가 초등학교에 입학했을 때 시내에 사는 아이들은 외모부터가 달랐다. 시외에 사는 아이들이 누런 코를 흘리며 고무신에 형들이 입던 옷을 물려받아 맞지도 않은 옷을 입고 있었다면 시내에 살던 아이들은 운동화에 깔끔한 옷차림이었다. 이렇게 사는 아이들도 있나, 싶은 게 마치 우리나라 사람이 아닌 것 같았다. 그러니 입학 첫 날부터 시외에 사는 아이들은 기가 죽을 수밖에 없었다. 지금이야 교통이나 인터넷이 발달해 지구 반대쪽에 있는 나라에 대해서도 많이 알지만 내가 입학할 당시에는 전기도 들어오지 않아 호롱불을 피우던 시절이었다(3학년 때 전기가 들어왔다). 그중에서도 손희정은 단연 돋보이는 아이였다. 양쪽으로 길게 땋은 머리며(우리 동네 여자애들은 머리를 짧게 깎은 단발머리였다.) 뽀얀 얼굴, 하얀 원피스에 하얀 스타킹, 먼지 하나 묻지 않은 하얀 운동화. 나는 동화책으로만 보던 어디 왕국의 공주가 아닌가 싶을 정도였다. 마음씨 또한 착하기 그지없어서 짝꿍인 내가 돈이 없어 준비물을 못 챙겨 갈 때는 스스럼없이 자신의 것을 내주기도 했다. 나는 감히 말도 못 붙이고 쭈빗하게 희정을 대했을 뿐이었다. 아마도 그때부터 아침마다 머리를 감고 비록 허름하나마 옷을 자주 갈아입고 학교에 갔다. 아버지한테 나는 시큼털털한 냄새가 나에게도 나서 희정이가 자리를 옮겨달라거나 나를 싫어할 것 같았다. 지금 생각해보아도 가슴이 설레는데 그런 희정이가 고향에 내려와 살고 있다니.

"걔 서울에 산다고 안 했나?"

여자 동기의 말이 들렸다. 나는 동기별로 나와서 노래자랑하는 것을 보는 척했지만 내심 귀는 활짝 열어놓고 있었다. 노래자랑은 동기 한 명이 나와 노래를 부르면 나머지 동기들이 둘러서서 춤을 추는 것이었다. 허연 대낮인데도 술에 취해 노래를 부르고 춤을 출 수 있다는 게 다들 초등학교 때의 마음으로 돌아갔기 때문이었을 것이다.

"올핸가 내려왔다카더라고."

"술집인가 찻집인가 한다고도 하고."

"이혼했다고 하지 않았나?"

"이혼이 아니고 아마 남편이 무슨 병에 걸려 몇 년 동안 누워 지내다 죽었다지, 아마. 죽고 보험금 타서 어디 찻집인가 차렸다고 하고."

이야기는 노랫소리에 묻혀 잘 들리지 않았다. 하지만 확실한 것은 희정이가 고향에 내려와 술집인지 찻집인지 한다는 것이었다. 나도 끼어들어 궁금한 것을 묻고 싶었지만 입이 벌어지지가 않았다.

희정은 짝꿍할 때 나를 많이 챙겨주기도 했다. 마음이 참 고왔다고나 할까. 지우개가 없으면 미리 눈치를 채고 슬그머니 내 쪽으로 놓는 것은 기본이고 부반장으로서 숙제 검사를 할 때도 슬쩍 나를 빼주기도 했다. 그러니 나 또한 희정에게 잘 보이려고 애썼다.

시외의 아이들이 시내 아이들에게 어깨를 펼 수 있는 날은 오직 운동회날이었다. 달리기를 비롯하여 전 종목을 시외 아이들이 휩쓸었다. 그럴 때 나는 희정이가 보고 있다는 생각에 죽을 둥 살 둥 뛰었고 희정은 내가 1등으로 들어오면 일어서서 박수를 치곤했다. 지금도 눈을 감고 그때를 회상하면 생생하게 떠오르는 장면이었다. 그렇다고 해도 시내 아이들과 동급이 될 수 없었다. 동네에서야 잘 살고 못 살고가 없어 세상이 내 세상인 듯 살았지만 학교를 다니고부터는 기가 죽어지냈다. 또한 드러내놓고 차별하는 선생님들에 대한 반항심이 속으로 싹트고 있었다. 시내의 아이들 어머니는 화장품 냄새를 풍기며 예쁜 옷을 입고 학교에 들락거렸지만 시외 아이들의 부모는 1년 내내 학교에 얼굴 한 번 비치는 일이 없었다. 그때 오죽했으면 나중에 크면 희정이 닮은 여자와 결혼해야지, 생각했겠는가. 실제로 지금의 아내는 갸름한 얼굴이 초등학교 때의 희정과 닮았다. 물론 희정과 닮았기 때문에 결혼한 것은 아니었지만 말이다.

희정이 얘기를 하는 도중에 성진이가 왔고 또한 동시에 우리 동기들이 노래할 차례가 되어 동기들이 본부석 쪽으로 몰려가는 바람에 희정이 얘기는 더 이상 나오지 않았다.

"자, 한 대 피워라."

이제 막 도착한 성진을 끌고 실내 체육관 뒤로 갔다. 노래하는데 동기들이 많이 나올수록 인기상이나 등수에 들 수 있다며 모두 나가자는 회장의 말을 뒤로 하고 성진을 끈 참이었다.

"넌 하나도 안 변했다."

성진은 담배를 안 피운다며 손을 흔들곤 반갑게 웃었다. 나 또한 반가운 마음이 울컥 들었다. 중고등학교 때 4총사가 매일 붙어 다녔지만 성진이와는 특별히 더 친했다고 할 수 있었다. 특별한 이유는 없었지만 그랬다. 마음이 잘 통했다고나 할까.

"휴가는 갔다 왔고?"

"바빠서 휴가갈 시간도 없다야."

우리나라 최고의 대기업에 다니는 성진은 이사 승진에 목매달고 있다는 소문을 들었다. 중국지사에서 몇 년 동안 있을 때 실적이 좋아 가능성이 있다고 했다. 또한 정권이 경상도 출신인 것도 많이 좌우하는 것 같았다. 중고등학교 때의 이야기를 하는데 어느새 동기들이 노래를 끝내고 자리에 와서 불렀다. 희정이가 내려와 산다는데. 입안에서만 맴돌 뿐 입 밖으로 나오지가 않았다. 결국은 희정이 애기는 할 기회도 없이 동기들에게로 갔다. 대부분 아는 사이라 스스럼없이 자리에 어울렸다. 특히 찬희와 진우가 옆에 앉아 술자리를 이어갔다.

노래자랑이 끝나고 상품이 주어지고나자 파장 분위기가 되었다. 어느새 해도 지고 있었다. 동기회장은 냉면 먹으러 가자며 이미 예약이 되어 있으니 한 명도 빠짐없이 다 가라고 협박반 애원반으로 얘기했다. 동기들이 얼마나 많이 모이느냐가 회장단 능력의 척도가 되는 분위기였다.

나는 4총사가 모였으니 오랜만에 뭉쳐 한잔하면 좋겠다는 생각을 했으나 냉면집으로 가지 않을 수 없었다. 냉면 먹고 기회 봐서 넷이서 만나면 되겠구나, 그런 생각을 했다. 진우나 찬희 성진이도 너무 오랜만에 넷이 함께 모였다며 요란을 피웠다. 아마도 옛 시절이 생각나는 모양이었다. 어차피 내일이 토요일이고 또한 술을 마시는 걸 보니 오늘 서울로 갈 생각은 없는 모양이었다.

냉면을 먹고 나서 헤어질 줄 알았던 모임이 노래방으로 이어졌다. 시계를 보니 채 8시가 되지 않았다. 다들 아쉬운 듯했다. 또다시 회장은 노래방으로 한 명도 빠지지 말고 다 가자고 했다. 특히 여자 동기들을 비롯해 대부분 흔쾌히 받아들였다. 나 또한 혼자 빠지기도 이상하여 함께 노래방까지 가기는 갔다. 하지만 희정이가 고향에 내려와 술집인지 찻집인지 한다는데 한 번 찾아가보고 싶다는 생각이 강렬하게 들었다. 또다시 희정이 얘기가 나오지 않나 싶었지만 냉면집에서부터 노래방에서 노래를 부를 때까지 아무도 이름조차도 꺼내지 않았다. 4총사 또한 다른 동기들과 얘기하느라 막상 우리끼리는 얘기할 시간도 별로 없었다.

노래방의 분위기가 어느 정도 무르익었을 때 나는 화장실에 다녀오다 초등학교 때 같은 동네에 살던 여자 동기를 만났다. 나는 노래방으로 들어가고 여자 동기는 밖으로 나오는 중이었다. 마침 그 동기는 고향에서 살고 있었다. 나는 다짜고짜 동기를 끌고 밖으로 나왔다. 고향 동네 소식은 이미 동창회장에서 얘기를 나누었기에 더 이상 할 얘기도 없었다.

"희정이 내려와서 여기 산다며?"

나는 단도직입적으로 물었다. 동기는 눈을 동그랗게 떴다. 오늘따라 왜 자꾸 희정에 대해 묻는 사람이 많냐, 하면서 자신 없다는 투로 말했다.

"살긴 사는데……."

"어디?"

나는 동기가 말이 채 끝나기도 전에 물었다. 누가 또 희정에 대해 물었을까 하는 의문이 일었지만 그게 문제가 아니었다. 하지만 동기는 고개를 살래살래 흔들었다.

"나도 잘 몰라. 찻집을 하기는 한다는데. 하도 이상한 소문이 돌아서 말이지."

"이상한 소문?"

나는 담배를 찾아 주머니에 손을 넣다 멈추었다.

"참 내, 이런 말해도 되는지 몰라."

동기는 머뭇거렸고 나는 똑바로 바라보며 어서 말하라고 재촉했다.

"소문에는 이혼당했니, 사별이니 하는데……, 몸 관리 쪽으로 안 좋다는 얘기가 있어."

"몸 관리?"

나는 무슨 말이냐는 듯 말했다.

"결혼해서도 남편과 사이가 원만하지 않았나봐. 바람 피웠다나 뭐라나. 그래서 이혼당하고 혼자 내려와 산다는 얘기도 있고. 하여튼 확실한 건 몰라. 소문만 무성해."

나는 할 말을 잊었다.

"시내에서 가게하나?"

"시내는 아니고 시외에서 한다던데 나도 한 번도 안 가봐서."

동기는 자신 없는 투로 말했다. 그때 머릿속에서 한 여인이 떠올랐다. 통나무집. 춤. 나는 멍하니 천장을 바라보았다.

"근데 왜 자꾸 물어보는데. 무슨 일 있어?"

동기는 이상하다는 듯 말했다.

"아냐, 뭐 그냥. 근데 동기들하고는 전혀 안 어울리는가보지?"

"응. 소문만 무성하고 일체 초중고 동기들을 만나지 않는가봐. 혼자되고 나서 오랫동안 집에 처박혀 지냈다고도 하고. 그 뭐야, 혼자 방에 처박혀 밖으로 나오지 않는 거."

"은둔형 외톨이라고 하는 거?"

"그래. 그런 소문도 돌고. 하여튼 안 좋은 소문만 돌아."

이쯤에서 동기는 남의 얘기 그만하자며 노래방에 들어가자고 팔을 끌었다. 하지만 노래방에 들어가서도 통나무집의 춤추던 여인의 모습이 선명히 떠올랐다. 얼굴에는 마스크팩을 했기에 희정인지 알 수 없었다. 그럼 처음 들어가 차를 주문했을 때는? 순간 주문하던 상황을 떠올려보았지만 주문받으러온 여자의 얼굴은 보지 않고 메뉴판만 보며 주문했다는 것을 깨달았다.

나는 노래방에 더 이상 있지 못 하고 밖으로 조용히 나왔다. 맞는지 조용히 통나무집에 다녀올 생각이었다. 하지만 곧장 가지 못 하고 머뭇거렸다. 가고 싶은 마음이야 굴뚝같은데 발걸음이 떨어지지 않았다. 용기가 나지 않았다는 게, 혹은 동기의 말이 사실일까 하는 두려움이 더 컸는지도 몰랐다. 결국은 용기를 내어 택시를 잡아타고 통나무집으로 갔다.

통나무집에 멀찍이 떨어진 곳에서 택시에서 내렸다. 통나무집 마당의 불빛이 훤하게 빛나는 것을 보며 두 손을 바지 주머니에 넣고 어슬렁어슬렁 걸었다. 왠지 자꾸만 한기가 드는 것처럼 등이 서늘하게 느껴졌다. 마당에 도착하니 승용차 3대만이 서 있었는데도 마당이 좁은 탓인지 꽉 차는 느낌이었다. 가게 안에서 거문고 소리가 들렸다. 깊고 그윽한 소리였다. 잠시 숨을 깊게 들이마셨다. 주문받으러 오면 얼굴을 똑바로 봐야하나. 얼굴 보면 알 수 있을까. 그런 생각을 하고 있는데 갑자기 대쟁의 소리가 크게 울렸다. 춤을? 순간 가슴에서 쿵쿵, 소리가 났다. 서둘러 문을 열었다. 대쟁이의 날카로운 소리가 귀청을 때렸고 역시나 한 여인이 알몸이 다 비치는 얇은 드레스를 걸치고 춤을 추고 있었다.

흡.

나는 숨이 멈추는 것 같은 전율을 느끼며 조용히 입구에서 가까운 곳에 있는 탁자에 자리를 잡았다. 무대의 불빛만 비치는 어두운 홀에는 대여섯 명이 눈에 띌 뿐이었다.

어?

무대로 눈길을 돌리다 옆 탁자의 사람에게 멈추었다. 찬희였다. 찬희 또한 나를 보고는 놀라는 표정을 지었다. 이 녀석이 어떻게 여길 왔을까. 나 또한 당황스러워하고 있는데 갑자기 대쟁의 소리가 크게 울렸다. 나와 찬희는 동시에 무대로 눈길을 돌렸다.

여인은 두 손을 위로 쭉 뻗으며 솟구쳤다가 쓰러지듯 바닥에 엎드렸다. 꿈틀꿈틀. 여인의 몸이 조금씩 움직이더니 또다시 대쟁의 큰 음악소리에 맞춰 위로 솟구쳤다 바닥에 추락했다. 나는 손에 땀이 나는 걸 느끼며 여인의 얼굴을 보았다. 역시 낮에처럼 마스크팩을 하고 있었다. 희정이가 맞는 걸까. 현대 무용과 전통 춤을 결합한 것 같은 춤. 뭔가 갈망하는 듯한 몸짓. 욕망을 분출하는 듯한 동작. 나는 마른 침을 꿀꺽 삼켰다.

그때 누군가 조용히 문을 열고 들어오더니 무대를 흘끔거리곤 주위를 두리번거렸다. 빈자리를 찾는 듯했다. 나는 곁눈으로 보다 하마터면 헉, 하고 소리를 지를 뻔했다. 다름 아닌 성진이였다. 너까지? 나는 어떤 기이한 느낌에 사로잡혀 성진이를 바라보았다. 성진이 또한 나를 발견하고는 놀라는 표정을 지었다. 잠시 망설이는 듯하더니 내 앞의 의자에 앉았다. 나도 모르게 찬희에게로 눈길을 돌렸고 둘 또한 어깨를 움찔거렸다. 나는 심호흡을 하고는 무대로 눈길을 돌렸다. 하지만 여인의 춤동작은 눈에 들어오지 않았다. 뭔가 함정에 빠진 느낌이랄까. 지금의 상황이 현실 같지가 않았다. 이 녀석들 희정이라는 걸 알고 왔을까. 그럼 저 여인이 희정이가 맞는다는 것인가. 나는 멍해지는 머리를 흔들었다. 그때 어떤 형상이 떠올랐다 사라졌다. 나는 낮게 신음소리를 냈다. 꿈이었다.

언제부턴가 자주 꾸는 꿈이 있었다. 나중에는 꿈을 꾸면서도 어? 이거 저번에 꾸었는데, 이런 적도 있었다.

꿈은 이랬다. 아마도 고등학교 다닐 때 같은데 친구들이랑 겨울에 바닷가로 놀러 갔다. 친구들은 친했는데 이상하게도 찬희나 성진이 진우였는지 명확하지가 않았다. 여학생들도 몇 명 있었는데 깨고 나서 이름도 얼굴도 기억나지 않았다. 민박집이었던 것 같은데 모닥불을 피워놓고 노래를 부르며 술을 마시고 신나게 놀았다. 그러다 술에 취해 인사불성이 되었고 밤이 깊어 방에 들어가 잠을 잤다. 밤중에 누군가 밖에 다녀왔고 그 기척에 깬 나는 오줌을 누러 방 밖으로 나왔는데, 나오고 보니 이상하게도 여학생들이 자고 있는 방이었다. 그 중에 마음에 품고 있던 여학생이 한 쪽에서 자다 손짓을 했고 나는 여학생 곁에 누웠다. 처음 느끼는 황홀감이었다. 섹스를 끝낸 후 방에 들어와 잠이 들려고 하는데 다른 친구가 밖으로 나갔다. 옆방의 문 여는 소리를 들으며 불쾌해하다가 잠이 깨었다. 깨고나면 어김없이 그 여학생이 희정이라는 느낌이 강하게 들었다

뒤죽박죽인 꿈을 나름 정리하자면 이렇다는 것이다. 어쩌면 청소년

시절 몽정을 할 때 누구나 한번쯤 꾸는 꿈일는지 몰랐다. 그 후로 비슷한 꿈을 몇 번 더 꾸었고 깨고 나면 더없이 불쾌감과 자책감이 들곤 했다.

나는 자세를 고쳐 잡았다. 여인은 여전히 잔잔하게 율동하다가 갑자기 폭풍처럼 휘몰아치는 동작을 하고 있었다. 손바닥에 땀이 날 정도로 긴장되는 춤동작이었다. 그러다 갑자기 정적이 흐르면서 엎드린 여인은 한동안 꼼짝하지 않기도 했다. 그럴 때면 뭔가 가슴에 애잔한 기운이 돌았다.

정적에 갑갑해하고 있을 때 문이 스르르 열리면서 사내 한 명이 조심스럽게 들어왔다. 나는 곁눈으로 보다 또 한 번 놀랐다. 진우였다. 옆에 앉은 성진이도 저 쪽에 앉은 찬희도 놀라는 표정을 지었다.

이게 무슨 일인가.

이렇게 네 명이 함께 모이다니. 모두 노래방에서 아무도 모르게 나왔을 텐데. 오늘 따라 왜 이렇게 희정에 대해 묻는 사람들이 많지? 하던 여자 동기의 말이 떠올랐다. 그럼 모두들 내심 희정에 대해 궁금해했다는 것인데. 도대체 무엇 때문일까. 누군가 일부러 연락을 하지 않으면 이렇게 모이기가 쉽지 않은데 말이다.

진우는 놀라운 표정으로 어깨를 으쓱하곤 성진이 옆 의자에 앉았다. 나는 다시 무대로 고개를 돌렸다. 여인은 천천히 일어서더니 두 팔을 들고 허공에 큰 원을 그리면 껑충껑충 뛰었다.

바람을 피워서…… 이혼 당하고…… 방에 처박혀 지내다가 ……춤만 춘다는 소문도 있고……

이제 더 이상 여인의 춤도 음악 소리도 들어오지 않았다. 여자 동기의 말이 귀에서 웡웡거렸다.

　얼마나 시간이 흘렀을까. 마치 블랙홀에 빠져 있는 느낌으로 있다가 나는 화들짝 놀라며 앞에 있는 성진 쪽을 바라보았다. 동시에 성진이와 찬희도 침통한 표정으로 나를 바라보았다. 나는 더 이상 있을 수 없어 밖으로 나왔다. 사방에 잠복해 있던 어둠이 확 달려들었다. 나는 마당을 가로질러 어둠속으로 빨려들 듯 들어갔다. 잠시 후 통나무집의 문 열리는 소리가 나더니 발걸음 소리가 들렸다. 세 사람이었다. 목소리는 들리지 않았다.

　그때 문득 한 기억이 떠올랐다. 고2 겨울 방학, 그때 우리 4총사는 고2때 수학여행을 안 가는 대신 그 돈을 모아 여행을 갔었지. 교회에 다니는 성진이가 같은 교회에 다니는 희정과 친구들을 데리고 왔었고. 4명씩 짝을 지어. 맞아, 바닷가로. 나는 희정과는 초등학교 졸업 뒤로 처음 만났었고. 부끄러워 말도 제대로 못 걸고. 그리고…… 맞아. 중고등학교 때 떨어지는 게 너무나 싫을 정도로 붙어 다니다 고3이 될 무렵 갑자기 사이가 서먹해졌지. 놀러갔다 온 후였지.

　물론 그때 놀러 가서 희정과 잤다거나 하는 일은 없었다. 시골 아이들답게 소위 '건전하게' 놀았다. 하지만 나는 그 이후로 가끔 그런 이상한 꿈을 꾸었다는 사실이었다. 그렇다면…… 나는 담배를 꺼내 물었다. 내가 희정을 짝사랑했던 건 맞았다. 하지만 나만 그랬을까. 다른 친구들은 희정을 짝사랑하지 않았을까. 충분히 짝사랑했을 수도 있었다. 그런 생각에 미치자 나는 나도 모르게 고개를 끄덕였다. 왜 이런 생각을 진작하지 못 했을까. 그러고 보니 우리 넷 모두 희정을 짝사랑하고 있었던 것이었다. 솔직히 말하자면 한창 육체적으로 성장

한 우리 모두 희정과 잠자리를 갖고 싶다는 욕망을 은밀히 가슴에 품고 있었다는 생각이 들었다. 그리고 서로 경쟁하는 마음이 한 구석에 똬리를 틀고 있었다. 한 암컷을 두고 수컷 네 마리가 알게 모르게 경쟁하고 있었다고나 할까. 그러면서 서로 미워하는 마음에 상처를 입었고. 또한 그 욕망이 지금까지 은밀하게 남아 있어 동창회라는 명목으로 고향에 오도록 만들었던 게 아닐까. 우리 넷 모두에게 말이다.

순간 아내의 얼굴이 떠올랐다. 그래, 이제 좀 아내에게나 나에게 솔직하자, 싶었다. 어쩌면 나는 지금까지 내 마음속의 은밀한 욕망을 부정했기에 아내를 용서 못 하고 있었던 게 아닐까, 하는 생각이 들었다. 휴대폰을 꺼냈다. ＊

길을 잃다

당신은 버스를 탔을 때만 해도 이렇게 갑자기 여행을 떠나게 되리라는 생각은 전혀 하지 못 했다. 그러니까 조금 전까지만 해도 여행을 하고 싶은 생각도, 할 계획도 없었다. 그러나 지금 당신은 여행을 하고 있다. 그것도 혼자가 아니라 한 여자 아이와. 여자 아이는 체크무늬 교복을 입고 있다. 고등학생? 머리를 뒤로 묶어 앳되어 보이는 둥근형의 얼굴은 평범한 중산층의 자녀 같은 인상을 풍긴다. 당신은 대합실에서 인출한 돈 60만원이 든 바지 주머니에 손을 넣으며 차에 오른다.

당신은 A시에서 버스에 오르고 난 뒤 쉬고 싶다는 생각뿐이었다. 어제 A시에 갔다가 거래처 사람을 만나 업무를 처리하고 밤새 술을 마셨기에 차에 올라 의자에 앉자마자 머리를 등받이에 기대고 눈을 감았다. 차에서 당신은 깜박 졸았던가. 눈을 떠보니 차는 어느새 D시 버스터미널에 도착했다. 잠깐 화장실에 다녀왔을 때 당신의 자리 건너편에 한 여학생이 앉아 있었다. 당신은 그 여학생에게 일별하곤 자리에 앉았다. 여학생 또한 당신에게 별 관심이 없는 듯 휴대폰에 코를 박고 있었다. 차가 곧 출발했고 당신은 다시 눈을 감았다. 몸은 너무 피곤했고 아무 생각이 들지 않은 상태였다. 수요일. 빨리 회사로 들어가 보고를 하고 집으로 가서 잠이나 실컷 자고 싶었다. 창밖 대부분의 논에는 물이 가득했고 트랙터가 바쁘게 돌아다녔다. 일부는 모가 심어져 있었다. 당신은 나고 자란 곳이 시골인지라 눈에 익숙한 풍경에 마음은 편안했다. 그러다 당신은 창밖에서 한 여학생을 보았다. 당신은 순간적으로 놀랐다. 달리는 차의 창밖에서 한 여학생이 당신을 빤히 보고 있었기에. 하지만 곧장 당신은 그 여학생이 당신의 자리 통로 건너편에 앉은 여학생이라는 것을 눈치챘다. 당신은 별 생각 없이 창밖의 그 여학생을 바라보았다. 그 여학생은 잠시 당신을 바라보더니 당신 쪽으로 상체를 기울었다. 당신은 의아해서 그 여학생을 돌아보았다. 어느새 여학생은 자리에 앉아 휴대폰에 코를 박고 있었고 당신은 옆자리에 쪽지가 있는 것을 보았다. 당신은 쪽지를 들어 매듭을 풀었다.

아저씨폰번호알려주삼010-XXXX-XXXX

여학생이 쓴 게 분명했다. 당신은 쪽지에 적혀 있는 번호로 문자를 보냈다.

무슨 일이에요?

근데 이상한 일이었다. 가슴이 쿵닥쿵닥 뛰었다. 나이로 보자면 아들보다도 적은 여자 아이에게 설레는 마음이 생기다니. 당신은 자신을 자책하며 창밖을 보았다. 하지만 창밖의 광경은 눈에 들어오지 않고 신경은 온통 여학생에게 뻗어 있었다. 잠시 후 당신의 주머니에 든 휴대폰이 윙, 울렸다. 휴대폰을 꺼냈다.

아저씨우리여행할래요?

당신은 가슴에서 뭔가 쿵, 하고 내려앉는 것을 느꼈다. 그리곤 마치 한글을 잘 읽지 못 하는 아이처럼 한참동안 문자를 내려다보았다. 여학생에게로 고개를 돌리지는 않았다. 왠지 그러면 안 될 것 같았다. 가슴은 쿵닥쿵닥 뛰었다. 이래도 되는가. 당신은 그런 생각이 드는데 손은 어느새 글자키를 누르고 있었다.

좋지

이러면 안 되는데. 무슨 의도지? 정말 학생 맞나? 오만가지 생각이 다 들었지만 마음과 달리 손은 전송키를 눌렀다. 다시 고개를 들어 창밖을 바라보았다. 여학생은 역시나 고개를 숙이고 휴대폰만 바라보고 있었다.

어디로갈까요?

곧 문자가 왔다.

가고 싶은 데로

당신도 곧장 문자를 보냈다. 머리 따로 마음 따로 행동했다. 왠지 온 몸이 짜릿했다.

차가가는데까지갈까요?

좋지

당신의 입가에 미소가 번졌다. 이 차가 종점이 어디지? 대전? S시에서 내려야 하는데. 직장은? 회사 가서 출장 건을 보고해야 하는데. 당신의 머리에 떠오르는 많은 문장들은 오래 머무르지 않고 곧장 사라졌다. 그래 여행가자. 당신은 난생 처음 겪는 묘한 감정에 잠시 당황했지만 마음은 들떠 있었다.

2박3일어때요?

다시 문자가 왔다. 휴대폰을 주머니에 넣지 않고 손에 쥐고 있었기에 휴대폰이 울리자 몸이 덩달아 떠는 것 같았다.

맘대로

당신은 문자를 보내 놓고 펄쩍펄쩍 뛰는 가슴을 어쩌지 못 하고 머리를 뒤로 젖히고 눈을 감았다. 여학생을 돌아보고 싶었지만 돌아보는 순간 마법이 풀릴 것 같았다.

60만원오케이?

다시 문자가 왔고 당신은 당황했다. 돈을 요구한 거야? 당신은 순간 배신감이 들었다. 뭐야, 이거. 나를 봉으로 알고 있는 거야? 당신은 휴대폰을 쥔 채 창밖을 바라보았다. 어느새 여학생이 창밖에서 마주 보고 있었다. 어떻게 할까. 60만원이면 하루에 20만원 달라는 얘기인데. 이거 원조교제 아닌가. 당신이 머뭇거리는 사이 다시 문자가 왔다.

아저씨돈이꼭필요해서그래요

애걸하는 여학생의 목소리가 들리는 듯했다. 하지만 뒤통수를 얻어맞은 기분이었다. 학생이 그런 많은 돈이 왜 필요할까. 당신은 문득 여학생을 도와줘야겠다는 생각이 들었다. 그래 돈만 주고 그냥 보내자. 무슨 일이 있는 게지. 당신은 마음 한 구석에 아쉬운 생각이 들었지만 그러기로 마음먹었다.

그래 알았다

당신은 문자를 보내고 휴대폰을 주머니에 넣었다. 또다시 휴대폰이 울렸다.

선불요고마워요아저씨

당신은 *끄덕끄덕*, 이라는 글자를 쳐넣고 전송키를 눌렀다. 휴대폰을 주머니에 넣고 머리를 뒤로 젖혔다. 눈을 감았다. 왠지 가슴 한 구석이 텅 비어 있는 것 같았다. 꼭 돈만 주고 갈 필요 있나. 그냥 딸처럼 대하면 되지 않은가. 예전부터 딸이 하나 있으면 얼마나 좋을까, 하지 않았던가. 아빠에게 애교를 부리는 친구의 딸을 보며 얼마나 부러워했던가.

당신은 S시 버스역에서 내려 현금자동지급기에서 60만원을 인출했다. 자신이 아니면 그 여학생은 어느 남자에게 돈을 요구할지 몰랐다. 돈을 주며 무슨 말을 해야 하나. 차 앞에서 당신이 머뭇거리고 있는 사이 주머니에 든 휴대폰이 울렸다. 그 여학생인가 싶었는데 당신의 아내였다.

"당신 언제 와? 회사 갔다 올 거야?"

아내는 모임이 있어 저녁에 집에 없다고 말하며 물었다. 아마도 저녁을 준비해놓고 나가야 되느냐는 뜻이었다.

"근데, 여보."

당신은 잠시 뜸을 들였다. 어떻게 해야 하나. 등에서 식은땀이 흘렀다.

"나, 있지."

"응. 말해."

아내는 평소와 다른 당신의 말투에 의아하다는 듯 말했다.

"나…… 여행 갈 거야."

당신은 깜짝 놀랐다. 의도하지 않았는데 말이 툭, 튀어나왔다. 여학생에게 돈만 주고 집에 가려고 했는데. 이게 무슨 조화인가. 당신은 아내의 다음 반응을 긴장하며 기다렸다.

"여행? 무슨 여행? 당신 출장 간 거 아니었어?"

아내는 무슨 뚱딴지같은 말이냐는 듯 말했다.

"출장은 끝났고."

"근데 무슨 여행?"

"그냥 여행하고 싶어서."

당신은 무슨 말이라도 더 하고 싶은데 말이 길게 나오지 않았다.

"회사는? 근데 갑자기 여행은 왜?"

아내는 도저히 이해가 안 된다는 듯 말했다.

"휴가 내고. 나도 몰라. 그냥 갑자기 여행하고 싶어서. 이박 삼일로 갔다 올게."

"혼자서?"

"……."

당신은 말을 못 한다. 결혼 생활 26년 동안 한 번도 아내에게 거짓말을 한 적이 없었다. 더구나 여자 문제는 깨끗했다.

"여자하고?"

아내는 어이가 없어했다.

"무슨 일인지 모르겠지만 그냥 집으로 와."

"갔다 올게."

"잠깐만."

당신은 전화를 끊으려는데 아내가 당신의 말을 낚아챘다.

"정말 갈 거야? 애인이야?"

"그런 사이 아냐."

당신은 여학생을 아내에게 설명할 수 없어 안타까워했다.

"그런 사이 아닌데 이박 삼일로 여행을 해?"

아내는 화가 난 목소리로 말했다.

"……."

당신은 전화를 끊었다. 그리고 전원을 껐다. 순간 짜릿한 해방감을 느꼈다. 마치 목에 걸린 줄이 풀린 강아지 같은 느낌이었다.

당신이 차에 오르니 여학생은 당신에게 윙크를 한다. 당신은 순간, 당황하며 고개를 끄덕인다. 여학생은 당신이 가까이 다가오자 차창 쪽으로 건너 앉는다. 당신은 머뭇거리다 여학생의 옆자리에 앉는다. 다시 저릿함을 느끼고 가슴이 설렌다. 아, 이런 감정 언제 또 느꼈던 가. 여학생에서 풋풋한 내음이 풍긴다. 여자 냄새도 아니고 이제 갓 솟아오른 풀내음 같은 거. 당신은 주머니에서 돈을 꺼내 여학생에게 건넨다.

"고맙습니다."

여학생은 고개를 숙이고 인사를 한다.

"그래."

당신은 짧게 말한다. 그러면서 묻고 싶은 말들을 꿀꺽 삼킨다. 집에 는 안 가도 되니? 학교는? 돈은 어디에 쓸 건데? 하지만 어떠한 것도 여학생에게 묻지 않는다. 그냥 편안하게 여행하자.

그때 여학생이 당신의 손을 잡는다. 온 몸에 전기가 통하는 듯 쩌릿 하다. 당신은 여학생을 돌아본다. 아직 덜 익은 사과처럼 분홍빛 볼이 예쁘다. 한창 꽃다운 나이구나. 얼마나 좋은 나이냐. 행운이다. 순간 당신에게 엄청난 행운이 닥친 느낌이 든다. 이런 여학생과 여행을 하다니. 꿈이냐 생시냐. 회사에 전화해서 휴가 받아낼 일이 걱정이 되었지만 어쨌든 여행하기로 마음먹은 것은 잘 한 일이라 생각한다. 그러면서 당신은 예전에 이같이 누구와 여행을 한 적이 있다는 느낌이 든다. 누굴까. 아내는 아니었다. 결혼을 한 후 가족여행을 하더라도 차를 끌고 갔었다. 누구와 이렇게 버스를 타고 여행을 했을까.

맞아. 전유진.

당신은 손에 느껴지는 30여 년 전의 주인공을 기억해낸다. 전유진. 첫사랑. 당신은 첫사랑인 유진이와 버스를 타고 한 여행을 떠올리려 애쓴다. 하지만 너무 오래된 일이라 떠오르는 기억이 없다. 다만 이렇게 손을 잡고 버스를 탄 기억이 희미하게 남아있다. 갑자기 유진이가 보고 싶다. 당신은 여학생의 손을 꼭 잡는다. 여학생도 아무 말 없이 손에 힘을 준다. 마음이 더없이 편안하다. 당신은 버스가 정차하지 말고 계속 내달렸으면 좋겠다는 생각을 한다. 하지만 야속하게도 그런 생각을 하는 순간 버스는 어느새 B버스역에 진입하고 있다. 벌써 이렇게 왔나. 1시간이 흘렀다. 꿈이라도 꾸는 느낌이다. 손잡고 잠깐 생각하는데 1시간이 흐르다니. 그때 당신은 승강장에 법주사라고 쓰인 팻말을 본다.

"내리자."

당신은 여학생의 손을 끌고 서두른다.

"우리 속리산에 가자."

"속리산이요?"

여학생은 놀라서 당신의 얼굴을 본다.

"응. 법주사."

당신은 여학생의 손을 잡고 차에서 내린다. 그리곤 곧장 대합실로 가서 법주사행 표를 두 장 끊는다.

"저 화장실 좀 갔다 올게요."

"응 그래."

당신은 차 앞에 기다리기로 한다. 저녁 시간이라 그런지 차안에는 승객이 몇 명 되지 않는다. 당신은 휴대폰을 꺼내 전원을 켠다. 회사에 전화해야 하는데, 뭐라고 핑계를 대나. 당신은 입맛을 다신다. 그러고 보니 회사에 휴가를 한 번도 낸 적이 없었다. 회사에서도 휴가를 제일 싫어하였다. 건설회사라 휴일에도 출근하는 것을 당연시 여겼다. 이번 출장 건도 문경세제 관광단지 공사건이었다. 오늘 결과를 보고하고 대책을 마련해야했다. 당장 조치를 취하지 않으면 경쟁사에서 치고 올라올 게 뻔했다. 그때 휴대폰이 울린다. 당신은 움찔 놀란다. 액정화면을 들여다본다. 아내다. 당신은 머뭇거린다. 휴대폰은 계속 울린다. 당신은 전원을 끄려다 통화버튼을 누르고 귀에 댄다.

"당신 어디야?"

아내는 단단히 화가 나 있다.

"……"

"휴대폰은 왜 꺼놨어?"

"……"

"내가 당신한테 잘못한 게 있어?"

"없어."

"나한테 지겨워?"

"아냐."

"그럼 뭐야. 나한테 싫증났어?"

"아냐."

"나 사랑 안 해?"

"그런 게 아냐."

"그럼 뭐야. 도대체 이유가 뭐야."

아내는 이제 울 것처럼 얘기를 한다.

"나도 모르겠어."

"당신이 모르면 누가 알아."

"미안해."

"이게 미안하다고 될 일이야?"

"미안해."

당신은 전화를 끊는다. 나도 내 마음 모르겠어. 당신은 어쩌면 영영 집으로 돌아가지 않을지도 모른다는 생각이 든다. 그래 이제 좀 하고 싶은 거하고 살자, 더 늦기 전에. 50여 년 동안 한 번도 자신의 마음대로 산 적이 없었다는 생각이 든다. 당신은 휴대폰의 전원을 끄고 주머니에 넣으니 또다시 해방된 느낌이 든다. 아내에게 미안하지만 어쩔 수 없다고 생각한다. 이 여학생과 어디 멀리 여행가서 돌아오지 않았으면 좋겠다는 생각이 든다. 그러면서 그런 생각을 하는 당신 자신에게 또다시 놀란다. 아내에게 불만이 있는 것도 아니다. 가정에 문제 있는 것도 아니다. 아내는 내조를 잘 하는 살림꾼이고 두 아들은 대학에 다닌다. 둘 다 공부도 잘 하고 모범생이다. 혹시라도 나중에 자신들보다도 더 어린 여학생과 여행한 것을 알고 나면 두 아들은 뭐라고 할까. 미쳤다고 할까. 이해를 해야한다. 당신은 속으로 중얼거린다. 결혼한 후 한 번도 혼자서 여행한 적이 없었다. 누구와 바람피운 적도 없었다. 아니, 바람피울 시간도 없었다. 항상 밤늦은 시간에 퇴근해서 아침에 출근하기 바빴다. 바쁘게 살았고 그런 삶에 지쳐 있었지만 딱히 불만은 없었다.

"아저씨."

여학생이 오지 않아 고개를 빼고 대합실 쪽을 흘끔거리는데 어느새 여학생이 가까이 다가와 당신을 부른다.

"아니?"

당신은 여학생을 알아보지 못 했다는 듯 허허, 웃는다. 여학생은 어느새 숙녀로 변신해 있다. 선글라스를 쓰고 묶은 머리를 풀었다. 교복을 입지 않고 흰 블라우스에 청바지로 바꿔 입었기에 당신은 미처 알아보지 못 한 것이다.

"왜요? 이상해요?"

"아니, 아니."

당신은 당황하여 말한다. 교복 차림과 이렇게 다를 수 있다니. 여학생의 변신에 당신은 안도의 숨을 내쉰다. 아무래도 부담이 된 건 사실이다. 단지 여행만 한다고 하더라도 교복을 입은 학생의 복장 때문에 남들의 시선이 부담스러웠다. 당신과 여학생은 차에 올라탄다.

"앉아."

당신은 여학생이 차창 쪽으로 타도록 길을 터준다. 여학생은 앉자마자 말한다.

"저, 혜정이에요. 서혜정."

"그래, 혜정이. 예쁜 이름이구나."

당신은 혜정을 향해 밝게 웃는다. 오랜만에 웃는구나, 당신은 생각한다. 언제부턴가 웃을 일이 별로 없었다. 직장에서도 집에서도. 집에서는 아이들이 없어 아내와 둘이서 지내니 할 얘기도 없었다. 아내와 섹스를 한 지도 오래되었다. 아내가 싫다거나 그런 게 아니었다. 그냥 피곤하기도 했고 관심도 없었다. 아내 또한 섹스에 대해 무관심했다. 그러니 언제 섹스를 했는지 기억에도 없을 정도였다.

차는 승강장을 빠져나와 방천둑길로 올라선다. 냇가에서는 이른 더위에 아이들이 물고기를 잡고 있다. 당신의 눈에 모든 광경이 익숙하다. 시내를 벗어나 양쪽으로 나무가 줄지어선 도로를 달릴 때도 당신은 혜정의 손을 꼭 잡고 있다. 이런 행동이 당신은 매우 익숙하다는 것을 느낀다. 언제 이런 일이 있었지? 당신은 기시감에 기억을 떠올리려고 안간힘을 쓴다. 법주사로 가는 버스에서의 기억이다. 맞아. 전유진. 첫사랑. 당신은 하마터면 큰소리로 말할 뻔했다. 아마도 사귀고 나서 처음으로 둘이 여행한 것이었다. 30여 년이 흘렀는데도 이렇게 느낌이 뚜렷하다니. 당신은 혜정을 잡은 손에 힘을 준다. 마치 30여 년 전에 그랬던 것처럼. 그때의 감정이 혜정의 손을 통해 새록새록 솟아난다.

"법주사에 많이 가 봤어요? 왜 가자고 했어요? 무슨 좋은 추억이라도 있나봐."

혜정은 밝게 웃으며 말한다.

"예전에 한 번 가봤는데 문득 버스역에서 팻말을 보고 가보고 싶다는 생각이 들었어."

당신에게 법주사란 이름이 그리움으로 다가온다.

"누구랑 갔었는데요?"

"글쎄."

당신은 얼버무린다.

"사모님하고요?"

"아니."

"그럼 애인하고 갔었구나. 좋았겠다."

좋았지. 당신은 속으로 말한다. 유진은 당신이 헤어진 뒤 곧 잊었다 생각했는데 이렇게 생생하게 남아 있다니. 당신 스스로 놀란다.

"옛날 애인 얘기 해줄래요?"

혜정은 당신을 보며 독촉한다.

"나중에."

당신은 혜정의 웃는 모습이 귀엽다는 듯 볼을 살짝 꼬집어준다. 아, 예전에도 그랬는데. 유진은 잘 웃었고 농담도 곧잘 하였다. 그럴 때마다 당신은 유진의 볼을 꼬집어주고는 했다. 갈수록 혜정을 첫사랑 유진으로 착각한다. 손에 힘이 들어간다.

차는 주차장으로 들어선다. 당신과 혜정은 일어선다.

"배 안 고파?"

"아직요. 법주사부터 구경하고요."

혜정은 차에서 내리느라 놓친 손을 잡으며 말한다. 그러더니 슈퍼마켓으로 당신을 이끈다. 안으로 들어가 아이스크림 두 개를 사온다. 당신은 아이스크림을 입에 문다. 시원한 느낌이 온 몸에 퍼진다. 아이스크림이 이렇게 맛있을 줄이야.

어느새 당신과 혜정은 법주사 경내로 들어선다.

"와. 크다."

혜정은 왼쪽에 서 있는 금동미륵대불을 보고 감탄한다. 저녁시간이라 그런지 서너 명의 사람들만이 불상 앞에서 구경하고 있다.

"저 안으로 들어가면 절하는 데 있어."

"여기서 할래요."

혜정은 당신의 말을 듣지 않고 쪼르르 달려가더니 불상 앞에서 두 손을 모으고 고개를 숙이고 있다. 당신은 그런 혜정의 모습을 미소를 띠며 바라본다. 예뻐서 죽겠다는 표정이다. 예전에 유진이도 금동미륵대불에 손을 모으고 고개를 숙인 채 기도를 했다. 무슨 소원 빌었니? 당신이 물었을 때 유진은 혀를 날름 내밀며 비밀이라고 말했다. 혜정 역시 그럴까? 당신은 그런 혜정의 모습을 상상한다.

한동안 고개를 숙이고 있던 혜정은 고개를 들고 손을 푼다.

"무슨 소원을 빌었니?"

당신은 묻는다.

"비밀."

역시나 혜정은 얘기를 않고 자리를 옮긴다. 당신은 혜정의 뒤를 따른다. 길게 그림자를 드리운 경내에 당신은 안온함을 느낀다. 또한 관광객들이 별로 없어 마음에 든다. 혜정은 경내를 돌면서 수시로 당신에게 휴대폰으로 사진을 찍어달라고 한다. 팔상전 앞에서도, 쌍사자 석등 앞에서도 찍어달라고 한다. 그러면 당신은 두말 않고 되도록 예쁘게 나오게 하려 애쓰며 사진을 찍는다. 다만 같이 찍자는 말을 않는 혜정이가 조금 서운하기는 하다. 유진은 혼자 사진 찍기보다 함께 찍으려했다. 팔짱을 끼고, 손을 잡고. 지나가는 사람들에게 잘도 부탁했다.

"혜정이는 절이 좋은가봐."

당신은 혜정의 손을 잡는다.

"예전에 할머니랑 많이 다녔어요."

"그렇구나."

당신은 고개를 끄덕거린다. 대웅보전에 왔을 때 혜정이가 들어가서 절하겠다고 한다.

"아저씨도 절 하세요. 부처님께 절하면 소원이 이루어진대요."

혜정은 당신에게 독촉한다.

"그래."

당신은 못 이기는 척 대웅보전 안으로 들어간다. 지갑에서 1만원을 꺼내 불전함에 넣는다. 혜정과 나란히 서서 절을 한다. 태어나서 불상 앞에서 처음 하는 절이다. 처음에는 무심하게 절을 하다 소원을 빈다면, 혜정과 영원히 함께 있으면 좋겠다는 생각이 들었고, 그 소원이 이루어졌으면 좋겠다는 생각을 한다. 그런 생각을 하며 절을 하는 당신은 스스로 놀란다. 그러면서 이 무슨 방정맞을 생각을, 하며 다시 생각을 지우고 무심하게 절을 한다. 그러다 앞에 있는, 이리저리 더듬이를 움직이고 있는 귀뚜라미 한 마리를 본다. 그 순간 갑자기 울컥, 가슴이 뜨겁다. 왠지 눈물이 나올 거 같다. 원, 이거 참. 속으로 난감해하는데도 눈시울이 뜨겁게 느껴진다. 펑펑, 눈물이라도 흘리면 속이 후련할 것 같다.

당신이 절을 마치고 밖으로 나올 때까지도 혜정은 절을 하고 있다.

두 손을 모으고 무릎을 꿇고 엎드리는 모습이 수도를 하는 것 같다. 사연이 많은 애구나. 당신은 애처롭게 혜정을 바라본다.

혜정이 밖으로 나온 후에도 당신은 혜정에게 아무 말도 붙이지 않는다. 혜정은 왼쪽으로 돌아간다. 산신각이 나온다. 산신각을 둘러보고 나자 혜정은 당신의 손을 잡는다. 당신은 안도의 숨을 내쉰다. 하지만 경내를 벗어날 때까지 혜정은 묵묵히 걷는다. 침묵에 당신은 답답하다.

"우리 뭐 좀 먹을까?"

혜정은 대답 대신 고개를 끄덕거린다.

"뭐 먹고 싶은데? 말해, 다 사 줄게."

"아무 거나요. 저 다 잘 먹어요."

혜정은 당신을 바라보며 방긋 웃는다. 당신은 순간 안고 싶은 충동을 가까스로 억누른다. 이러면 안 되지. 당신은 스스로 책망한다. 오른쪽으로 무리지어 선 식당을 둘러보다가 통나무로 된 집으로 들어간다. 이 집 역시 기시감이 있다. 식당 안으로 들어가지 않고 밖에 놓인 통나무 의자에 앉는다. 예전에 이렇게 통나무에 앉아 동동주를 마셨는데. 당신은 떠오르는 추억을 되씹어본다. 아마도 유진이었을 것이다. 술을 마시고 난 뒤 여관에 갔고, 첫 동정을 뗐었지. 당신은 혜정을 흘끗 보다 고개를 돌린다. 주인인 듯한 아주머니가 메뉴판을 들고 왔고 당신은 혜정에게 주문하라고 한다.

"우리 동동주 한잔해요."

"술 할 줄 알아?"

당신은 하마터면 학생이 술 마시면 되니? 그럴 뻔했다. 당신은 메뉴판을 보며 동동주와 버섯전골을 주문한다. 이곳은 백 프로 자연산 버섯만 씁니다. 주인은 메뉴판을 들고 가며 말한다. 식당 손님 대부분이 연인으로 보이는 사람들뿐이다. 모두들 20대로 보이는 젊은이들이다. 문득 저 나이가 부럽다는 생각이 든다.

"혜정이가 좋아하는 식당으로 갈 걸 그랬나?"

당신의 말에 혜정은 저도 이런 데 좋아해요, 한다. 그래 그렇구나. 당신은 혜정을 물끄러미 바라본다. 이대로 시간이 멈추면 좋겠다는 생각이 든다. 혜정을 온전히 차지하고픈 욕망이 꿈틀거린다. 2박 3일이 아니라 계속 함께 지냈으면 좋겠다는 생각이 자꾸만 머리에 똬리를 튼다. 주인이 동동주를 들고 나온다.

"내일은 바다로 갈까?"

당신은 혜정의 잔에 동동주를 따르며 말한다.

"좋아요. 근데 어디로 갈까요?"

"혜정이 좋아하는 곳으로."

"음. 어디 갈까."

혜정이 생각을 하는 동안 당신은 혜정의 잔에 술잔을 부딪히고 입으로 가져간다. 입에 착 감기는 게 꿀맛 같다. 원래는 동동주나 막걸리보다는 소주를 마시는데 오늘 당신은 연거푸 몇 잔을 달콤하게 마신다. 혜정도 두 잔을 연거푸 마신다.

"천천히 마셔라."

당신은 혜정을 바라보며 말한다. 그러면서 예전에도 유진에게 그런 말을 한 것이 기억난다. 30여 년이 지났으니 그 집이 아니겠지만 그래도 왠지 같은 집이라는 느낌이 든다. 그때는 둘이서 엄청나게 술을 많이 마셨다. 할 얘기도 얼마나 많은지 잠시도 쉬지 않고 조잘대었다. 세상을 다 가진 기분이 들었다. 한 여자를 차지하는데 세상을 다 가진 기분이라니. 밤늦도록 술 마시고 여관으로 가서 태어나 첫 섹스를 했다. 어떻게 하는지 몰라 허둥대던 모습까지 눈에 선하다. 지금도 그때와 비슷한 기분이다. 세상을 다 가진 기분. 문득 혜정을 안고 싶은 생각이 든다. 건드리면 톡 터질 것 같은 말간 입술에 키스를 하고 싶은 욕망도 생긴다. 이러면 안 되는데 하면서도 자꾸 그런 생각이 들어 연거푸 술잔을 입으로 가져간다. 잔이 빌 때마다 혜정은 술을 따른다.

혜정은 술이 취하는지 숨을 길게 내쉰다.

"그만 마셔라. 취하겠다."

"괜찮아요."

혜정은 자신의 잔에 술을 따른다.

동동주 두 동이를 마셨을 때 당신은 혜정에게 말한다.

"우리 노래방 갈까?"

"좋아요."

혜정은 침울한 표정을 짓고 있다가 일어선다. 당신은 계산을 끝내고 밖으로 나온다. 막상 밖으로 나오니 취기가 오르는 것 같다. 당신은 정신을 다잡으며 주위를 두리번거린다. 가까운 곳에 있는 '뉴욕노래방'이 눈에 띈다.

"가요."

왠지 혜정의 말투에서 체념한 것 같은 느낌이 묻어난다. 당신은 아랑곳 않고 혜정의 뒤를 따라간다. 노래방에는 이른 시간인지 손님이 별로 없다. 주인은 두 명이라고 하자 작은 룸으로 안내한다. 당신이 들어가서 자리에 앉자 혜정이 노래판을 당신에게 내민다.

"기분 안 좋아? 나갈까?"

당신은 혜정의 눈치를 보며 말한다. 왠지 혜정의 표정이 굳어 있다.

"에이 노래방까지 왔는데 노래 불러야지요."

"피곤하면 그냥 나가도 돼."

"괜찮아요. 아저씨 먼저 불러봐요."

혜정은 밝게 웃으려고 입꼬리를 올린다. 당신은 그런 모습까지도 예쁘다.

"아냐, 먼저 불러. 난 나중에 부를게."

혜정은 고개를 끄덕이더니 노래판도 보지 않고 리모컨 번호를 누른다. 순간 빠르고 경쾌한 음악이 울려퍼졌고 화면엔 어린 소녀들이 춤을 추는 모습이 나타난다. 혜정은 당신을 향해 돌아서서 노래를 부르기 시작한다. 두 손으로 마이크를 잡고 몸을 옆으로 흔드는 모습이 너무나 귀엽다. 당신은 자신도 모르게 마른침을 꿀꺽 삼킨다. 혜정은 노래를 부르다 당신에게 윙크를 하곤 한다. 그럴 때마다 당신의 몸은 전율을 일으킨다. 혜정은 노래가 끝나고 당신에게 노래를 권하지만 당신은 계속 부르라고 한다. 혜정에게 어울리는 노래를 부르지 못 할 것 같아 자신감이 없다. 자신이 부르는 것보다 오히려 혜정이 노래 부르는 모습을 보는 게 좋다고 생각한다. 혜정은 계속해서 노래를 부른다. 혜정이 부르는 노래를 당신은 하나도 알지 못 한다. 하지만 당신은 황홀경에 빠져 있다. 이대로 영원하라. 당신은 속으로 외친다. 노래가 조용한 것으로 바뀌었을 때 당신은 앞으로 나아가 혜정을 뒤에서 안고 싶은 마음이 든다. 아까부터 안고 싶었던 마음이다. 혜정은 아랑곳 않고 계속 노래를 부른다. 당신은 눈을 감는다. 어느새 노래는 다시 경쾌한 음악으로 바뀐다. 당신은 아쉬운 마음을 달래며 자신도 모르게 긴 숨을 내쉰다.

1시간은 금방 지났고 혜정은 자리로 온다. 이마에 땀이 배어 있다. 몸에서 열기가 후끈거린다. 당신은 혜정을 안고 싶은 마음에 가슴이 쿵닥쿵닥거린다.

"나가요, 우리."

혜정은 일어선다. 당신도 엉거주춤 일어선다.

노래방을 나오니 시원한 바람이 불어온다. 당신은 그냥 아무 말도 않고 걷는다. 왠지 초조해지는 기분이다.

"우리 저기 한 바퀴 돌까?"

말도 없이 걷는 것이 어색해서 조각공원을 가리키며 당신은 말한다.

"예."

혜정은 작은 소리로 말한다. 노래를 미친 듯 부를 때와는 딴판이다. 당신과 혜정은 조각품이 있는 곳으로 걸어간다.

나신의 여인상, 두 여인의 나신상 들을 볼 때마다 얼굴이 화끈거린다. 마치 혜정의 알몸을 본 것처럼 가슴이 벌렁벌렁거린다.

당신과 혜정은 신발과 양말을 벗고 황톳길을 걷는다. 둘 다 말이 없다. 시간은 더디게 흐른다. 오랫동안 시간을 보냈다고 생각했는데 채 30여 분이 지나지 않았다. 이제 어디로 가나. 당신은 고개를 숙이고 땅을 내려다본다.

"아저씨, 우리 자러 가요."

혜정이가 어색하게 흐르는 침묵을 깨고 말한다.

"그럴까?"

당신은 모텔들이 있는 곳으로 걸어간다. 혜정은 당신의 뒤를 따라 걷는다. 모텔들이 줄지어 선 곳에서 당신은 걸음을 멈춘다. 어디로 갈까? 당신은 눈으로 혜정에게 묻는다. 혜정은 고개를 숙이고 잠자코 있다. 당신은 잠시 머뭇거리다 '스카이 모텔'이라는 불빛이 빛나는 모텔로 들어간다. 잠자코 혜정이가 뒤따른다. 계산을 하고 객실키를 받았을 때 가슴이 뛰기 시작한다. 예전에도 이랬는데. 유진이와 밤늦도록 술을 마시다 여관으로 들어갈 때 구름 위를 걷는 것 같았다. 괜히 아랫도리가 뻐근했다. 아직 동정을 떼지 않은 상태라 호기심도 발동했다. 유진 또한 아무 말도 없이 고개를 폭 숙이고 따라왔었다.

당신은 계단을 올라가다 걸음을 멈추고 혜정을 돌아본다.

"불편하면 방 두 개 얻을까?"

순간 혜정의 얼굴이 굳는다. 당신은 혜정의 대답을 기다린다.

"괜찮아요."

혜정은 고개를 폭 숙인 채 말한다. 3층으로 올라온 당신은 먼저 방으로 들어간다. 하얀 침대가 먼저 눈에 띈다. 그리고 탁자와 의자 둘, 화장대. 당신과 혜정은 잠시 서 있다가 의자에 앉는다. 여전히 가슴은 쿵닥쿵닥 뛴다. 마치 신혼 첫날밤을 치르는 신랑 같다는 생각이 든다. 혜정은 가방을 바닥에 놓고 손만 만지작거린다. 침묵이 흐른다. 당신은 침묵이 부담스럽다.

"먼저 씻을게요."

혜정은 작은 소리로 말한다.

"응."

당신의 목소리 또한 작다. 혜정은 욕실로 들어간다. 욕실은 반투명 유리로 되어 있어 사람의 형체가 어렴풋이 비친다. 당신은 눈길을 돌려 창밖을 본다. 창밖에는 환한 불빛이 쏟아지고 있다. 사람들의 목소리도 들린다. 이제 젊은이들이 활기를 찾는 시간 같다. 창밖을 보고 있다고 생각했는데 어느새 당신의 눈길은 욕실을 향하고 있다. 옷을 벗은 혜정의 샤워하는 모습이 반투명 유리로 비친다. 당신은 자신도 모르게 깜짝 놀란다. 당신은 일어서서 방안을 서성인다. 여전히 신혼 첫날밤처럼 설레는 마음으로 가슴이 쿵닥쿵닥 뛰면서 이상하게 초조하고 등에서 식은땀이 난다. 당신은 진정을 하느라 두 손을 들어 머리 위로 쭉 뻗는다. 손을 허리에 대고 빙글빙글 돌린다. 숨을 길게 들이마시고 길게 내쉰다. 몇 번 반복한다. 그래도 마음이 진정되지 않는다. 욕실에서 여전히 물이 떨어지는 소리가 들린다. 당신은 한동안 고개를 숙이고 앉아 있다.

당신은 머뭇거리다 문을 조용히 열고 밖으로 나온다. 계단으로 내려와 길로 나선다. 시원한 바람이 얼굴을 쓰다듬는다. 당신은 주위를 두리번거리다 하늘을 본다. 한참동안 그렇게 서 있더니 주차장 쪽으로 걸어간다. 상가 쪽에 '빈차'라는 붉은 글씨가 빛나는 차가 서 있다. 당신은 차로 다가가 올라탄다.

"어디로 모실까요?"

택시 기사의 말에 당신은 말을 못 한다. 어디로 가나. 당신은 머뭇거린다. 기사는 룸미러로 당신을 본다. 어서 말하라는 투다. 당신은 겨우 말한다.

"그, 그게…… 그러니까."

당신은 말문이 막힌다. 어디로 가야하나. 갈 데가 없다. *

나는 날마다 칼을 품고 산다

상상과 비밀

*

그가 아내의 전화를 받았을 때, 발신자는 아내가 아니었다. 아내의 이름이 액정화면에 떴기에 당연히 아내라 생각했는데 전화를 건 사람은 그가 사는 아파트 옆 동의 정미 엄마라는 사람이었다. 그녀의 떨리는 목소리는 곧 울음이라도 터뜨릴 듯 했다. 그때 그는 세희와 함께 30년 된 위스키를 마시려던 참이었다.

"어쩐 일이시죠?"

그의 건조한 말에 정미 엄마는 잠시 말을 잇지 못 했다.

"저, 현수 엄마가…… 우리 집에 있는데 빨리 왔으면 좋겠습니다."

두서없는 말이었다. 그는 위스키를 입에 털어놓고 혀로 한 바퀴 굴리다 꿀꺽 삼켰다. 식도에서 열이 확 났다. 세희는 잔에 술을 따랐다.

"무슨 일이신지……."

그는 샤워를 하고 속옷을 입지 않은 세희의 옷 밖으로 솟아오른 유두를 엄지와 검지로 만지작거렸다.

"시내 공원에서…… 현수 엄마가……."

정미 엄마는 말을 더듬었다. 그는 손을 세희의 남방 속으로 집어넣었다. 탱탱하고 탄력 있는 유방이 손 안 가득 들어왔다.

"무슨 일인데요. 집사람 옆에 있어요?"

그는 유방을 쥔 손에 힘을 주었다. 화난 일이 있거나 못마땅한 일이 있을 때 하는 버릇이었다. 세희의 몸이 움찔거렸다.

"있는데…… 전화 받을 형편이…… 못 돼요. 하여튼 빨리 집에 오셨으면……."

"대체 무슨 일입니까?"

정미 엄마의 침이 넘어가는 소리가 휴대폰 밖으로 튀어나왔다.

"그러니까 공원에서…… 당했어요, 현수 엄마가."

"당하다니요?"

명확하지 않은 말투에 짜증이 났고 또다시 유방을 쥔 손에 힘이 들어갔다. 세희는 또다시 움찔거렸다.

"하여튼 빨리 집에 왔으면 해요. 1208동 1513호에요. 그럼 이만……."

그는 어이가 없었다. 웃음이 나오려고 했다. 위스키를 단숨에 들이켰다. 저녁 무렵 시장을 만나 우회도로 건설 건을 타협지었다. H사와 D사가 함께 뛰어들었지만 그가 저번에 준 미끼는 유효했다. 타협되자마자 그는 또다시 큰 미끼를 시장의 입에 넣어주었다. 시장은 현금만 고집했다. 수표도 차명통장도 싫어했다. 하지만 그는 미끼를 줄 때마다 녹음하는 걸 잊지 않았다. 아마도 교활한 시장은 그 정도는 알고 있을 터였다.

"조 사장 걱정 마. 내 임기 동안만이라도 팍팍 밀어줄 테니."

시장은 돈이 든 가방을 자신의 책상 밑으로 밀쳐놓고는 필요이상 큰소리로 그에게 말했다.

"저 또한 시장님이 다음 선거뿐 아니라 재직하시는 동안 성심성의 껏 모시겠습니다."

그 또한 필요이상으로 목청을 높였다. 대학을 졸업하자마자 비록 시골이라 해도 제법 규모가 큰, 아버지가 창업한 건설회사에 들어와 지금껏 고향에서 있어 왔으니 초중고 동창만 해도 어마어마했고 회사를 운영하면서 다진 인맥 또한 그에 못지않았다. 시장은 그런 그의 위상을 잘 꿰뚫고 있었다.

그는 세희를 침대로 데리고 갔다. 평소와는 좀 이른 편이었다. 시장과 담판을 짓거나, 크거나 작거나 공사가 끝나면 그는 세희에게 왔고 머리꼭지가 돌도록 술을 마셨고 미친 듯이 섹스를 했다. 그러나 지금은 술을 몇 잔 마시지 않은 상태였다. 세희는 집에 무슨 일이 있느냐고 물었다. 이제, 세희와 헤어질 때가 되었구나, 그는 생각했다. 집에 대해 묻는 게 아니었다.

그는 빨리 집에 가야 되는데, 마음이 조급해지자 세희를 침대에 거칠게 눕혔다.

*

전화를 끊고 나서 정미 엄마는 안방에 귀를 기울였다. 아무 소리도 들리지 않았다. 현수 아빠에게 전화를 한 게 잘 한 짓인지 확신이 서지 않았다. 그냥 이대로 아무 일도 없었다는 듯이 그냥 넘어갈 수도 있었지 않을까. 고소를 하고 범인을 잡는다 한들 현수 엄마가 당한 상처가 치유될 것인가. 가족이나 주위 사람들 아무도 모르는 게 더 낫지 않을까. 당한 사람은 결국 가정이 깨진다는 소리를 들은 적이 있었다. 가정이 깨진다면 범인을 잡은 들 무슨 소용인가.

현수 엄마를 우연히 베란다 너머로 보았다. 밤 9시 뉴스가 끝나고 연속극이 시작되기 전 막간을 이용하여 화분에 물을 주고 있을 때였다. 흘린 물을 훔쳐내고 베란다 밖을 바라보는데 한 여자가 비틀거리며, 신발도 신지 않은 채 아파트 단지 안으로 들어오는 게 보였다. 어두컴컴한 밤인데도 흰 색 바탕에 세로 보라색 줄무늬 운동복이 먼저 눈에 들어왔고 헝클어진 머릿결이 나중에 들어왔다. 눈에 익었다. 아니. 그녀는 순간 현수 엄마라는 걸 알았고 직감으로 무슨 일이 생겼구나 싶었다. 걸레를 베란다에 둔 채 밖으로 나갔다. 비틀거리며 주차장을 가로질러 오는 사람은 역시 현수 엄마였다.

"왜 그래, 현수 엄마."

그녀가 다가가 어깨를 잡았을 때 현수 엄마는 흠칫했다. 눈의 초점은 풀려 있었고 서 있는 것조차 힘겨워했다. 머리는 헝클어졌고 상의와 바지에도 나뭇잎과 마른 풀이 묻어 있었다. 그녀는 직감했다. 당했구나.

"공원에 갔었어? 현수 엄마?"

현수 엄마는 아무 말도 하지 않았다. 공원은 시내에 있는 야트막한 산에 꾸며져 있는데 몇 개월 전부터 이상한 소문이 돌았다. 대낮에 운동을 하던 주부가 강간을 당하여 벌거벗긴 채 나무에 매달려 있었다는 둥 바바리가 나타난다는 둥 하는 소문이었다. 공원에는 산 둘레를 따라 산책길이 놓여 있고 중간 중간에 운동기구도 설치되어 있어 시내 사람들이 자주 찾는 곳이었다. 그녀도 현수 엄마랑 더불어 7공주 회원들과 자주 공원에 운동하러 갔었다.

"자자. 일단 들어가자."

그녀는 현수네 집으로 가는 대신 자신의 집으로 데리고 왔다. 그리고 침대로 가 눕혔다.

"어찌 된 거야? 정말 공원에서 오는 길이야?"

그녀가 재차 다그쳤을 때 그녀는 힘없이 고개를 끄덕였다.

"설마?"

그녀는 아차, 했지만 이미 나온 말을 주워담을 수는 없었다. 현수 엄마는 말없이 눈물만 흘렸다.

"경찰에 신고해야지. 병원도 가고. 잠깐 우선 마음부터 안정하고."

그녀는 무얼 어떻게 해야 할지 몰라 허둥대었다.

"참, 현수 아빠 퇴근했어? 집에 있어?"

현수 엄마는 고개를 가로저었다.

"이를 어째. 그럼 빨리 연락해야지."

그녀의 말에 현수 엄마는 망설이는 듯하다가 바지에서 휴대폰을 꺼내 주었다.

"몇 번?"

"1번."

그녀는 안방을 나와 2번을 누르는데 자꾸만 허공을 누르는 듯했다. 현수 아빠는 피곤한 목소리로 딱딱하게 전화를 받았다. 당했다고 했는데도 믿는 눈치가 아니었다. 그래도 그렇지, 괜히 전화했나. 그녀는 전화를 끊고 휴대폰을 한참 들여다보았다. 안방 문을 열어 보니 현수 엄마는 팔을 이마에 얹은 채 눈을 감고 있었다. 그녀는 조용히 문을 조금만 열어 놓고 거실에 앉았다. 밤에는 운동하러 잘 가지 않는데 웬 일로 갔을까 싶다. 운동하러 가거나 여성회관이나 도서관에 문화강좌 듣는 멤버들이 있었다. 현수 엄마를 비롯해 일곱 명이 되었다. 모두들 작은애가 대학생이 되어 집을 떠난 상태였다. 큰애들은 군대를 갔거나 졸업반이었다. 그래서 그녀들은 오전에는 여성회관이나 도서관에서 문화강좌 한 강좌를 듣고 점심엔 어느 한 집에 가 비빔국수를 비롯해 전을 부쳐 먹거나 새로 개업한 식당에 가기도 했다. 오후엔 주로 공원에서 운동을 했다.

이제 현수 엄마는 함께 못 하겠구나, 하는 생각이 들었다.

*

아내는 형사와 마주앉자 고개를 숙이고 불안해했다. 그가 옆에 앉아 어깨에 팔을 두르고 안심을 시켰으나 여전히 아내는 가늘게 떨었다.

"허 참, 이런 시골에서도."

형사는 진심으로 걱정해 주었다. 그러면서 그때 일을 자세하게 말해 주어야한다고 했다.

"여자 형사분은 없습니까?"

그는 항의조로 말했다. 아무리 형사라지만 그때 그 상황을 남자에게 상세하게 말해야 한다는 게 그로서는 납득이 되지 않았다.

"전담 형사에는 여자가 없습니다. 원하신다면 다른 과 여경을 참석시키지요."

형사는 어떻게 하겠냐고 그를 쳐다보았다. 그가 뜸을 들이자 형사는 말을 이었다.

"물론 사장님도 사모님 곁에 계셔도 좋습니다. 오히려 마음을 안정시키는데 그게 좋을 수도 있고요."

"그렇게 하지요. 되도록 빨리 끝내줬으면 좋겠습니다. 아내가 힘들어 하니."

"예 그러지요."

형사는 전화기를 들고 어딘가로 전화를 걸었다. 그는 심한 흡연 욕구가 일었으나 꾹 참았다. 어떻게 이런 일이 아내에게 닥치다니. 말로만 듣던 이야기였다. 내 아내에게, 살림밖에 모르는 순진한 내 아내에게. 처음 전화가 왔을 때 당했다는 말을 이해하지 못 했다. 당하다니. 뭘? 누가? 아내가? 설마, 그랬다. 근데 이게 현실인가. 정말이지 옆에 범인이 있다면 갈기갈기 찢어도 속이 후련하지 않을 것 같았다.

잠시 후 30대로 보이는 제복을 입은 여경이 왔고 형사는 조사실로 가자고 했다. 그는 여전히 아내의 어깨를 팔로 두른 채 조사실로 들어갔다. 조사실은 책상과 의자뿐 다른 사무기구는 없었다.

"조사 내용은 모두 녹화가 됩니다."

형사는 여경을 옆에 앉히고 아내에게 마음 편하게 가지라는 투로 말했다. 하지만 그는 여전히 불쾌한 마음은 떨쳐버릴 수 없었다. 여경이 비록 옆에 있다손 치더라도 조사하는 사람은 남자였다.

"여경께서 조사하시면 안 됩니까?"

그는 항의 비슷하게 말했다.

"그건 좀 곤란합니다. 최대한 사모님의 입장을 고려해서 하겠습니다."

"그렇게 하시지요."

여경도 그에게 이해하라고 했다. 그는 아내의 어깨를 손바닥으로 톡톡 두드렸다. 나가고 싶다. 조사고 뭐고 그냥 집으로 갔으면 싶었다.

"이름은요?"

"채연희."

아내는 기어들어가는 목소리로 말했다.

"좀 더 크게 말씀해주시고요. 주소와 주민번호 말씀해주세요."

아내는 고개를 숙인 채 말을 더듬거렸다. 그는 아내의 어깨를 잡은 손에 힘을 주었다.

"그럼. 일시와 장소 자세하게 말씀해주시고요."

형사는 컴퓨터를 바라보며 말했다.

"저녁 아, 아홉 시경에, 시, 시민 공원에서……."

"시민 공원 어디요? 정확하게 말씀해 주시면."

"산, 산책길에요. 크, 큰 나무 있고…… 운동기구 있는데……."

"혼자 갔습니까?"

"예."

"왜 갔지요?"

"우, 운동하러요."

"평소에도 자주 가십니까?"

"예."

"음. 범인의 얼굴은 보셨습니까?"

"아뇨. 뒤, 뒤에서……."

"어떻게요. 좀 자세히 말씀해주셔야합니다. 뒤에서 어떻게요. 흉기는 있었나요?"

"모, 모르겠어요. 갑자기 입을 마, 막고……."

그는 자리에서 일어섰다. 도저히 듣고 있을 수가 없었다. 낯선 사내에게 그런 일을 상세하게 말하다니. 지금 아내가 강간을 당하고 있는 것처럼 진저리를 쳤다. 문을 열고 밖으로 나왔다. 형사가 아무리 친절하고 상냥하게 대한다 해도 이건 있을 수 없는 일이라는 생각이 들었다. 청사 밖으로 나와 구석으로 가서 담배를 빼물었다. 아직도 얼굴이 화끈거렸다. 냉정하자 싶었다. 어쩌면 지금 이런 치욕보다도 더 큰 치욕이 있을 거라는 예감이 들자 정신이 번쩍 들었다. 지금 범인을 잡는 게 목적이 아니었다. 일은 벌어졌고 어떻게 수습을 잘 하느냐였다. 현재까지 이번 사건을 아는 유일한 사람은 정미 엄마인데 그녀한텐 절대 비밀로 해 달라고 부탁했으나 크게 신뢰가 가지 않았다. 비록 그녀가 비밀을 지켜준다 해도 좁은 시골이라 어차피 소문은 금방 날 것이었다. 아니 어쩌면 지금쯤 소문은 빛의 속도보다도 더 빠르게 번지고 있을지도 모르는 일이었다.

어떤 놈일까. 나이 오십이 넘은 유부녀를. 가정밖에 모르는 가정주부를. 잠자리를 즐거워하지 않는 순진한 여자를. 어떤 미친놈일까. 그렇게 성욕이 일면 돈 주고 사든지. 천지가 여자투성인데. 사람들이 많이 다니는 공원에서. 혹 본 사람은 없었을까. 봤다면 아내가 자주 공원에 운동하러 갔기에 금방 알아봤을 텐데.

언제 아내와 관계를 가졌나. 그는 기억하려고 했지만 떠오르는 게 없다. 그러고 보니 아내와 잠자리를 가진 지도 오래 되었다. 아내가 어디 여자인가. 고개를 살래살래 흔들었다. 자신으로서는 여자로 느껴지지 않는 50대의 아내를 누가 강제로 성폭행을 했다는 게 이해가 안 되고 불쾌하기 그지없었다.

그는 연달아 담배 두 대를 피우고 사무실로 들어갔다. 하지만 조사실로 들어갈 엄두가 나지 않았다. 그는 소파에 앉아 초조하게 기다렸다.

"다 끝났습니다."

한참 후 조사실에서 여경이 아내와 함께 나오며 말했다. 아내의 얼굴은 여전히 하얗게 질려 있었다.

"그럼 병원에 갑시다."

뒤따라 나온 형사가 말했다.

"병원에요?"

빨리 집으로 돌아가려던 그는 불쾌한 기색으로 물었다.

"검사하셔야지요."

그가 아내에게 다가갔을 때 형사가 물었다.

"참, 그대로 오셨지요? 검사 받고 옷은 모조리 제출해주세요."

"옷 모두요?"

그는 의아해서 물었다.

"옷 모두 국과수로 보내야합니다. 그러니 사장님은 집에 가서 갈아입을 옷 가져오시고 피해자분은 함께 병원으로 갑시다."

그는 순간 멈칫, 했다. 병원에 형사들과 함께 가다니. 제복 입은 형사들과. 어디 광고라도 할 작정인가. 그는 형사에게 단호하게 말했다.

"제가 데리고 가지요."

형사는 순순히 물러섰다.

"그러세요, 그럼. H병원 아시죠? 미리 전화해놓을 테니 거기로 가시고. 겉옷과 속옷은 되도록 빨리 제출해주세요."

형사는 친절하게 말했지만 그는 조금이라도 경찰서에 있지 못 하겠다는 생각이 들었다. 서둘러 아내를 태우고 병원으로 향했다. 병원 가는 내내 내일 아침 아내의 속옷을 들고 경찰서로 가는 자신의 모습과 그 속옷을 들춰보는 남자 형사들의 모습이 겹쳐졌다. 소름이 온몸에 돋으며 갑자기 몸이 서늘해졌다.

*

다음날 오후 정미 엄마가 현수네 집을 방문했을 때 현수 엄마는 다행히 문을 순순히 열어주었다. 마음이 많이 진정된 것 같았다.

"현수 아빠는?"

"아침에 나갔어. 경찰서에도 가고 회사에도 가야한다며."

"그랬구나. 하여튼 오늘 강좌에 자기가 없어 허전했어. 빨리 나아서 또 나가야지."

현수 엄마는 무릎을 양 팔로 껴안고 가만히 있었다.

"다들 왜 현수 엄마 안 나오느냐고 그러길레 어디 아픈가 보다고 말했어. 그러니 빨리 몸 추슬러."

그녀는 현수 엄마의 눈치를 보았다. 어떻게 위로해야 할지. 그녀 또한 어젯밤을 뜬 눈으로 샜다.

"차 한 잔 줄까."

현수 엄마가 일어서려는데 그녀가 먼저 일어섰다.

"가만히 있어. 내가 탈게."

그녀는 일어나 주방으로 갔다. 싱크대는 물기 하나 없이 깨끗했다. 아마도 점심을 해 먹지 않은 모양이었다.

"밥은? 해 주……까?"

"아냐. 먹었어. 애 아빠가 죽을 시켜줬어."

그래 어떻게든 힘을 내야지. 죽긴 왜 죽어. 살아야지. 그녀는 어젯밤 현수 엄마가 15층에서 떨어지는 상상을 했었다.

"이제 맘 놓고 있어. 경찰에서 범인 잡고 하겠지."

그녀는 커피잔을 탁자에 놓으며 말했다.

"근데 나 다시 나갈 수 있을까. 애 아빠가 이사 얘길 하던데."

현수 엄마는 커피 한 모금을 마시고 잔을 내려놓았다.

"이사 가길 왜 가. 자기가 무슨 죄 졌어? 나쁜 맘먹지 말고 빨리 몸 추슬러서 예전과 같이 우리 재미나게 지내자구, 응?"

그녀가 일부러 경쾌하게 말을 하자 현수 엄마는 예전과 같이? 할 수 있을까, 혼잣말로 중얼거렸다.

"그럼 할 수 있지. 못 할 게 뭐 있어. 우리 모임 이름이 칠공주잖아. 벌써 잊었어? 어, 하다가 이삼십 대 지나갔고 아차 하다가 사십 대 넘어갔잖아. 이제 어어, 하다가 환갑이야."

"……."

현수 엄마는 고개를 끄덕끄덕거렸다.

"그래. 이제는 재미나게 살자구."

그녀는 현수 엄마의 손을 잡았다.

"이제 괜찮아. 어젯밤에 수면제를 먹어서 그런지 계속 잠만 와. 오늘 정신과 치료 받으러 가야하는데."

"같이 가자. 같이 가 줄게. 다른 데는 괜찮고? 팔에도 멍이 들었던데."

현수 엄마는 말없이 커피를 마셨다. 그런 현수 엄마를 그녀는 물끄러미 바라보았다. 어찌 이런 일이. 말로만 듣던 일이었다.

왜 안 나타나지?

7공주 회원인 P가 말했다. 어느 날 공원에서 운동을 마치고 막 헤어지던 참이었다. 그때 공원에서 어느 주부가 벌거벗긴 채 강간을 당했다는 둥 바바리가 나타난다 둥 하는 소문이 돌 때였다. 그래서 은근히 운동할 때 신경이 쓰였던 무렵이었다.

누구?

일부는 웃고 있을 때 현수 엄마가 물었다.

정말 몰라? 자기는 은근히 안 기다려?

P가 주위를 두리번거리며 놀리듯 말했다.

기다리긴 누굴 기다린다 말이야.

현수 엄마가 그런 말을 했을 때 모두들 폭소를 터뜨렸다.

엉큼하긴. 자기도 은근히 기다리면서.

설마 그 얘기?

현수 엄마가 미소를 지으며 말했을 때 또다시 폭소가 터졌다.

그러게 말이야. 기분도 꿀꾸리한데 바바리님 좀 나타나시지.

우리 같은 할매들한테 나타나겠어?

그러게 젊은 처자들도 많은데.

깔깔깔.

깔깔깔.

그래도 운 좋은 과부는 넘어져도 가지 밭에 넘어진데.

깔깔깔.

7공주 회원들은 배꼽이 떨어져나갈 정도로 웃었다. 지나가던 사람들이 흘깃거렸지만 아랑곳하지 않았다. 봄부터 매일 강좌를 들었다. 둘째 애들이 대도시로 대학 간다고 떠나고나자 뭔가 허전했다. 남편들은 여전히 술에 취해 외박하거나 늦게 들어왔고 그녀들은 가끔 낮에 모여도 할 얘기가 없었다. 학원 정보도 과외 선생 정보도, 수시 정보도 공유할 게 없었다. 그때 누군가 말했다. 우리 재미나게 살자. 그래 하고 싶은 거하며 살자고. 남편이 어젯밤 외박했다는 누군가 말했다. 그녀들은 7공주란 이름을 짓고 여성회관과 도서관에 문화강좌를 신청했다. 월요일엔 도예를 화요일엔 글쓰기. 수요일엔 꽃꽂이…… 하는 식이었다. 강좌가 없는 토요일이나 일요일에는 영화를 보았고 산에 올랐다. 마치 전쟁을 치르듯 그렇게 매달렸다. 매달리지 않으면 왠지 초조했고 불안했다. 허전함과 외로움을 이기는 한 방식이었다.

오후에 공원에서 운동을 할 때면 그 소문이 돌고 나서부터 약간 색다른 느낌도 있었다. 강간이나 바바리가 나타난다는 소문에 온몸이 오싹했지만 공포 영화를 보는 것처럼 그런데도 자꾸 운동은 가고 싶어졌다.

어쩌면 우리들 마음속에 또 다른 감정이 있었던 지도 몰라.

그녀는 현수 엄마와 택시를 타고 병원에 가다 그런 생각이 문득 들었다. 벼락 맞을 일인지 모르지만 그런 맘이 전혀 없었던 것은 아니었다. 공원에서 산책로를 걷다 보면 자신도 모르게 뒤를 돌아보고 주위를 두리번거렸다. 두려움 때문이었을 것이다. 강간범. 생각만 해도 무시무시하고 바바리 또한 징그러웠고 무서웠다. 솔직한 심정이었다. 하지만 어딘가 모르게 스멀거려오는 색다른 느낌, 또한 없었다고는 말할 수 없었다. 운동 끝나고 집으로 돌아갈 때면 뭔가 뒤가 허전했고 아쉬움이 남아 있었다. 그건 분명 또 다른 감정이었다.

*

일주일쯤 뒤 그는 담당 형사로부터 전화를 받았다. 아내를 다시 피해자 조사했으면 했다. 그는 단박에 거절했다. 아내의 속옷을 형사에게 가져다주던 날 그는 결심했다. 다시는 경찰서에 오는 일은 없을 것이라고.

"근데 말이죠. 이상한 점이 많아요."

형사는 공손하게 말했지만 거만하게 들렸다.

"이상하다니요? 대체 뭐가 이상하다는 거지요?"

그는 따지듯 물었다.

"국과수 결과가 나왔는데요."

"그래서요?"

그는 무슨 결정적 증거가 나왔으면 제대로 수사하면 될 거 아닌가 하는 생각이 들었다.

"전화로 말씀드리긴 그렇고. 내일쯤 사모님 모시고 한번 나오시죠."

형사의 말에는 단호함이 배어 있었다.

"죄송하지만 그럴 순 없습니다. 이제 아내가 진정되어가는 중입니다."

"예 이미 알고 있습니다."

"알고 있다니요?"

그럼 정신과 의사도 만났다는 말인가. 그래서 아내의 정신상태를 다 들었단 말인가.

"근데 말이지요."

형사는 뜸을 들이다 말했다.

"피해자만 있고 실체가 없단 말이지요."

"무슨 말입니까, 지금."

그는 음성을 높였다.

"어쨌든 사모님을 한번 만났으면 좋겠습니다. 내일 한번 나오세요."

형사는 부드럽지만 단호하게 말했다.

"이만 끊지요. 아내가 좋아지고 있는데."

그는 전화를 일방적으로 끊었다. 정신과 치료를 받은 후 아내는 많이 좋아진 건 사실이었다. 약 덕분인지 밤에 잠을 잘 잤다. 매일 친구가 찾아오는 눈치이고 제법 표정도 밝아졌다. 하지만 문제는 자신에게 있다는 생각이 들었다. 아내를 생각하면 집에 들어갈 엄두가 나지 않았다. 매일 밤 같은 침대에서 아내와 자는 것도 부담스러웠다. 비록 잠자리를 하지 않지만 아내의 몸이 닿는 것이 싫었다. 이러면 안 되지 하면서도 몸이 따라주지 않았다. 이미 수년째 부부관계가 없었기에 잠자리 부담은 없다손 치더라도 이미 난 소문이 문제였다. 이사 가는 것까지 고려했지만 현 시장과 좋은 관계를 유지하고 있기에 지역 기반을 무시할 수는 없었다. 특히 건설업체는 더 했다. 아무 탈 없이 자식 키우고 살림만 하는 아내 두기가 이렇게 힘들다니. 그는 이해할 수가 없었다.

그는 형사의 말을 거절하고 나서 집에 전화를 걸었다. 아내는 집에 있었다. 형사한테 전화 온 내용을 얘기하고 혹 전화할지 모르니 경찰서에 가서 조사받는 건 하지 말라고 일렀다.

그럼요. 저도 싫어요, 다시는.

아내는 완강하게 말했다.

그는 퇴근하고 세희에게 전화를 걸었다. 집에 들어갈 마음이 생기지 않았다. 세희는 음대 졸업반이었는데 스폰서를 자청했다. 대금을 전공했는데 대학원 진학에 경제적 어려움을 겪고 있었다. 그는 대학원 진학을 시켜주겠다고 했다. 원룸을 얻어주고 소형차를 뽑아주었다. 매월 일정액의 용돈을 주었다. 대신 그가 찾으면 언제든 달려와야 했고 원하는 건 다 들어주어야 했다. 서로에게 공평한 조건이라고 생각했다. 세희는 학교 연습실에 있었다. 곧 집으로 가겠다고 했다.

아내는 여자가 아니었다면 세희는 완전 여자였다. 아내는 애들을 낳고부터, 아니 정확하게 말하면 임신을 한 순간부터 이미 여자가 아니었다. 그런 면에서 세희는 이제 20대 초반의 나이에 걸맞게 탱탱한 몸을 유지했고 섹스에서는 열정적으로 대해주었다. 둘째 애를 가지고부터는 거의 아내와 잠자리를 하지 않았다. 아내는 성욕이 없을 것이라는 생각이 들었고 그 자신도 또한 실제로 아내에겐 성욕이 일지 않았다. 그냥 아이 엄마였다.

세희는 집에 오면서 떡볶이를 사 왔다. 세희에게서 그는 떡볶이 먹는 것을 배웠다. 애들이 어릴 때 가끔 아내가 아이들에게 해 주었지만 그는 먹지 않았다. 세희는 군것질을 좋아했기에 그 또한 세희를 만날 때마다 아이스크림을 먹으며 이십 대로 돌아간 기분이었다.

위스키와 떡볶이.

전혀 어울릴 것 같지 않은 두 음식을 세희는 탁자에 놓았다. 그게 세희의 매력이었다.

"사모님은 어떻게 됐어요?"

세희는 위스키는 마시지 않은 채 떡볶이를 먹으며 물었다. 그는 의아하게 세희를 보았다.

"왜요? 아직 범인 못 잡았대요?"

그는 다시 위스키를 한 모금 마셨다. 세희가 떡볶이를 입에 물고 그의 입에 넣어주었다. 그는 떡볶이를 받아먹으며 오늘이 세희와 마지막이구나, 다른 여자를 알아봐야겠다는 생각이 들었다. 물론 걱정하는 마음으로 물었을 것이다. 그렇다 해도 묻지 말아야할 말이었다. 그가 세희의 가족관계 등 사생활에 대해 전혀 모르듯 세희도 혹 통화하는 걸 들었다 해도 그냥 모른 척 넘어가야했다.

그는 떡볶이 먹는 세희를 바닥에 눕혔다.

"이거 먹고요. 배고파요."

그는 세희 입을 입으로 막았다. 그리고 거칠게 윗옷을 벗겼다. 옷이 부북, 찢어졌다. 세희는 벗어나려고 발버둥쳤지만 바지를 찢었고, 팬티를 벗겼다. 세희가 발버둥칠수록 그는 심하게 다루었다.

다음날 점심 무렵 아내에게서 전화가 왔다. 집으로 형사가 찾아왔다고 했다. 그는 점심 약속이 있어 막 나가려는 참이었다. 전화가 와서 경찰서로 오라는데 안 가니까 집으로 찾아왔다고 했다. 그는 서둘러 집으로 향했다. 아내 혼자 있는 집에 남자가 찾아가다니. 더구나 지금 몸도 안 좋은 상태인데.

"부득이 찾아 왔습니다. 경찰서로 안 오시겠다니."

집에 도착하니 거실 소파에 앉아 있던 형사는 일어서며 양해를 구했다.

"대체 무슨 일이요. 여자가 혼자 있는 집에 이렇게 막 찾아와도 되는 거요?"

그는 화가 나서 숨을 씩씩거렸다.

"어제도 말씀드렸지만 사건 해결을 위해서는 한 번 더 피해자 조사를 해야겠습니다."

형사 또한 단단히 각오한 모양이었다. 아내는 그 옆에 묵묵히 서 있었다.

"그동안 범인 안 잡고 뭐 했습니까. 이번에 알고 보니 몇 개월 전부터 공원에서 강간을 당했다는 소문도 났고 바바리도 나타난다는군요."

그는 따지듯 말했고 형사는 고개를 끄덕였다.

"예 그런 소문이 돌았지요. 물론 수사했구요. 하지만 그건 헛소문으로 밝혀졌습니다.

"헛소문이라뇨?"

그는 뭐 이런 놈이 다 있나 하는 표정으로 형사를 쳐다보았다.

"이번 사건을 조사 중 저희들도 처음 알았습니다. 그래서 이번 사건과 연관이 있는 거 같아 조사를 했습니다만."

"그래서요?"

그가 물었고 아내 또한 형사를 주의 깊게 바라보았다. 형사는 아내를 바라보며 말했다.

"여성분들에게만 은밀히 나도는 소문이었습니다. 그동안 탐문수사도 하고 잠복도 했지만 바바리는 나타나지 않았습니다. 그러니까 그런 소문만 있었지 실제로 본 사람은 한 명도 없었습니다. 여자가 강간당해 벌거벗긴 채 나무에 매달려 있었다는 것도 본 사람은 없고 당한 사람도 없었습니다. 참 묘하지요."

아내는 형사의 말을 들으며 그의 팔을 잡았다.

"당신도 분명 들었잖아, 그런 일이 있었다고."

그는 아내를 돌아보며 말했고 아내는 한 발 뒤로 물러섰다.

"그건 그 공원에 가는 사람이면 다 아는데."

"물론 소문이 많이 났지요. 하지만 희한하게도 여성분들에게만 소문이 나돌았습니다. 남자분들은 대부분 그런 소문을 모르고 있더라고요."

형사는 아내를 보며 말했다.

"그래서요?"

그는 항의조로 물었다.

"우선 앉아서 합시다. 사모님도 이리 앉으시고요."

"아냐, 당신은 방에 들어가 있어."

그는 아내를 방으로 밀었다. 아내는 머뭇거리다 형사를 홀긋 보고는 방으로 들어갔다. 그가 소파에 앉자 형사는 난감한 표정을 짓다 자리에 앉았다.

"근데 말이죠. 이번 국과수에서 결과가 나왔는데…… ."

형사는 잠시 쉬었다가 침을 한번 삼킨 후 말을 이었다.

"범인의 것으로 보이는 증거물은 하나도 발견되지 않았습니다."

"증거가 없다니요?"

"그러니까 피해자의 옷에 다른 사람의 지문은 전혀 발견되지 않았습니다. 물론 정액도 발견되지 않았구요. 병원의 결과도 마찬가지였습니다. 피해자의 질에서도 남자의 정액이 발견되지 않았구요."

그는 얼굴이 화끈 달아올랐다.

"지금 무슨 소리하는 거요? 그럼 사건이 일어나지도 않았는데 일어났다고 거짓말한다는 말입니까?"

그는 형사를 향해 음성을 높였다.

"물론 사건은 일어났겠지요. 근데 옷이나 몸에서 타인의 흔적이 전혀 없으니 저희로서는 수사하는데 어려움이 많습니다. 그래서 그때 일어난 정황을 다시 자세히 듣고 싶어서 이렇게 왔습니다.

"그날 형사님도 이 사람 상태를 직접 봤지 않습니까?"

"봤지요. 팔에 타박상도 있었고 옷도 더러워져 있었고. 그래도 사모님께 그때 상황을 다시 자세히 듣고 싶습니다. 정신과 병원에서도 그렇고."

"정신과에서 뭐라던데요? 정신과에서는 함부로 환자에 대해 다 얘기합니까? 환자의 사생활이 있는데, 이거 원."

이건 또 무슨 소린가 하고 그는 불쾌한 기색을 그대로 드러냈다.

"수사상 할 수 없었습니다. 정신과 의사는 환자의 말이 자꾸 달라지더랍니다. 그리고 가끔 남자들에 대한 불신이 필요이상으로 강하다가도 반대로 남자들에게 관대하기도 하고요."

"그래서요?"

그는 화가 났다.

"그러니까 어떨 땐 피해자로서 불안해하거나 분노를 느끼다가도 어떨 땐 전혀 피해자의 감정이 아닐 때도 있다고. 그러니까 환자가 지금 무의식적으로 어떤 혼란을 겪고 있는 게 아닌가……."

"이보시오. 그게 무슨 소리요?"

그는 탁자를 소리나게 쳤다.

"저희로서는 다양한 방향으로 수사해야합니다. 여러 가능성을 열어 놓고 있지요. 의사 선생님이 말씀하시더군요. 상상속의 일이 어떤 충격을 받으면 실제처럼 느껴질 수도 있다고요."

"상상이요? 참, 나. 지금 뭐 하자는 말씀입니까? 그때 아내의 옷차림이나 팔에 든 멍도 봤지 않습니까?"

그는 전투를 앞둔 군인처럼 나섰다.

"아, 흥분하지 마시고요. 봤지요. 근데 그 타박상이나 옷이 더러워진 것도 남의 완력에 의해서일 수도 있지만 혼자 스스로 넘어져도 그런 현상이 일어날 수도 있지요. 또한 저희로서는 단지 의사 말을 참고 할 뿐입니다. 빨리 범인을 잡아야되지 않겠습니까. 그러니 그때 상황을 좀 자세히 말씀해주시면 수사하는데 도움이 되겠습니다."

"안 됩니다. 이제 아내가 많이 나아지고 있는 상태에서 또다시 그때 상황을 떠올리라구요. 안 됩니다."

그는 단호하게 말했다. 남자에게 또다시 그런 일을 까발리다니. 그건 치욕이었다. 있을 수가 없는 일이었다. 범인을 못 잡는다해도 상관없다는 생각이 들었다.

"그러면요. 사모님께서는 사장님과 성관계를 가지신 지가 꽤 오래됐다고 하시던데. 맞습니까?"

"그것도 정신과에서 그럽니까? 내가 왜 그런 말을 해야 하죠?"

"중요합니다. 어쨌든 정신과 소견에서는 사모님은 상당기간 정신적으로나 ……."

"그럼 제 아내가 강간을 당하기라도 바랬다는 겁니까?"

"그럴 리가 있습니까. 피해자는 있는데 목격자는 없고 증거도 없고. 그때가 사람들이 많이 운동하는 시간이거든요. 현장에 몇 번 가봤고 또한 운동하는 사람들도 만나봤지만 그 장소는 가로등이 훤하게 켜져 있는 장소입니다. 그 위쪽이 약간 어둡긴 하지만 산책길에서 보면 다 보이는 곳이지요. 또한 그 시간대에 운동하는 사람들이 많았고요. 그래서 말씀입니다. 혹 사모님께서는 혼자 자주 넘어지거나 뭐 그런 적은 없었습니까? 또한 혼절을 한 적도."

"혼자 넘어지다니요. 또 혼절은 왜 합니까. 제 아내는 건강했습니다."

"건강하더라도 왜 남자도 그렇고 혼자 운동하다보면 넘어질 수도 있지 않습니까."

"어이가 없군요. 자작극이란 말 같군요."

"아닙니다, 사모님은 분명 일을 당했습니다. 정신과에서도 그랬고요. 다만 그게 상상일 가능성도 있겠다는 정신과 전문의의 소견이지요. 아까도 말씀드렸지만 상상도 실제로 일어난 것처럼 느낄 수 있다더군요. 어쨌든 이해해 주시고요. 저희로서는 여러 가능성을 열어놓고 있기에."

"상상이라면 범인이 없겠군요."

"어쨌든 가능성은 낮지만 만약 상상이라도 범인은 있지요. 그렇게 된 동기가 있으니까요."

상상이라도 범인은 있다? 동기가 있으면? 그는 다시 마음을 다잡았다.

"어쨌든 더 이상 아내의 조사는 안 됩니다. 다시는 찾아오지 마세요. 범인 잡거든 전화로 알려주시오."

그는 일어섰다. 형사는 머뭇거리다 일어섰다.

"물론 그때 일을 떠올린다는 게 힘들 줄은 알지만 좀 더 생각해보시고 협조해주십시오."

"아니외다. 앞으로 다시는 그때 일을 애기하는 일은 없을 겁니다. 빨리 범인이나 잡아 여자들이 맘 놓고 공원에서 운동하도록 해 주세요. 그 공원 내가 만들었지 않습니까."

"그렇군요. 사장님이 만드셨군요."

형사는 고개를 끄덕거리더니 하여튼 협조 부탁한다는 말을 남기고 아쉬운 듯 안방을 흘깃거리곤 현관문을 열고 나갔다. 그는 형사가 나간 뒤 현관문을 잠갔다.

*

현수 아빠와 시장은 구속되었다. 현수 아빠의 경쟁건설업체에서 매번 관급공사에서 제외되자 시장과 현수 아빠 뒤를 밟아 비리를 캐어 검찰에 고소하였다고 했다.

현수 엄마는 빠른 속도로 회복되었다. 1심이 끝나고 현수 아빠가 대구 교도소로 이송 되자 현수 엄마는 서울 아들한테 갔다. 집은 전세를 주고 서울에서 방을 얻어 아들 밥을 해주고 있다고 했다.

그녀는 현수 엄마가 서울 갈 때 버스터미널까지 배웅을 했다. 현수 엄마의 표정은 밝았다.

"운전 배워."

그녀가 그렇게 말하자,

"그래야지, 애 아빠 차 그냥 서 있는데. 정미 엄마 그동안 고마웠어. 서울 가면 운전도 배우고 여성회관 문화센터도 더 자주 갈 거야."

현수 엄마는 밝게 웃으며 말했다.

7공주 회원들은 여전히 오전에는 여성회관이나 도서관에서 문화강좌를 열심히 들었고 오후엔 공원에서 운동을 했다. 여전히 누군가 강간을 당해 벌거벗긴 채 나무에 매달려 있었다는 소문이 돌았고 산책로에 바바리가 나타난다고 했다. 그녀들은 소문에 두려움을 느끼면서도 공원에 갔다. 운동이 끝나고 집에 갈 때면 뒤꽂지를 누군가 당기는 듯한 느낌을 받았고 뒤를 돌아보거나 주위를 두리번거렸다.

현수 엄마의 일은 누구도 입에 올리지 않았다. 실수로도 그 누구도 꺼내지 않았다. 모두들 가슴에 비밀로 품었다. 그녀들은 가끔 그 일이 가물가물 떠오를 때면 진짜로 그런 일이 있었나 싶기도 했고 혹 자신이 겪은 것 같기도 해 화들짝 놀라기도 했다. *

자위하는 남자

1.

그가 그림의 포장지를 벗겨냈을 때 아내는 기겁을 했다.

"망측해라. 이게 뭐예요, 이게."

아내는 무슨 징그러운 것을 보기라도 한 듯 뒤로 물러섰다. 그는 그림을 두 손으로 잡은 채 아내를 바라보았다. 얼굴에는 애원이라도 할 듯한 간절함이 서려있었다.

"영애가 보면 어떡하려고요. 빨리 치워요."

아내가 딸의 방을 흘긋거리며 다급하게 말했기에 그는 꾸지람을 듣는 학생처럼 고개를 숙인 채 서재로 그림을 들고 들어갔다. 전혀 예상치 못 한 상황이었다. 아내가 좋아할 것 같지는 않았지만 구박받을 줄은 몰랐다. 무슨 설명이라도 했으면 싶었지만 도무지 말이 머릿속에서 정리되지 않았다.

어디에 걸어둔담.

이제 막 퇴근했기에 몹시 피곤함을 느꼈으나 그림을 책상에 기대어 둔 채 벽을 둘러보았다. 책상 앞에는 창문이 있고 옆에는 책장이 이어져 있었기에 그림을 걸기에는 마땅치가 않았다. 책장 옆에 그림을 세워 놓고 천천히 책상 앞으로 걸어와 의자에 앉았다. 그리곤 한참동안 그림을 바라보았다.

'자위하는 남자'

그림을 바라보다 길게 숨을 내쉬었다. 아직도 그림을 처음 보았을 때의 충격이 가시지 않은 듯한 긴장된 표정이 사내 옆 거울에 나타났다. 그림은 배경이 없이 거울에 그려져 있었기에 그의 모습이 그림 옆 거울에 비쳐졌다. 자위하는 사내 옆에 영혼이 빠져나간 듯한 그의 모습이 일종의 배경이 되어 거울 속에 있었다.

저녁을 먹으라는 아내의 말을 듣고 그는 사내와 헤어지는 것이 아쉬운 듯 입맛을 다시며 서재를 나왔다.

"아빠 무슨 그림 사오셨어요?"

이미 밥을 먹은 딸이 물었고 아내가 나섰다.

"얘, 말도 마라. 망측하게. 대체 그림이…… 남사시럽게."

"무슨 그림인데요?"

딸이 호기심을 이기지 못 하고 서재로 들어가려고 하자 아내가 기겁을 하며 딸의 팔을 잡았다.

"그건 그림도 아니래도. 그리고 그런 건 너희들이 보는 게 아니야."

딸은 그를 바라보았지만 그 또한 딱히 그림을 설명할 수 없었다.

"자 자, 어서 밥 드셔요. 넌 방에 들어가 공부 해."

아내는 딸을 방으로 밀었다. 그는 밀려들어가는 딸과 아내를 번갈아 보았다. 뭔가 불쾌한 기분이 명치께에 머물렀다. 누군가에게 몹시 경멸을 당했을 때의 느낌하고 비슷했다. 식탁에 앉았다.

"내일 당장 그림 치워요."

아내는 국그릇을 식탁에 놓으며 말했다. 그는 고개를 숙인 채 숟가락을 멀뚱히 바라보기만 했다.

"어떻게 그런 그림 살 생각을 다 했어요?"

아내는 그의 맞은편에 앉으며 말했다. 그는 말없이 아내를 바라보았다. 그건 설명할 수 있는 게 아니었다. 지금도 자신이 그 그림을 사왔다는 게 믿기지 않았다. 지금까지 그림을 사기는커녕 전시회에 가보지도 않았다. 그런 그가 그림을 샀다니. 그것도 예쁜 꽃그림이나 풍경화가 아닌 인물화를, 자위하는 사내 그림을. 그는 들었던 숟가락을 놓고 일어섰다.

"왜요? 속이 안 좋아요?"

아내가 걱정스런 표정으로 그를 바라보았다.

"아냐."

너무나 피곤했기에 쉬고 싶었고 서재로 들어갔다. 뒤에서 아내의 걱정하는 목소리가 이어졌지만 무시했다. 의자 등받이에 등을 기대고 고개를 뒤로 젖혔다. 그림을 사왔는데도 뭔가 뒷맛이 개운하지가 않았다. 고개를 돌려 그림을 바라보았다. 여전히 두 다리를 벌리고 두 손을 앞으로 가져간 사내가 뒤를 돌아 그를 보고 있었다. 사내는 공허한 표정을 짓고 있었고 그를 돌아보느라 비틀어진 등은 애잔한 느낌을 주었다.

며칠 동안 고심하고 끙끙 앓다 산 그림이었다. 처음 그림을 보았을 때 자기 자신을 본 듯했다. 마치 자신이 자위를 하다 들킨 기분이었다. 전시장에 들어갈 때부터 뭔가 묘한 기분이 들었던 거 또한 사실이었다.

2.

퇴근하던 길이었다. 출장을 갔다가 부장에게 전화로 보고하고 조금 이른 시간에 퇴근하다 들른 갤러리였다. 시간은 오후 5시를 조금 넘었을 텐데 이상하게 발걸음이 집으로 향하지 않고 무작정 거리를 걷던 중이었다. 매번 바쁘게 지하철역으로 뛰어다니던 그는 오랜만에 거리를 천천히 걸었다. 아직 퇴근시간이 되지 않은 탓인지 거리는 조금 한가한 편이었다. 왠지 목적 없이 걷고 싶었다. 객기가 아니었다. 언제부턴가 몸에서 물기가 서서히 빠져나간다는 느낌을 받았다. 마치 자신이 미라가 되어가는 듯했다.

조금 더 걷다가 눈에 띄는 지하철역으로 들어갈 참이었다. 그때 그는 가로 세로 1M가 조금 큰 펼침막을 보았다.

김진우展 － 또 다른 나.

개인전을 알리는 흔하디흔한 펼침막이었다. 시선 갤러리. 펼침막 옆에는 세로로 된 나무에 눈 그림과 함께 갤러리라는 간판이 걸려 있었다. 그는 무심코 지나쳤다. 개인전을 여는 이도 모를 뿐만 아니라 갤러리 역시 처음 보는 거였다. 몇 걸음 더 걸어갔을 때 이상한 느낌에 사로잡혔다. 한번 가봐. 누군가 말을 걸었다. 뒤를 돌아보았지만 아무도 없었다. 다시 가던 길을 걸었다. 한번 가보라니까. 또다시 같은 목소리가 그에게 재촉했다. 왜 이럴까. 며칠 동안 야근해서 몸과 마음이 피곤해서 그런가, 했다. 그러던 순간 전시장에 가야겠다는 생각이 들었다. 가지 않으면 평생 후회할 것 같은 절박한 무엇이 있었다. 무엇인가에 이끌리듯 오던 길을 되돌아 시선 갤러리로 들어갔다. 김진우展은 제2관에서 열리고 있었다. 홀에 있는 20대의 아가씨가 고개를 숙이며 인사를 했다. 그는 목례를 하고는 쭈빗거리며 제2관으로 들어갔다. 전시장에는 젊은 연인으로 보이는 몇 쌍과 중년 여인으로 보이는 대여섯 명의 무리들이 보였다. 그는 천천히 걸으며 그림을 보기 시작했다. 그림은 그가 평소에 상상했던 그림들 하고는 달랐다. 전시장에 온적은 한 번도 없었지만 으레 꽃그림이나 풍경화를 예상했었다. 그러나 그러한 그림들은 한 점도 없었고 대부분 남자의 일그러진 얼굴 그림이었다. 어쩌다 전신 그림이 있었는데 대부분 성기를 드러낸 채 서 있거나 누워 있는 일그러진 그림이었다. 그림을 볼수록 묘한 기분에 휩싸였다. 마치 자기 자신이 옷을 홀라당 벗고 서 있는 것 같은, 수치심이 몰려왔다.

원 이런 그림을.

괜히 왔다는 후회감이 밀려 왔지만 짐짓 팔짱을 끼고 그림을 둘러 보았다. 다른 이들은 일행들과 그림을 손가락으로 가리키며 소곤거리거나 킥킥 웃었다. 누군가 함께 왔으면 이런 수치심이 덜 했을 텐데. 애써 감정을 숨기며 그림을 둘러 보다 한 그림 앞에 발걸음을 멈추었다.

흡.

숨이 탁, 멈추는 것 같았다. 순간 자신도 모르게 주위를 둘러보았다. 모두 그림을 감상하고 있을 뿐 그를 바라보는 이는 아무도 없었다. 하지만 붉게 오른 얼굴에서 열이 확확 났다.

음.

다시 그림을 바라보았다.

누가, 나를.

불쾌감에 몸을 떨며 그림을 뚫어져라 바라보았다. 영락없는 자기 자신이었다.

이럴 수가. 그림 옆 하단에 붙은 제목을 보았다.

자위하는 남자.

다시 그림을 보았다. 홀라당 벗은 사내가 두 다리를 벌리고 두 손을 성기 쪽으로 가져간 채 뒤를 돌아보는 그림이었다. 사내는 사람 키만큼 높고 넓은 거울 속에 그려져 있는데 살이 오른 허리와 엉덩이 그리고 허벅지로 볼 때 영락없이 중년인 그 자신이었다. 마치 자신이 자위를 하다 들킨 기분이었다.

그는 정신이 들었을 때, 갤러리 밖에 있는 자신을 발견했다. 어떻게 갤러리를 빠져나왔는지 기억에 없었다. 여전히 불쾌감과 수치심이 느껴졌다. 무작정 걸었다. 갑자기 인생이 허무하다는 생각이 들었다.

3.

그날 밤 잠을 이루지 못 했다. 순간순간 그 자신이 거울 속에 들어가 전시장에 걸려 있는 착각에 빠지곤 했다. 젊은 남자 여자들이 자신의 모습을 감상하는 환영을 보기도 했다. 밤새 비몽사몽으로 갤러리 벽에 걸려 있다 새벽에 잠자리를 털고 일어났다. 아직도 수치심과 불쾌감으로 몸을 떨었다. 아내는 얕게 코를 골며 자고 있었다. 그는 베란다로 가서 담배를 연거푸 세 대를 피웠다. 목이 싸하게 따끔거렸고 윗배가 울렁거렸다. 두 손바닥으로 얼굴을 쓰다듬었다. 마치 얼굴이 물기가 모두 빠져나가 바싹 마른 나뭇가지 같다는 느낌이 들었다.

"당신 왜 그래요?"

그제야 일어나 거실로 나온 아내는 그를 보고는 걱정을 했다.

"아냐 잠을 못 자서."

"피곤해 보여요. 어디 안 좋아요?"

"아냐."

짐짓 아내를 안심시키려고 했지만 아내는 그를 바라보며 어디 아픈 거 아니냐고 자꾸만 걱정스레 물었다. 딸도 그의 푸석한 얼굴을 보더니 무슨 일이 있느냐고 했다. 그는 순간, 짜증이 났지만 애써 아내와 딸에게 아무 일도 아니라고 말하곤 욕실로 들어갔다.

아침도 먹지 않고 출근했다. 도저히 아침을 먹을 기분이 아니었다. 일을 하는 둥 마는 둥 하루를 보내고 어제 갔던 갤러리로 갔다. 갤러리 홀에는 아가씨가 어제처럼 목례를 했다. 곧장 제2관으로 들어갔다. 전시장에는 어제처럼 연인으로 보이는 몇 명의 젊은 사람들과 중년으로 보이는 남녀 몇이 그림을 감상하고 있었다. 그림을 대충 훑어보며 빠른 걸음으로 걸어가다 그 그림에 앞에 멈춰 섰다. 역시 그림 속의 사내는 다리를 벌리고 홀라당 벗은 몸으로 자위를 하다 그를 뒤돌아보았다. 역시 자기 자신이었다. 수치감과 불쾌감이 솟아오르는가 싶더니 순간 쿵, 하고 뭔가 무너지는 소리가 몸 내부에서 들렸다. 그 자신의 몸도 아래로 추락하는 듯했고 현기증을 느꼈다. 순간, 공허 같은 느낌이 드는가 싶더니 눈물이 주르륵 흘러내렸다. 자신의 의지와 상관없이 이뤄지는 일이라 당혹해 하면서도 흐르는 눈물을 억제하지 못 했다. 한참동안 그렇게 눈물을 흘리다 문득 사내 옆에 서 있는, 거울에 비친 그 자신을 보았다. 참혹하다는 생각이 들었다.

정신을 차리고 보니 갤러리 밖에 서 있는 자신을 발견했다. 참 묘했다. 어떻게 갤러리 밖으로 나왔는지 도통 기억에 나지 않았다. 어제처럼 무작정 걸었다.

4.

역시 그날 밤에도 잠을 이루지 못 했다. 마치 그 자신이 자위를 하며 갤러리 벽에 걸려 있는 기분이 밤 내내 들었다. 다만 자위를 하다 들킨 당혹감은 별로 들지 않았다. 어제처럼 수치심이나 불쾌감보다도 대신 그림 속의 사내에게 동점심이 일었다. 불쌍했다. 그러자 또다시 눈물이 주르륵 흘러 내렸고 몸 어딘가에서 쿵, 하고 뭔가가 무너지는 소리를 들었다.

새벽 무렵 그는 잠을 자지 못 해 휘청거리는 몸을 이끌고 베란다로 가서 어제처럼 담배 세 대를 피웠다.

"어머, 이럴 어째."

아내는 그의 얼굴을 보고는 놀란 표정을 지었다.

"아빠, 얼굴이 왜 그래요?"

방금 일어난 딸은 가까이 오지도 못 하고 비명을 지를 듯했다.

"당신 안 되겠어요. 오늘 병원에 한번 가봐요. 보약을 한 질 먹든지."

아내는 곧 울 듯한 표정을 지었다.

"괜찮아, 보약은 무슨.

그는 부리나케 욕실로 들어가서 씻었다. 면도를 하면서 오늘 그 그림을 사야겠다는 생각이 들었다. 그 그림이 갤러리에 걸려 있는 한 매일 밤 잠을 못 잘 것이고 낮에도 일이 손에 잡히지 않을 것 같았다.

아침도 먹지 않고 출근을 했다. 보는 직장 동료들마다 걱정하는 눈빛으로 무슨 일이 있느냐고 물었지만 말하는 것조차 귀찮아 고개를 가로젓기만 했다. 역시 일은 손에 잡히지 않았고 멍하니 창밖을 보다가 부장한테 지적을 받기도 했다. 눈이 쑥 들어간 것 같고 몸이 천근만근 무거웠지만 정신은 말짱했다.

어제처럼 점심을 먹는 둥 마는 둥 몇 숟가락 들다가 그만두었다. 배는 고프지 않았고 모든 게 허무하게 느껴졌으며 귀찮아졌다. 퇴근하고 술 한잔하자는 입사 동기인 L의 제의를 일언지하에 거절했다. L은 서운한 표정을 지었지만 개의치 않았다. 일을 하는 둥 마는 둥 하다가 퇴근하자마자 갤러리에 찾아갔지만 화가를 만나지 못 했다. 안내하는 아가씨는 그림을 팔 목적으로 전시를 하는 게 아니라 갤러리 기획전이라고, 물론 그림을 사고자 하는 사람이 있으면 팔기도 하지만, 화가와 먼저 얘기가 되어야 팔 수가 있다고 했다. 화가는 아마도 오늘은 만날 수 없고 미리 약속 시간을 잡아야 한다고 했다. 그는 그 그림을 다른 이에게 절대로 팔지 말라고 부탁했다. 그리고 내일 다시 오겠으니 화가에게 연락해 달라고 했다.

다음 날 그가 갤러리를 찾아갔을 때 화가가 와 있다며 사무실로 그를 안내했다. 화가는 보통 키에 약간은 마른 형의 남자였다. 금테 안경 속의 눈이 날카로워 보였다. 화가는 대뜸 어째서 그림을 살 생각을 했냐고 물었다. 그는 대답을 못 했다. 그림 속의 인물이 바로 자신 같다고는 말 할 수가 없었다. 입에서 나오는 대로 말했다.

"그냥 소장하고 싶습니다."

화가는 그를 빤히 쳐다보았다.

"이 그림은 원래 팔려고 그린 게 아닙니다. 집에 걸어두려고 이런 그림을 살 사람도 없고요."

"저는 꼭 이 그림을 사야겠습니다."

"무슨 이유라도 있습니까? 다른 관에는 풍경화나 정물화 같은…… 집에 걸어둘 만한 그림들이 많은데요."

"이유를 말씀드릴 수가 없습니다. 그냥 팔아주십시오. 이 그림이 꼭 필요합니다."

애원하듯이 말했다. 화가는 껄껄 웃더니 옆에 앉은 여자를 소개하며 여기 관장님하고 얘기하라고 했다. 관장은 지금은 예약만 해 놓고 일주일 뒤 전시회가 끝나면 가져가라고 했다. 그는 금액은 묻지도 않고 고맙다고 꾸벅 인사를 하고 나왔다. 일주일 동안이나 전시를 더 한다는 게 마음에 걸리기는 했지만 그런대로 다행이라는 생각이 들었다. 하지만 그것이 끝이 아니었다. 여전히 밤이면 그 자신이 벌거벗은 채 전시장에 걸려 있다는 환상에 빠졌고, 당연히 잠을 못 잤으며, 아침을 먹지 않고 출근을 했다. 점심은 몇 숟가락 들다 그만두었다. 부장한테 불러가 무슨 일이 있느냐고 추궁을 당했고 퇴근하면서 인생이 허무하다는 생각에 빠졌다. 그림 속의 사내를 불러내 술 한 잔하고 싶은 생각이 간절했지만 그림 속의 인물을 불러 낼 수는 없었다. 그래서 혼자 술을 마셨고 그림 속의 사내를 생각했다. 일주일 동안 퇴근하면 곧장 전시장에 들렀고 자위하는 남자를 보았다.

5.

그림을 사 온 날 아내에게 무안을 당했지만 그림을 집으로 가져 온 것으로도 마음이 어느 정도 진정이 되었다. 그날 밤 여전히 뜬 눈으로 밤을 새웠다. 서재에는 침대가 없어 요를 깔고 바닥에 누웠지만 여전히 자신이 거울 속에 들어가 있는 느낌이었다.

다음 날 그는 아내의 성화에 잠자리에서 일어나기는 했지만 출근을 하지 않았다. 몸도 지쳤지만 출근하고 싶은 마음이 없었다. 그냥 집에 있고 싶었다.

"당신, 정말 무슨 일 있는 거 아니에요? 잠도 서재에서 자고. 어디 아픈 거 아니에요?"

아내는 걱정을 했다. 그는 아무 일도 아니라는 듯 씩 웃어보였지만 표정이 일그러졌다. 아내는 오늘 하루 쉬라고 했다. 아무 걱정 말고 푹 쉬라고 했다. 그는 아침 식사 내내 숟가락만 만지작거리다 서재로 들어갔다. 잠시 후 문이 열리더니 학교 간다는 딸의 인사말이 들려 왔고 그는 잘 갔다 오라는 말을 하곤 이불 속으로 들어가 벽에 기대어 있는 거울 속의 자위하는 남자를 쳐다보았다. 그러다 비몽사몽으로 지냈고 점심 먹으라는 아내의 말에 거실로 나왔다. 점심은 장어탕을 끓여놓았지만 입맛을 잃은 지가 오래라 몇 숟가락 뜨질 못 했다.

"억지로라도 드세요. 당신이 건강해야지요."

아내는 사정을 했고 그는 구역질이 나는 걸 겨우 참으면 국물을 다 비웠다. 하지만 화장실에 간 그는 이내 먹은 것을 다 토해냈다. 다시 서재로 들어가 누웠다. 만사가 다 귀찮았다. 회사에서 전화가 왔지만 받지 않았다. 저녁에 딸이 다녀왔다고 문을 열고 인사를 했지만 누운 채 인사를 받았다.

"아빠가 이상해."

딸이 아내에게 소곤거리는 소리를 들었다.

다음날도 출근하지 않았다. 회사에서 전화가 왔지만 그는 받지 않았고 아내가 대신 그의 증상을 말해 주었다. 입사 동기인 L한테서도 휴대폰으로 전화가 왔지만 받지 않았다. 신호음이 끊기자 휴대폰의 배터리를 빼버렸다. 그리고 이불 속으로 들어갔다.

자신이 생각해도 참 이상한 일이었다. 20여 년 동안 결근은커녕 지각이나 조퇴 한 번 하지 않았다. 또한 애교 있는 아내랑 대학 1학년이 된 딸이 있는 집에 만족했다. 그래서 열심히 일했다. 회사에서도 인정받았다.

근데 이게 웬일인가. 모든 게 귀찮아졌다. 출근하기 싫었다. 무얼 바라고 살아왔나. 김진우展―또 다른 나. 그는 개인전의 그 문구에 집착했다. 또 다른 나는 무엇인가. 갑자기 이렇게 살아온 자신이 한심하다는 생각이 들었다.

일주일째 출근도 안 하고 지내는 동안 아내는 별별 보양식을 다 해 주었지만 먹자마자 토했다.

"여보 제발 병원에 가요."

아내는 몇 번이나 애원을 했지만 서재에서 꼼짝달싹하지 않았다.

"당신이 그렇게 아프면 우리 집은 어떡해요, 당신이 가장인데."

아내는 울면서 사정했다. 아내는 신경정신과에 가자고 했다. 2주일째 되던 날 할 수 없이 신경정신과에 갔다. 50대 후반의 의사는 그의 증상을 묻더니 크게 신경 쓸 일이 아니라고 했다. 스트레스 때문이니 우선 약을 먹어보라고 했다. 약은 아침에 먹는 약과 점심 저녁에 먹는 약이 각각 달랐다. 저녁에 먹는 약은 낮에 먹는 약보다 파란 약 두 알이 더 많았다.

"회사에는 제가 잘 얘기해서 병가를 냈어요. 그러니 당신은 우선 몸부터 추스르세요."

아내는 그렇게 말했지만 그는 이미 회사로 돌아갈 수 없다는 걸 알고 있었다. 설사 돌아갈 수 있다고 해도 자신이 돌아갈 생각이 없었다. 그는 아침에 일어나 밥을 먹고 약을 먹고 잠을 잤다. 낮에 일어나 점심을 먹고 약을 먹고 잠을 잤다. 저녁에 일어나 밥을 먹고 약을 먹고 잠을 잤다. 계속 잠이 왔다. 며칠 동안 밥 먹고 잠만 잤기 때문에 그림에 대해서는 생각하지 않았다. 꿈 속에서만 어렴풋이 그림 속의 사내를 만났다. 여전히 그 사내는 자위를 했다.

살이 찌기 시작했다. 살이 올라 화장실이나 밥 먹으러 거실로 나올 때마다 끙, 하며 두 팔을 바닥에 짚고 상체를 겨우 들어 올린 후 일어서야 했다. 옷은 어느새 작아져서 몸에 꼭 끼였다. 아내는 커다란 운동복을 사주었고 그 옷만 매일 입었다.

6.
어느 날 방문이 열리는 것을 이불 속에서 들었다. 하지만 가만히 있었다. 곧이어 방문이 닫혔다. 일어나 방문 쪽을 바라보았다. 문 앞에 하얀 쪽지가 있었다. 기어가 쪽지를 풀었다.

여보. 저 오늘부터 식당에 나가요. 밥 차려주지 못 해서 죄송해요.

상은 차려놨으니 굶지 마세요. 당신이 다 나을 때까지만 식당에 나갈 테니 너무 걱정 마세요. 식당은 밤 10시에 문 닫으니 끝나면 곧장 올 게요.

－ 당신을 사랑하는 아내가

　침침한 눈을 끔벅이며 몇 번이나 읽었다. 회사에서 잘렸구나 생각했다. 이렇게 지낸 지가 몇 개월이 지났는지 알 수 없었지만 회사로서도 많이 참아준 것 같았다. 잠깐이나마 20여 년을 다닌 직장에서 이렇게 나에게 말 한마디 없이 해고시킬 수 있는가 생각했지만 이내 잊어버렸다. 다만 경제적으로 집안이 쪼들리는 것이 걱정되었으나 이내 모든 것이 귀찮아진 그는 다시 이불 속으로 들어갔다.

　다음날부터 그는 아내가 출근하고 난 뒤 주방으로 가서 아내가 차려놓은 식탁에 밥솥에서 밥을 퍼서 먹었다. 국이 식었지만 달게 먹었다. 때를 거르지 않았고 반찬은 남김없이 먹었다.

　몇 번 더 신경정신과에 갔을 때 약은 처음과 좀 달랐다. 아침 점심 저녁으로 따로 먹는 것은 변함이 없으나 알약 수가 많이 줄어들었다. 의사는 많이 좋아졌으니 마음 편히 먹으라고 했다. 약을 먹으니 마음이 편안하고 식욕이 일고 잠만 잔다고 했다.

　"너무 잠이 오면 파란 알약은 드시지 마세요."

　의사는 자상한 미소를 지으며 말했다.

　"당신 많이 나은 것 같아 좋아요. 이제 조금만 있으면 전과 같이 직장도 나갈 수 있을 거예요."

　피곤한 기색이 완연한 아내는 웃으며 말했다. 그는 희미하게 웃었다.

그러나 그 뒤로도 왕성한 식욕에 잠만 잤다. 살은 계속 쪘기에 아내는 다시 옷을 사와야 했다. 이제 일어서거나 걷는 것조차 힘들어했다. 약을 먹으면 잡생각이 안 들고 하루 종일 멍하게 지냈다. 다행히 잠은 잘 잤다.

그러던 어느 날 그는 화장실에 가기 위해 겨우 일어서서 밖으로 나오니 거실에 모르는 여자들 서너 명이 앉아 얘기를 나누고 있었다. 이런 일이 처음이라 당황해 하고 있는데 아내가 다가 왔다.

"친구들이에요. 무슨 일이에요?"

아내는 무뚝뚝하게 말했다.

"화장실……."

말을 얼버무리며 재빨리 화장실로 들어갔다. 그 날 저녁 아내는 서재로 왔다.

"당신 이제 제발 밖으로 나오지 마세요."

아내의 말투는 싸늘했다. 그는 당황해서 무슨 말이라도 꺼내려고 하는데 아내는 이내 서재를 나갔다. 서운한 생각이 들었지만 그냥 이불 속으로 들어갔다.

이제 식사 때가 되면 거실의 동정을 살피고 아무도 없을 때 가만히 나와서 밥을 푸고 냉장고에서 반찬을 꺼내 먹었다. 아내는 그를 위해 밥상을 차리지 않았다. 반찬도 따로 만들지 않아 냉장고에서 있는 대로 반찬을 꺼내 먹었다. 하지만 식욕이 왕성해서 한 끼에 밥을 두 그릇이나 먹었다.

점점 딸의 얼굴도 보지 못 했다. 아침에 학교에 갈 때나 집에 오면 서재 문을 열고 다녀오겠습니다, 혹은 다녀왔습니다, 라고 웃으며 인사를 했는데 그러다 점차 문을 열지 않고 인사를 했고, 언제부턴가 인사를 하지 않았다. 서운한 생각이 들었지만 따지거나 훈계를 할 입장이 아니라고 생각했다. 용돈도 주지 못 하는 아빠는 그렇게 대접 받는 게 당연하다고 생각했다. 그래도 가끔 딸의 얼굴이 보고 싶을 땐 낮에 아무도 없을 때 나와 딸의 방을 기웃거렸다. 사진도 보고 흐트러진 옷도 잘 걸어놓고 화장품 냄새를 맡기도 했다. 책상위에는 가족끼리 관악산에 갔다가 정상 바위에서 찍은 가족사진이 있었는데 어디로 갔는지 보이지 않았다. 대신 벽에는 백인 청년의 사진이 붙어 있었다. 왠지 딸의 방이 낯설게 느껴졌다.

7.

그는 몸이 불어나서 일어서는 것조차 힘들어 기어다니기 시작했다. 두 다리로 뒤뚱거리며 걷는 것보다 두 팔과 무릎으로 기어다니는 것이 훨씬 편했다. 하지만 별로 기어다닐 일이 없기 때문에 하루종일 누워지냈다. 가끔 무료하기도 했고, 외로울 때도 있었고, 인생이 허무하게 느껴질 때도 있었지만 낮이고 밤이고 수시로 잠이 들었기 때문에 그런 것들이 그의 인생에 크게 방해되지 않았다.

그의 유일한 낙은 자위하는 남자를 보는 것이었다. 항상 벌거벗고 엉거주춤한 자세로 자위하는 남자. 뒤를 돌아보며 공허한 표정을 짓고 있는 사내. 그 사내도 언제부턴가 그처럼 살이 찌기 시작했다. 처음 그림을 사왔을 땐 허릿살이 오르고 엉덩이와 허벅지에 살이 통통한 정도였지만 지금은 우람한 체구에 팔뚝이 보통 사람 다리 굵기만 했다. 그는 그런 것에 개의치 않았다. 그 자신이 살이 불어났기에 그림 속의 사내도 살이 불어나는 것은 당연하다고 생각했다. 또한 언제부턴가 아내가 간섭을 하지 않았기에 머리카락은 어깻죽지까지 내려왔고 수염은 얼굴을 덮었다. 그림 속의 사내도 머리가 길게 내려왔고 얼굴이 수염으로 뒤덮였다.

아내는 점점 귀가 시간이 늦어졌다. 언젠가 새벽에 아내가 퇴근하고 난 뒤 화장실에 가려고 거실에 나왔을 때 알코올 냄새가 코를 찔렀다. 안방에서 아내는 혀꼬부라진 소리로 누군가 오랫동안 통화하고 있었다. 상대방이 남자인 듯했으나 그는 짐짓 모르는 체 화장실을 다녀왔다.

아내의 얼굴을 본 지도 꽤 지났다고 느껴지던 어느 밤이었다. 그는 기어 나와 화장실을 다녀오는데 안방의 문이 반쯤 열려 있었다. 새벽인 듯했으나 아내는 금방 들어온 듯했다. 역시 알코올 냄새가 거실에 가득했다. 딸은 아직 들어오지 않았는지 방문이 열려진 채로 불이 꺼져 있었다. 안방으로 기어갔다. 아내는 옷을 모두 벗고 침대 위에 누워 자고 있었다. 자다가 가끔 휘유, 하고 긴 숨을 몰아쉬었다. 가까이 다가가니 역한 알코올 냄새가 났다. 그는 아내의 벗은 몸을 천천히 음미하듯 바라보았다. 아직은 봉긋한 유방이며 살이 오른 허리가 창문으로 들어온 빛에 온전히 드러났다. 무릎을 꿇고 아내의 다리를 쓰다듬기 시작했다.

음.

손이 무릎을 지나 허벅지를 거쳐 음부에 가닿았을 때 자신도 모르게 신음을 토해냈다. 참으로 오랫만에 아내의 몸을 만진다 생각했다.

아내는 다시 한 번 휘유, 긴 숨을 토해 내며 그가 있는 쪽으로 돌아누웠다. 그의 손은 배꼽을 지나 유방으로 올라갔다. 물컹한 유방이 손 가득히 들어왔다.

음.

아내의 유방에 얼굴을 묻었다. 알코올 냄새와 향긋한 냄새가 났다. 갑자기 울고 싶었으나 참았다. 옷을 벗기 시작했다. 몸이 불어났기에 옷 벗는 것은 쉬운 일이 아니었다. 땀을 흘리며 겨우 옷을 벗었다. 아내는 다시 반대편으로 돌아누웠다. 아내 곁에 누웠다. 참으로 오랜만에 아내 옆에 누워 보는 것이었다. 아내의 머리를 들어 자신의 팔을 밑으로 넣었다. 그리고 아내의 몸을 돌려 자신을 향하도록 했다. 아내를 꼭 껴안았다. 머리에서 향긋한 샴푸 냄새가 났다. 눈물이 나올 것만 같았다. 아내도 잠결에 그를 꼭 안았다.

음.

그는 신음을 토해냈다. 그리곤 아내의 다리를 벌렸다. 자신의 하체를 다리 사이로 넣었다. 아내의 몸속으로 성기를 넣으려고 발버둥쳤다. 하지만 헛수고였다. 그의 성기는 발기되지 않았다.

휘유.

긴 김숨을 토해내던 아내는 갑자기 눈을 떴다. 그는 가만히 아내를 바라보았다. 아내는 눈을 크게 떴다.

"악."

아내는 비명을 질렀다.

나야, 나.

그는 말을 했지만 밖으로 나온 목소리는 우우, 하는 소리였다.

"누, 누구야."

아내는 이불을 껴안고 침대 머리맡으로 가 오들오들 떨었다. 그는 몇 번이나 당신 남편이라고 말을 했지만 우우, 우우우, 하는 소리만 입으로 나왔다.

"악."

아내는 여전히 그를 보며 비명을 질렀다. 그는 손을 저으며 안심시키려고 했지만 아내는 여전히 떨었다.

"다, 당신?"

마침내 아내는 그를 알아보았다. 그는 안도의 숨을 내쉬며 고개를 끄덕끄덕거렸다.

"당신. 방 밖으로 나오지 말랬잖아. 나가! 나가란 말이야."

아내는 베개를 그에게 던졌다. 그는 할 수 없이 옷을 집고 엉금엉금 기어 방을 나왔다.

서재로 들어가 누웠다. 슬펐다. 팬티 속으로 손을 집어넣었다. 발기되지 않은 성기는 오므라져 있었다. 그림을 보았다. 그러자 마음이 편안해졌다. 손을 움직였다. 성기가 부풀어오르기 시작했다. 계속해서 손을 움직였다. 성기가 터질 듯 부풀어올랐다.

음.

그는 신음을 토해내며 계속 자위를 했다.

8.

아내는 집에 있을 때도 그에게 전혀 신경 쓰지 않았다. 아내는 딸하고만 얘기를 나누었고 음식도 둘이서만 먹었다. 또한 샤워를 하고 난 뒤에는 마치 집에 아무도 없는 양 벌거벗고 다니기도 했다. 딸도 마찬가지였다. 아내가 출근해서 늦게 퇴근하거나 외박을 할 때면 마치 집에 혼자 있는 양 샤워를 하곤 벌거벗은 채로 음악을 크게 틀어놓고 춤을 추기도 하고 남자친구랑 오랫동안 통화를 하며 야한 농담을 하기도 했다.

딸은 주로 새벽까지 컴퓨터를 했고 오전에는 잠을 잤다. 오후에는 외출을 했다. 치마의 길이는 점점 짧아졌고 지나간 자리에는 진한 향수 냄새가 느껴졌다.

아내가 집에 있을 때 곤혹스러웠다. 죽은 듯이 방안에서 요의도 참고 지내야 했다. 또한 식사를 하기 위해선 아내와 딸이 잠들 때까지 기다려야 했다.

어느 날 요의를 참지 못 해 살그머니 문을 열고 나왔는데 아내와 딸은 전혀 눈치 채지 못 했다. 그가 문을 열고 엉금엉금 기어 거실을 가로 질러 화장실에 갈 때도 두 모녀는 그의 기척을 느끼지 못 하고 낄낄거리며 수다를 떨었다. 몇 번 그렇게 되자 과감하게 아내 혹은 딸이 있을 때도 밖으로 나왔다. 역시 그들은 그를 전혀 눈치 채지 못 했다. 그가 거실에 있는데도 아내와 딸은 혼자 있을 때처럼 각자 남자친구에게 전화를 오랫동안 했다.

"잠깐만 참으라고. 오늘 밤에 죽여줄 테니까."

아내는 깔깔거렸다. 아내와 딸이 없을 때 그는 가만히 기어 나와 그들이 먹다 남긴 음식을 먹었다. 아내가 그를 위해 음식을 따로 준비를 하지 않았기 때문에 어쩔 수 없었다. 어떨 땐 며칠이 지난 음식을 먹을 때도 있었고 쓰레기통을 뒤져 먹기도 했다. 그나마 그렇게라도 먹을 수 있을 때가 좋았다. 아내가 며칠씩 안 들어올 때는, 딸은 아예 집에서 음식을 해 먹지 않았기에, 그 또한 며칠씩 굶어야 했다.

9.

며칠째 아내와 딸은 집에 들어오지 않았다. 그는 굶었다. 그러다 참지 못하고 냉장고에서 반찬을 만들기 위해 사놓은 호박이나 파, 심지어 국수를 생으로 먹었다. 하지만 그것마저도 금방 동이 났다. 또다시 굶었다. 되도록 밖으로 나오지 않고 이불 속에서만 지냈다.

전화라도 왔으면.

외로웠다. 처음에 몇 번 그를 찾던 회사 동료나 친구들의 연락이 끊어진 지는 오래 되었다. 무인도에 갇힌 느낌이 들었다.

누구라도 찾아왔으면.

이불 속에서 중얼거렸다. 그러던 어느 날이었다.

"딩~동!"

혼미한 정신으로 누워 있는데 인터폰이 울렸다. 꿈인가 했다.

"딩~동!"

또다시 인터폰이 울렸다. 반가운 마음에 눈물을 흘릴 뻔했다. 엉금엉금 기어 나왔다. 액정화면엔 30대로 보이는 여자 둘이 가방을 들고 서 있었다. 그는 반가운 마음에 인터폰을 들었다.

"예. 초대장을 드리려 왔습니다."

"우우."

무슨 초대장이냐고 물었다.

"초대장을 드리려고 하는데 문 좀 열어주세요. 하나님 말씀을 전하려 왔습니다. 하나님 말씀을 들어야 천국에 갑니다. 이번 주 일요일에 초대하려고 합니다."

어쨌든 초대한다는 말에 반가운 마음이 들었다. 그는 엉금엉금 기어가 겨우 상체를 들고 문을 열었다.

"감사합니다. 하나님의 말씀을 전…… 악!"

그들은 문 안으로 발을 들여놓다 그를 보고 비명을 질렀다.

"우우.우우우."

그들이 안으로 들어오도록 옆으로 비켜섰다.

"어머!"

"으악!"

그들은 비명을 지르며 문을 쾅 닫았고 뒤이어 급하게 계단을 내려가는 소리가 들렸다. 그는 슬픈 마음에 문을 바라보았다. 눈에서 눈물이 뚝 떨어졌다. 문을 잠그지 않았다. 그리고 뒤돌아서서 서재로 가 이불 속으로 들어갔다.

매일 자위하는 남자를 바라보며 지냈다. 며칠 후 아내가 다녀갔지만 음식을 먹지 않고 옷가지만 챙겨갔기에 먹을 것이 없었다. 딸은 새벽녘에 들어와 저녁까지 자다가 해가 지고 난 뒤 또 집을 나가서는 깜깜 무소식이었다.

며칠 뒤 그는 혼미해 가는 정신으로 자위하는 남자를 보고 있는데 딩동, 하며 인터폰 소리가 울렸다. 누굴까. 하나님을 믿으라는 두 여인을 떠올리며 그대로 누워 있었다. 곧이어 문 여는 소리가 들렸다.

"어, 문이 열려 있네."

여자의 목소리가 들려 왔다.

"계세요? 아무도 안 계시나?"

여전히 여자의 목소리. 그는 몇 번이나 몸이 뒤척인 후에야 겨우 상체를 일으켰다. 거실에서는 부스럭거리는 소리가 들렸다. 누군데 남의 집에 와서 무얼 하는가. 두 팔을 앞으로 짚었다. 팔이 부들부들 떨렸다. 밖에서는 여전히 그릇끼리 부딪치는 소리가 났다. 휘청거리는 팔에 힘을 주며 엉금엉금 기어 거실로 나왔다. 회색빛 제복을 입은 여자가 정수기 뚜껑을 열고 행주로 닦고 있었다.

"우우우. 우우."

그는 여자가 놀랄까봐 작은 소리로 말했다. 여자는 손길을 멈추고 뒤를 돌아보았다.

"악!"

여자는 비명을 질렀다.

"우우, 우우우우."

여자에게 고개를 가로 지르며 안심하라고 했다. 이 집 주인이라고 했다.

"가까이 오지 마!"

여자는 싱크대에서 재빨리 칼을 집어들었다. 여자는 검정색 가방을 한 손에 들고 칼을 휘두르며 현관 쪽으로 옆걸음으로 나아갔다.

"우우우."

절망스럽게 신음했다. 현관에 다가간 여자는 문을 열자마자 칼을 버리고 재빨리 밖으로 나갔다.

"우우."

머리를 좌우로 흔들며 울부짖었다. 서재로 들어왔다. 다시 이불 속으로 들어가려던 그는 문득 그림을 바라보았다. 그림 속의 사내는 여전히 자위를 하다 그를 뒤돌아보았다.

음.

그림 쪽으로 팔을 휘청거리며 다가갔다. 그림 앞에 멈춰 선 그는 손으로 사내를 쓰다듬었다. 그렇게 한동안 사내를 바라보다 옷을 벗기 시작했다. 옷이 몸에 꽉 끼였기 때문에 윗옷이 팔에서 잘 빠지지 않았다. 입으로 소매 끝을 물고 한 손으로 옷을 쥐었다.

우우.

있는 힘껏 옷을 당겼다. 부북, 옷이 찢어지며 벗겨졌다. 바지는 다행히 누워서 끝을 손에 쥐고 힘껏 당기자 다리가 빠져나왔다. 팬티를 벗자 그의 알몸이 드러났다.

음.

자신의 몸을 살펴보다 두 손으로 벽을 짚었다. 팔과 다리에 힘을 주자 팔이 부들부들 떨렸다. 오랫동안 직립보행을 하지 않은 다리도 덜덜 떨렸다. 벽을 짚으며 그림에 다가갔다. 그림을 마주 보고 섰다. 잠시 그림 속의 사내를 바라보던 그는 그림 속으로 다리를 쑥 집어넣었다. 다리는 마치 물속에 잠기는 것처럼 들어갔다. 다른 다리도 그림 속에 집어넣었다. 그리곤 물속에 들어가듯 상체를 그림 속에 밀어 넣었다. 그림 속으로 들어가며 그는, 뒤를 돌아보았다.

10.

며칠 후 딸이 새벽에 들어와 점심 무렵에 나갔고 다음 날 아침 아내가 집에 왔다. 아내는 거실에 들어오자마자 휘유, 긴 숨을 내쉬며 자리에 털썩 주저앉았다. 담배를 꺼내 달게 한 대를 피웠다. 담배를 빈 병 속에 집어넣은 아내는 주위를 둘러보다 그의 방에 시선이 머물렀다.

"방문을 열어 놓았나."

아내는 그의 방으로 와서 방안을 휘 둘러보았다.

"망측해라. 이 그림이 아직도 여기 있네."

아내는 잠시 징그럽다는 듯 몸을 부르르 떨다 그림을 질질 끌고 거실로 나왔다.

"웬 그림이 이렇게 무겁담."

아내는 그림을 거실 바닥에 눕혀 놓고 신발장 서랍에서 망치를 들고 왔다.

망측해.

아내는 그림을 망치로 내리쳤다. 순간 사내의 몸이 쨍, 하며 여러 갈래로 금이 갔다. 한 번 더 망치를 내리치려고 손을 들었다가 잠시 멈추었다. 무슨 소리를 들었기 때문이었다. 사람의 비명 소리 같기도 했기에 아내는 주위를 둘러보았다. 주위에는 아무도 보이지 않았다. 다시 망치를 내리쳤다.

쨍.

사내의 몸이 여러 갈래로 깨졌다. 금이 간 부분엔 아내의 얼굴이 일그러져 비쳤다. 아내는 다용도실에서 빈 종이상자와 빗자루 쓰레받기를 들고 왔다. 산산이 깨진 사내를 종이상자에 담았다. 멀리까지 튄 작은 조각까지 쓰레받기에 빗자루로 쓸어 담은 후 종이상자에 넣었다. 아내는 종이상자를 현관밖에 내놓고 안방으로 들어갔다. 잠시 후 옷을 갈아입은 아내는 아무 일도 없었다는 듯 현관문을 열고 밖으로

나갔다. 종이상자를 쓰레기장에 버렸다. *

나는 날마다 칼을 품고 산다

동료들은 의아하게 그를 쳐다보았다. 다들 이해할 수 없다는 표정이었다. 그는 다시 한 번 더 사람들을 둘러보며 소리쳤다.

"드디어 삼성이 이겼다고. 이대로 쉽게 끝나지 않을 거라고 내가 몇 번이나 말했지."

그는 어젯밤의 흥분을 가라앉히지 못 하고 사무실 문을 열고 들어오자마자 동료들에게 한 말을 되풀이했다. 9회 초. 양준혁의 역전 3점 홈런. 얼마나 짜릿한 홈런이었던가. 9회 말에는 구원투수인 오승환이 나와 퍼펙트로 막아냈다. 그야말로 손에 땀을 쥐게 하는 1점차 승부였다. 삼성의 4번째 한국시리즈 우승이었다.

"무슨 소리야? 하마터면 쏟을 뻔 했잖아."

정이 그를 보며 말했다. 그의 손에는 커피가 담긴 종이컵이 들려 있었다.

"맞아, 정대리. 자네는 에스케이가 이길 거라고 했었지. 거봐. 결국은 삼성이 이겼잖아. 내 말이 맞았지?"

그는 만면에 웃음을 띠고 말했다.

"킥킥."

경리를 보는 미스 박이 혼자 킥킥 웃었지만 아무도 따라 웃지 않았다.

"에이 이 사람, 싱겁긴. 하긴 아쉬운 경기였지. 다들 삼성이 이길 줄 알았는데."

이번엔 홍이 나섰다.

"이길 줄 알았는 게 아니라 분명히 이겼다고. 양준혁이 홈런치는 걸 봤잖아. 그 만세 타법 말이야."

그는 왼손으로 공을 치고 나서 두 팔을 하늘을 향해 쭉 뻗는 시늉을 했다. 오른손잡이인 그의 행동이 약간 어색했지만 가슴 깊숙한 곳에서 솟아오르는 환희는 어쩔 수 없었다.

"아, 저 양반은 아침부터. 그리고 제발 면도 좀 하지."

"뭐라고? 아침에 했는데."

"했는 게 꼭 원숭이 같아?"

"됐어, 그만하자구. 그래도 우리 샵에서 판매왕이잖아."

정이 홍의 등을 두드리며 커피를 마신 종이컵을 꾸겨 휴지통에 집어넣었다. 모닝커피를 마신 게 아니라 쓴 한약을 마신 표정이었다. 그가 이해할 수 없다는 표정을 짓자 다들 자리로 돌아갔다. 그는 믹스커피를 종이컵에 넣고 뜨거운 물을 부었다. 좀 더 얘기를 하고 싶었지만 다들 자리로 돌아갔기 때문에 그도 자신의 자리로 와서 앉았다. 동료들의 반응을 이해할 수 없었다. 커피를 천천히 마시며 컴퓨터가 부팅되기를 기다렸다. 바탕 화면이 뜨자 양준혁의 만세 타법이 화면 가득 채워졌다. 다시 한 번 어젯밤의 역전 3점 홈런을 떠올리며 인터넷 아이콘을 클릭했다. 초기 화면인 H일간 스포츠 사이트가 뜨기를 기다렸다. 대리점장은 그의 초기화면에 대해 몇 번이나 주의를 주었다. 포르셰가 초기화면으로 뜨도록 명령을 내렸지만 그는 하루 이틀 미루고 있던 참이었다. 어젯밤의 환희를 한 번 더 느끼기 위해 빨리 인터넷이 연결되기를 바랬다.

"현대리님, 점장님이 찾으시는데요."

미스 박이 불렀지만 그는 컴퓨터에 정신이 팔려 듣지를 못 했다.

"이거 뭐야."

하마터면 커피를 자판기에 쏟을 뻔했다.

SK '퍼펙트 우승' 4년 새 세 번째 정상. 야구 명문 확인. MVP 박정권.

모니터에 눈을 박고 있던 그는 몇 번이나 눈을 끔벅이며 화면을 보았다. 도저히 이해할 수 없었다. SK가 우승이라니. 다른 스포츠 사이트로 옮겨갔지만 내용은 다들 비슷비슷했다. SK의 완승, 삼성의 완패였다. 잠시 눈을 감고 어젯밤을 떠올렸다. 분명히 저녁 6시에 텔레비전을 보았다. 처음엔 김재현의 홈런으로 SK가 2점을 앞서 갔고 그 점수가 투수전으로 이어지며 8회까지 갔다. 9회 초가 되자 그때까지 잘 던지던 김광현이 힘이 떨어져 조동찬에게 볼넷을 주더니 박한이에게 안타를 맞고 강판 당했다. 주자는 무사 1 3루. 4번 타자로 들어선 양준혁이 바뀐 구원 투수 김대현으로부터 3점 홈런을 치지 않았던가. 극적인 삼성 역전 우승. 자막엔 그렇게 크게 나왔다. 그는 우산이 없어 가을비를 흠뻑 맞은 느낌으로 화면을 바라보았다.

"현대리님, 점장님이 찾으셔요!"

미스 박의 말에 그는 정신이 번쩍 들었다.

"빨리 가 보셔요. 몇 번이나 말해야……."

미스 박은 짜증스런 표정으로 그를 보다 눈이 마주치자 말을 끊었다. 그는 얼른 스포츠 사이트를 닫았다.

"참, 양준혁이 은퇴한 것은 알고 있지?"

홍이 점장실로 가는 그의 등 뒤에 말을 던졌다.

"그런 양준혁이 언제 엔트리에 포함되어 홈런을 쳤지?"

정의 말이 그의 뒤통수에 와 꽂혔다. 순간, 그는 양준혁의 은퇴 경기를 떠올렸다. 관중들의 환호에 눈물을 흘리던 모습에 그도 울컥, 했었다. 양준혁이 은퇴한 것은 맞은데 어떻게 된 거지? 어제 홈런 친 것은 무엇인가. 무슨 속임수에 빠진 느낌이 들면서 등골이 서늘했다. 며칠 전에도 비슷한 느낌이 든 일이 있었다. 퇴근을 하고 아파트로 차를 몰고 들어가는데 살고 있는 동이 생각나지 않았다. 수위실에 있는 수위의 얼굴은 낯익은데 건물은 낯설었다. 이상하다 생각하면서 살고 있는 동과 호수를 기억하려고 했지만 아무리 생각해도 기억이 나지 않았다. 환장할 일이었다. 차를 몰고 이쪽 동에서 저쪽 동 끝까지 몇 번이나 오갔지만 눈에 익은 동은 띄지 않았다. 아내에게 전화를 해서 겨우 사는 동과 호수를 알았다. J와 잠자리를 한 후에는 그 증세가 심하게 나타났다. 제기랄! 그는 고함이라도 지르고 싶은 걸 겨우 참았다.

그때 등골이 서늘한 느낌을 지금도 잊을 수 없었다. 그 후로도 자주 무엇을 잊어버렸다. 출근하려고 차 문을 열려다 열쇠를 안 가져온 것을 알았고 고객과의 약속도 번번이 잊어 고객과 점장에게 비난을 받곤 했다. 그는 심호흡을 한번 하곤 점장실 문을 두드렸다.

"들어와."

안에서 점장의 커다란 목소리가 흘러나왔다. 그는 갑자기 긴장이 되어 자신도 모르게 손이 윗옷 주머니 속으로 들어갔다. 차가운 칼의 손잡이가 손바닥에 전해오자 그제야 다소 마음이 안정되는 걸 느꼈다.

"어서 와요."

점장은 자리에서 일어나 그를 맞았다. 그는 친절한 점장의 태도에 고개를 숙여 인사를 했다.

"요즘 힘들지요? 우선 자리에 앉아요."

점장은 손수 커피를 타왔다. 그는 긴장을 했다. 점장이 손수 커피를 타는 경우는 드물었다.

"자, 한 잔 마셔요. 요즘 힘들 텐데 쉬엄쉬엄 해요. 우리 샵의 실적이 현대리 손에 달렸는데 무리하면 안 되지."

점장은 온화한 미소를 지으며 커피를 권했다. 그는 어쩔 수 없이 커피를 마시며 점장의 다음 말을 기다렸다. 하지만 점장은 오늘은 주식이 올랐다는 둥, 하나마나한 소리만 지껄였다. 그는 사약을 먹는 심정으로 커피를 마시며 점장 뒷벽에 붙은 그래프를 바라보았다. 직원들의 이름이 가로로 적혀 있었고 이름 위에는 막대그래프가 그려져 있었다. 그의 이름 위에 있는 막대가 제일 길었다. 그 옆에 대리점 10월 목표, 현재 누적 실적이 적혀 있었다. 10월 목표에 현재까지의 누계가 3대가 모자랐다. 오늘이 10월 29일. 그렇다면 이틀 내로 무슨 수를 쓰더라도 저 3의 숫자는 채워야했다. 2대는 곧 계약 될 거라는 소문이 있었다. 문제는 한 대였다.

"다 마셨으면 나가봐요."

점장은 미소를 지으며 말했고 그는 자리에서 일어섰다. 무슨 뜻일까. 점장의 속마음을 짐작하려고 했지만 마땅히 떠오르는 게 없었다. 한 대가 남았는데, 그런 생각을 하자 명치께가 싸르르 쓰려왔다. 점장은 그의 어깨를 두 손으로 잡았다.

"밤에 통 잠을 못 잔다던데, 정말이에요?"

그보다 머리통 하나는 더 큰 키로 내려다보며 말했다.

"그 정도는 괜찮습니다."

"아니지요. 우리 샵의 판매왕께서 몸이 아프면 안 되지요. 몸이 건강해야 돼요. 며칠 사이에 많이 말랐어요. 힘내요. 돈을 많이 벌어야지요. 돈이면 안 되는 게 없는 세상인데."

"……."

"참, 면도 좀 해요."

"했는데……."

그는 손바닥으로 턱을 쓰다듬었다. 꺼칠한 느낌이 손바닥을 통해 전해왔다. 최근 들어 수염이 급속도로 자랐다. 아침에 면도하고 출근해서 거울을 보면 어느새 길게 자라나 있었다. 털이 난 부위도 늘어 눈 주위만 빼곤 온통 털이었다. 몸에도 처음엔 가슴에만 털이 좀 나는가 싶더니 온 몸이 갈색 털로 뒤덮었다. 샤워를 할 때 옷을 벗고 거울을 보면 마치 원숭이 같았다.

"했는 게 왜 그래요? 얼굴이 온통 털인데. 전에도 그렇게 털이 많았었나요? 깔끔해야지요. 그게 영업하는 사람의 기본이고 고객에 대한 예의고."

"알겠습니다."

"이제 곧 과장으로 승진도 할 텐데."

점장은 그의 어깨를 두드렸다. 그는 아무 말도 못 하고 점장실을 나왔다. 땀이 식어 등이 서늘했다. 점장실을 나오자 동료들이 그를 일제히 바라보았다. 그는 되도록 그들과 눈이 마주치지 않으려고 조심하며 자리로 돌아왔다. 극심한 피로가 몰려왔다. 벌써 10월인데도 사무실이 후덥지근했다. 창밖을 바라보았다. 남자는 세 가지는 항상 가지고 다녀야한데이. 몇 년 전에 돌아가신 어머니가 그가 어릴 때 한 말이었다. 첫째가 돈, 남자가 수중에 돈이 떨어지면 안 된다. 둘째는 거짓말, 셋째는 우산. 그때는 무슨 말인지 모르고 들었는데도 그 말이 잊히지 않고 계속 기억 속에 남아 있었다. 우산이 없어 가을비를 흠뻑 맞은 느낌은 여전했다.

"현대리, 무슨 기미 없어? 오늘 내일 중에 우리 팀이 한 대는 팔아야 하는데."

팀장이 다가와 그에게 말했다. 그는 점장에게 얻어 마신 커피 맛이 아직 입안에 있는 듯 침을 삼켰다.

"없는데요."

"허허. 이거 어쩐다? 안 그래도 우리 팀이 꼴찐데 말이야."

팀장은 심각한 표정으로 말했다. 그의 개인 실적은 1위지만 그가 속한 팀은 샵에서 꼴찌였다.

"하여튼 신경 써봐."

팀장은 자신의 자리로 가며 말했다. 자폭하라는 의미였다. 실적을 채우지 못하면 팀원들이 차를 사서 실적을 채울 수밖에 없었다. 어떻게 한다? 그는 곰곰이 생각했지만 하루 이틀 만에 한 대를 팔기는 어려울 것 같았다. 곧 과장이 된다는 점장의 말이 떠올랐다. 그때 갑자기 가슴이 방망이질치며 불안한 마음이 들었다. 손에는 금방 땀이 나서 축축해졌다. 언제나 불안은 이유 없이 갑자기 찾아왔고 심장은 즉각 반응을 나타냈다. 몇 개월 동안 불면증에 시달리고부터 그 증세가 부쩍 심해졌다. 자신도 모르게 주머니에 손을 넣어 칼을 만지작거렸다. 불안하거나 가슴이 두근거릴 때 칼을 만지면 안정이 되었다. 칼은 미국 SLP2였다. 손잡이 위에 후레쉬가 달렸고 불꽃스틸점화 장치도 되어 있었다. 칼날은 스테인리스로 3인치짜리였다. 그는 아무래도 어젯밤 잠을 못 자서 그렇다고 칼을 만지며 생각했다.

그가 칼을 구입한 것은 우연이었다. 몇 년 전 차를 팔고 고객과 함께 갤러리에 들렀다가 칼을 사게 된 것이었다. 지금 생각해보면 다른 작품은 생각나는 게 없고 딱 한 작품만이 기억에 또렷이 남아 있었다. 작품은 단순했다. 사람 키만한 거울 위쪽에 식칼을 붙여놓은 작품이었다. 이런 것도 작품인가 하며 그냥 지나치려던 순간이었다. 식칼이 천장의 불빛에 반짝 빛났고 그 느낌이 강하게 가슴으로 느껴졌다. 작품 앞으로 천천히 걸어갔다. 마음이 긴장되었다. 심호흡을 한 번 하고 작품 앞에 섰다. 그때 그의 전신이 거울에 드러났고 정확하게 이마 부분에 식칼이 걸려 있었다. 옆에는 '나는 날마다 칼을 품고 산다'란 제목이 붙어 있었다. 처음 든 섬뜩한 느낌이 서서히 잦아들었고 곧이어 마음이 편안해지는 걸 느꼈다. 거울 속에 비친 자기 자신과 이마에 걸린 칼을 바라보며 작품 앞에 오랫동안 서 있었다. 마치 칼이 자신을 품고 있는 듯했다. 지금껏 느껴보지 못한 편안함을 느꼈다. 그 작품을 보고 칼을 사게 된 것이었다. 칼을 만지고 있으면 불안하지 않았고 가슴도 두근거리지 않았다.

그 후로 그는 칼을 몸에서 뗀 적이 없었다. 외출할 때면 지갑이나 차 열쇠보다도 칼을 먼저 챙겼다. 칼이 품속에 있다고 생각하면 마음이 안정되었고 자신감이 생겼다. 그러나 사람은 실수가 있는 법이었다. 언젠가 까다로운 고객과 상담을 앞둔 때였다. 며칠 동안 공을 들였는데 살 듯 말 듯했다. 그 날은 이상했다. 아침부터 컨디션이 좋지 않았다. 가슴이 두근거렸고 불안한 느낌이 스멀거렸다. 단지 어제 잠을 자지 못 해 그럴 거라고 위안하며 고객과 상담 시간을 기다렸다. 고객과 상담 시간이 다가오는데 불안 증세가 더 심해졌다. 마음이 안정되지 않았다. 사무실에 앉아 있지 못 하고 연신 커피를 마시기도 하고 스포츠 신문의 야구란을 보기도 했다. 그래도 마음이 안정되지 않았다. 곧 고객이 닥칠 시간이었고 차를 파느냐 마느냐 기로에 있던 상담이었다. 고객이 올 시간이 되어 주머니에 손을 집어넣었다. 칼을 만지면 좀 나아질 거라고 생각했다. 이런. 칼이 없었다. 허둥대었다. 이럴 일이 없는데. 분명 칼을 가지고 나왔는데. 상의 양복 왼쪽 오른쪽뿐만 아니라 바지의 모든 주머니도 뒤졌다. 칼이 없었다. 그제야 아침에 출근하다 양복에 얼룩이 진 것을 보고 집으로 되돌아가서 급하게 옷을 갈아입고 왔다는 걸 알았다. 창밖을 보니 고객이 사무실 쪽으로 다가오고 있었다. 불안해서 도저히 참을 수가 없었다. 칼을 확인하기 전에는 불안해도 칼을 만지면 된다는 생각이 들어 불안을 참을 수 있었는데 칼이 주머니에 없다는 생각을 하게 되자 마음은 더욱 더 불안해져 가슴이 곧 터질 듯이 뛰었다. 할 수 없이 사무실 밖으로 나왔다.

"안녕하세요?"

고객은 자신을 맞이하러 나오는 줄 알고 그에게 인사를 했다. 하지만 그는 불안해서 눈에 들어오지 않았다. 당연히 고객을 그냥 지나쳐 택시를 타고 정신없이 집으로 갔다. 아내는 외출하고 없었고 옷은 안방 침대 위에 있었다. 다행히 칼은 양복 안쪽 주머니에 그대로 있었다. 그는 재빨리 칼을 꺼냈다. 그리고 두 손으로 칼을 움켜쥐었다. 마음이 서서히 안정되었다. 그렇게 30여 분이 지났을 때에야 고객이 사무실로 들어오는 걸 봤다는 기억을 했고 부리나케 사무실로 돌아왔다. 그러나 사무실에서 기다리는 건 고객이 아니라 점장과 팀장이었다. 점장은 어이없다는 듯 헛웃음을 날렸고 팀장은 잡아먹을 듯 그를 노려보았다. 그는 변명을 하지 못 했다. 그 일이 있은 후 외출할 때면 몇 번이나 칼이 주머니에 있는지 확인했다.

그는 스마트폰을 꺼내 고객 명단을 훑어보았다. 급하게 차를 부탁할 사람은 눈에 띄지 않았다. 어차피 이번 달에는 자폭할 수밖에 없을 것 같았다. J에게 전화를 했다. 어젯밤에 만났지만 전화를 해 봐도 손해 볼 것은 없다는 생각을 했다. J는 잠이 가득한 목소리로 전화를 받았다.

"점심이나 같이 할까 해서."

그는 일부러 쾌활하게 말했다. J는 잠시 머뭇거리다 대답을 했다.

"월말이구나."

"응. 하지만 그것 때문에 전화한 건 아니고. 내 실적은 채웠거든."

그는 J에게 무슨 일이 있어도 체면은 구겨선 안 된다고 생각했다.

"알았어."

J는 대신 드라이브를 시켜달라고 했다. 점심은 선약이 있다고 했다. 차를 팔아줄 테니 드라이브 시켜달라는데 거절할 남자가 어디 있겠는가.

"좋지."

그는 흔쾌히 대답하며 몇 개월 전 그녀에게 판 스포츠카 포르셰를 떠올렸다. 개구리 모양으로 납작 엎드려 눈을 동그랗게 뜬 모양의 911은 카레라s였다. 미소를 짓고 있을 때 팀장은 그를 보았고 그는 팀장을 향해 엄지와 중지를 모아 동그라미 사인을 보냈다. 팀장은 함박웃음을 지으며 고개를 끄덕였다. 그는 서랍에서 면도기를 꺼내 화장실로 갔다. 어느새 수염은 얼굴을 덮고 있었다. 아무래도 병원에 한번 가봐야겠다고 생각하며 얼굴에 거품비누를 발랐다.

그는 면도를 하고 나서 사무실로 와 자리에 앉았다. J를 만나기 전 잠시 눈을 붙일 요량이었다. J를 생각하니 갑자기 기분이 좋아졌다. 머리를 뒤로 젖히고 눈을 감았다. 그리곤 J의 벗은 몸을 상상했다. 커다란 유방, 그 큰 유방 사이에 얼굴을 묻는 자신의 모습을 상상했다. J는 30대 중반의 나이로는 믿기지 않는 몸매를 가졌다. 군더더기가 전혀 없는 몸매였다. 하루에 무슨 일이 있어도 2시간 이상은 운동한다는 그녀였다. 처음 J를 만났을 때를 생각하며 빙긋이 미소를 지었다. J는 초등학교 동기동창이었는데 호박이 덩굴째 굴러온다는 말을 그때만큼 실감한 적은 없었다.

처음부터 J를 알아본 것은 아니었다. J는 고객으로 샵을 찾았고 그
는 딜러로서 그녀를 맞이했다. 그녀는 붉은색 원피스를 입고 갈색 선
글라스를 쓴 채 사무실에서 마주 앉았다. 선글라스나 옷이나 가방이
나 구두나 모두가 명품이었다. 보는 순간 주눅이 들 정도였다. 다리를
꼬고 앉은 모습이 속옷이 보일까 아슬아슬하기도 했다. J는 처음부
터 차종을 얘기했다. 포르셰였다. 포르셰는 외국차종에서도 고급이긴
했지만 남자들이 주로 타는 스포츠카였다. 처음에 그는 우아한 벤츠
나 BMW를 권할 작정이었다.

"아니에요. 구일일 카레라 에스로 해주세요."

J는 살짝 미소를 지으며 말했다.

"스포츠를 좋아하시나봐요?"

그는 재빨리 포르셰의 자료를 챙기며 말했다. 그녀는 대답 없이 역
시 미소만 지었다. 그는 포르셰에 대해 설명했다.

"일반 차량은 클러치가 하나인데 반해 포르셰는 피디케이 차량으
로서 클러치가 두 개입니다. 그러니까……."

그녀는 대꾸 없이 그를 빤히 바라보기만 했다. 듣는 둥 마는 둥 자
신의 얼굴만 바라보는 그녀가 신경쓰였지만 그는 열심히 설명했다.

"…… 기어가 바뀔 때 클러치가 떨어지는 느낌, 즉 공회전 느낌이
전혀 없으며 빠른 변속을 자랑합니다. 그러니까 기존 기어 오단이 아
니라 칠 단 기어로서 …… 또한 포르셰는 엔진이 뒤에 있습니다."

역시 그녀는 그의 얼굴만 바라보았다. 그는 눈치 안 채게 심호흡을
한 후 계속 설명했다.

"…… 이는 브레이크를 밟을 때 전륜과 후륜의 밸런스를 맞추기가

쉽고 가속 때는 구동되는 후륜에 좀 더 많은 힘이 실리기 때문에 바퀴가 헛돌 확률이 낮아지는 장점이…… 또한 시속 백 킬로로 주행하다 발에 조금만 힘을 줘도 시속 이백 킬로로 쉽게 넘어가고…… 가고 싶은 방향을 머릿속으로만 생각해도 어느새 차의 앞머리는 그쪽을 향해 버리는…… ."

"어, 됐어."

갑자기 J가 말을 끊고 반말을 했다. 그는 잘못 들었나 싶어 말을 멈추고 J를 바라보았다. 그의 당황한 표정을 보고는 J는 선글라스를 벗고 웃음을 터트렸다.

"나야 나. 전유정."

J는 하얗고 조그마한 손을 내밀었다. 얼떨결에 그는 손을 잡고 J를 빤히 쳐다보았다.

"예?"

"삼동초등학교, 전유정. 너 현수혁 아냐? 맞지?"

J는 맞지? 하면서 하얀 치아를 드러내며 깔깔깔 웃었다. 그는 잠시 의아하게 J를 바라보았다. 전유정. 분명 아는 이름이었다. 초등학교를 같이 다녔을 뿐만 아니라 그가 살던 시골의 옆 동네에 살았기에 아는 것은 당연했다. 초등학교 졸업 후 가족이 서울로 이사하고 난 뒤 만나거나 소식을 들은 적이 없었다. 순간 가슴 깊숙한 곳에서 뭔가가 솟구쳐오르는 느낌을 받았다. 인생을 살다보면 예기치 않은 행운이 올 수 있다는 것을 그는 예감하고 있었다.

"설마, 그 유정이?"

그는 반신반의했다. 단발머리에 코 흘리게 그 유정이가 이 유정이라니.

"그래, 유정이. 아는구나."

J는 그의 손을 잡고 흔들었다. 샵에 있던 직원들이 일제히 돌아보았다. 모두들 의아한 표정을 지었다. 그는 동료들의 시선에 아랑곳 않고 찬찬히 J의 얼굴을 뜯어보았다. 약간 갸름한 얼굴이 그런 것 같기도 했다. 하지만 전체적으로 닮은 구석이라곤 없었다.

"야, 여기서 만나다니 반갑다야. 동창회는 나가니?"

말투까지 서울말을 쓰니 도저히 믿기지 않았다.

"그럼. 서울에도 초등 동기들 많아. 난 총무 맡고 있고. 근데 어떻게 그렇게 연락이 없냐?"

그제야 그는 그 유정이가 이 유정인 것을 알았다. 코흘리개 시절의 동기들 이름과 안부를 서로 묻고 하다가 이럴 게 아니라 점심이나 먹으며 얘기하자고 일어섰다. 그는 그런 와중에도 서류를 챙겨 J 코앞에 내밀었다. J는 계약서를 작성하고 계약금 5백만 원을 카드로 계산했다. 차 나오면 곧장 결제할게, 예쁘게 웃었다. 차가 나왔을 때 결제한 사람은 J가 아니라 모르는 남자였다. 그 남자에 대해서 그는 당연히 물어보지 않았다. 그와 J는 점심을 먹고 술을 간단히 한 잔했다. 낮술은 금방 취했고 둘은 후식으로 커피를 한 잔 마시자며 함께 나가다가 호텔로 직행했다. 이런 행운이 찾아오다니. 그 날 그는 몇 번이나 믿기지 않는다는 듯 머리를 세차게 흔들어 보기까지 했다. 그 후로 J를 자주 만났고 그리곤 술을 마시고 당연한 것처럼 섹스를 했다. 섹스 또한 당연한 것처럼 J가 주도했다.

점심을 먹고 나자 J가 빨간 포르셰를 몰고 사무실에 나타났다. 동료들은 그를 부러운 눈으로 바라보았고 그는 의기양양하게 J에게 갔다.

"타."

J는 밝게 웃으며 말했다. 일단 그는 차에 탔다. 어디 갈 거냐고 묻지 않았다. 운전대는 J가 잡고 있었다. 그에겐 선택의 여지가 없었다. 충주 갈까? J가 혼잣말로 하다가 네비를 켰다. 충주를 입력했다. 170km로였다. 중부내륙고속으로 고! J는 차를 쌩 몰았다. 운전은 계속 J가 했다. 그가 하려고 했지만 오랜만에 스릴 좀 즐기자며 자기가 하겠다고 했다. 그는 고개를 끄덕였다. 어차피 목표량은 채웠겠다 오늘 오후엔 마음 놓고 놀고 싶었다. 차가 고속도로로 진입하기 전 J의 가슴을 살짝 꼬집었다. J는 아야, 콧소리를 냈다. 마치 발정난 암컷 고양이 울음소리 같았다.

차는 엄청 빨랐다. 포르셰를 팔기만 했지 직접 타 보는 것은 처음이었다. 100km에서 순간적으로 200km로 넘어갔다. 고개가 뒤로 저절로 젖혀졌다. 차가 앞으로 나가는 게 아니라 사물들이 뒤로 재빠르게 밀려나는 느낌이었다. 앞서 가던 차들도 죄다 뒤로 물러났다. 그는 두려움에 오줌을 약간 지렸지만 내색은 하지 않았다. 이런 속도로 가는 것은 생애 처음이었다.

아.

하지만 J는 그와 달리 탄성을 질렀다.

"난 있지. 이럴 때 오르가즘을 느껴. 마치 오줌보가 터질 거 같아. 아, 좋다."

J는 섹스할 때처럼 비음 섞인 목소리로 중얼거렸다. 역시 오르가즘

을 느끼는가. 속도계가 어느새 250km를 가리켰다. 정말로 J의 오줌
보가 터질까 걱정이 되었다. 그는 아무 말도 못 하고 주먹을 쥔 채 앞
만 바라보았다. 이러다 사고 나서 죽는 게 아닐까 걱정이 되었다. J를
만날수록 걱정 되는 게 또 있었다. J와 만나 섹스를 거듭 할수록 혼돈
을 느끼는 일이 잦아졌다. 수시로 차 열쇠 놓은 곳을 잊어버리기도 했
고 사는 아파트 동 호수를 잊어버리기도 했다. 당신 그러다 나까지 몰
라보는 거 아니에요? 아내가 근심스런 눈길로 묻기까지 했다. 몸에도
서서히 털이 길게 자랐다. 거뭇하던 털이 J를 만날수록 손가락으로 잡
으면 잡힐 만큼 자랐다. 하지만 그는 개의치 않았다. 면도는 자주 하
면 되었고 몸에 난 털은 옷을 입으니 괜찮았다. 무엇보다 J를 통해 섹
스를 하고 차를 파는 것이었다. 사실 J에 대해 아는 게 별로 없었다.
아직 미혼이라는 것. 일본에 자주 간다는 것. 그리고 남자들, 특히 나
이 많은 남자 몇이 주위에 있다는 것 정도였다. 사는 곳도 몰랐고 하
는 일도 몰랐다. 다만 돈이 굉장히 많았고, 또한 돈이 많은 사람들을
많이 알았다. 한 달에 몇 번씩 J는 그에게 고객을 소개해 주었다.

어느새 차는 충주에 도착했다. 서울에서 충주까지 채 40여 분이
안 걸린다는 사실에 그는 놀랐다.

"어디 갈까?"

J가 말했다.

"탄금대 갈까?"

그가 말했다. 언젠가 친구들과 함께 간 기억이 있었다.

"탄금대?"

"옛날 우륵이 가야금 연주하던 데라지?"

"렛츠 고!"

J는 고개를 끄덕였다. 차는 잘 숙련된 말처럼 그들을 금방 탄금대로 데려다 주었다. 그와 J는 주차장에 차를 세우고 다정한 연인처럼 손을 잡고 탄금대로 올라갔다. 울창한 송림이 우거져 있고 절벽을 따라 시퍼런 남한강이 휘감아 돌고 있어 경관이 매우 아름다웠다.

"야, 좋다."

J는 시퍼런 강을 바라보며 탄성을 질렀다. 그도 가슴이 뻥 뚫리는 것 같은 느낌이 들어 두 팔을 들어 기지개를 폈다.

"저기 앉자."

그는 나무 의자에 J를 데리고 가 앉았다. 앉아서 앞을 바라보니 저 멀리 계명산과 남산 그리고 충주 시가지가 한 눈에 보였다. 또한 넓은 평야지대가 그림같이 펼쳐져 절경을 자아내고 있었다. 그와 J는 한동안 강물과 평야를 번갈아 바라보았다. 평일이라 그런지 사람들은 몇 되지 않았다.

"나 내일 일본 가."

J가 말했다. 그는 왜 가냐고 묻지 않았다. 대신 언제 오냐고 물었다.

"글쎄, 가봐야 알 거 같아."

J는 확답을 하지 않았다. 그는 순간 다시는 J를 못 볼지도 모른다는 생각이 들었다. 이런 행운을 놓치다니. 아쉽고 억울한 마음이 들었다.

"일찍 와. 보고 싶잖아."

그는 J의 손을 잡았다.

"그래, 가능하면."

J는 그의 귓불에 뜨거운 입김을 불어 넣으며 말했다. 그는 손으로 J

의 가슴을 만졌다. 탱탱한 느낌이 손에 전해왔다. 귓불을 깨물던 J가 그의 바지 앞섶을 더듬거리더니 바지 속으로 손을 집어넣었다. 그는 손을 J의 윗옷 속으로 집어넣었다. J의 몸이 움찔거렸다.

"저리로 가자."

그는 아무래도 트인 공간에서는 신경이 쓰였다. J는 고개를 끄덕이며 그를 따라 솔숲 속으로 들어갔다. 소나무 밑에서 J는 그를 쓰러뜨리고 바지를 벗겼다. 그는 J가 하는 대로 가만히 두었다. 그의 옷이 다 벗겨지자 그도 J의 옷을 벗겼다.

아.

J는 그의 몸 위에 올라가 신음 소리를 냈다. 솔숲이라 해도 시퍼런 남한강과 넓은 평야가 보였다. 또한 질푸른 하늘에 눈이 부셨다. J는 천천히 몸을 움직였다. 그는 J의 율동에 따라 엉덩이를 움직여주었다. 그러다 그는 문득 이상하다는 느낌이 들었다. J가 아닌 전혀 낯선 사람하고 하는 것 같았다. 며칠마다 섹스를 했기에 그 느낌이 생생한데 오늘은 이상하게도 달랐다. 눈을 뜨니 커다란 유방을 흔들며 올라탄 여자는 분명 J가 맞았다. J의 유방을 움켜쥐고 눈을 감았다. 그러자 이번엔 몸 어디서 피시시, 하고 바람이 빠져나가는 소리가 들리는 것 같았다. 그러면서 몸이 쭈그러드는 것 같았다. 어젯밤에 잠을 못 자서 피곤해서 그럴 거라고 생각했다.

아.

J의 몸놀림이 빨라졌고 그에 따라 바람이 빠져나가는 소리가 더 크게 나는 것 같았다. 몸은 쭈그려들어 이제 한 줌만 남은 느낌이었다. 그렇다고 그만 하자고 일어설 수는 없었다. 그의 몸에서 바람이 죄다

빠져나간 느낌이 들었을 때 그는 끙, 하며 사정을 했고, 몸을 비틀던 J가 그의 몸에서 내려왔다.

"어머. 털 좀 봐."

J는 그의 몸을 바라보며 놀라운 표정을 지었다. 그는 고개를 들어 자신의 몸을 보았다. 온통 까만 털로 덮여 있었다. 아침보다 2-3cm는 더 자란 것 같았다.

"동물 같아."

J는 그의 몸에 난 털을 손으로 쓰다듬으며 말했다. 그는 너무나 피곤해 대답을 않고 한동안 그대로 누워 있었다.

어떻게 서울로 돌아왔는지 그는 기억에 없었다. 정신을 차리고 보니 차가 그를 태우고 아파트로 들어서고 있었다. 너무나 피곤했기에 가장 가까운 빈자리에 차를 주차시켰다. 그리곤 곧장 아파트로 들어가 엘리베이터를 탔다. 거울속의 자신의 모습에 그는 흠칫 놀랐다. 눈은 퀭하니 들어갔고 얼굴 전체가 수염으로 텁수룩했으며 볼은 움푹 꺼졌다. 며칠 동안 아무 일도 안 하고 잠만 잤으면 소원이 없겠다는 생각이 들었다.

그는 7층에 내렸다. 그리고 자기 집 초인종을 눌렀다. 아득히 먼 곳에서 초인종 소리가 들렸다. 다시 한 번 더 눌렀다. 하지만 아무런 기척이 없었다. 아내는 어디 간 것 같았다. 그는 급하게 열쇠로 문을 따고 집으로 들어갔다. 들어가자마자 침대에 몸을 누일 작정이었다.

앗!

그는 들어가자마자 비명을 지르며 밖으로 뛰쳐나왔다. 남의 집이었다. 흐릿한 눈을 손등으로 비비며 문 앞 팻말을 보았다. 706. 자신의 집 호수가 맞았다.

이런.

그는 다시 한 번 더 확인한 후 문을 열고 들어갔다. 역시 남의 집이었다. 우선 자주 보던 텔레비전이 달랐다. 자신의 것은 스탠드형의 낡은 텔레비전이었는데 거실에 있는 것은 새것이고 벽에 걸려 있었다. 크기도 엄청 더 컸다. 주방에 있는 탁자도 달랐다. 닮은 것은 냉장고뿐이었다. 냉장고에 붙은 치킨가게나 중국식당 병따개만 눈에 익숙했다. 그는 누구 안 계셔요? 하고 불러 보았다. 인기척이 없었다. 그 자리에 드러눕고 싶은 충동을 느꼈다.

한 10분만 드러누울까.

하지만 그는 지금껏 살아오면서 누구에게라도 피해를 준 적이 없는 사람이었기에 그러면 안 된다고 생각했다. 풀려오는 다리를 끌고 밖으로 나왔다. 아마도 동을 잘못 찾은 듯했다.

에이, 하필이면 오늘같이 피곤한 날에.

그는 윗주머니에서 칼을 만지작거리며 중얼거렸다. 다시 엘리베이터를 탔다. 엘리베이터 안에는 중년의 여자 한 사람과 중학생쯤으로 보이는 사내애가 타고 있었는데 역시 처음 보는 이들이었다. 한 쪽 구석으로 가 서 있었다. 여자와 남자애가 자꾸 힐끔 쳐다보았다. 그는 고개를 숙였다. 만약 피곤하지 않다면 계단으로 내려갔을 텐데. 자신을 타일렀다.

밖으로 나온 그는 하늘을 향해 삐쭉이 솟아 있는 아파트를 올려다보았다. 거의 집마다 불이 들어와 아늑하게 느껴졌다. 문득 부럽다는 생각이 들었다. 하지만 그는 서둘렀다. 몹시 피곤했기에 빨리 집으로 가서 드러눕는 게 급선무였다.

그는 아파트를 둘러보다 고개를 갸우뚱했다. 분명 103동이 맞았다. 아파트 입구에서 들어오면 왼쪽의 두 번째 동이 확실했다. 마치 꿈꾸는 듯한 느낌이 들었다. 확실하게 해야겠다며 아파트 입구로 걸어갔다. 그때 입구 왼쪽에 있는 관리실의 경비원이 그를 보고 알은 체를 했다. 그리곤 고개를 갸우뚱했다. 그는 아랑곳 않고 반가운 마음에 인사를 했다. 맞구나.

그는 다시 엘리베이터를 타고 올라가 7층에 내려 706호 앞에 섰다. 호수를 한 번 더 확인하고 초인종을 눌렀다. 아득한 소리만 들릴 뿐 안에서는 인기척이 없었다. 몹시 피곤했기에 열쇠로 문을 열었다. 집으로 들어간 그는 또다시 에이! 하고 고함을 질렀다. 역시 남의 집이었다. 아까 다녀온 그 집이었다.

제기랄!

가래침이라도 뱉고 싶은 심정이었다. 아파트 밖으로 나온 그는 갈데가 없어 화단 앞에 앉았다. 칼을 꺼냈다. 칼날을 엄지손가락으로 쓸었다. 날카로운 느낌에 그는 짜릿한 쾌감을 느꼈다. 칼을 두 손으로 가슴에 품었다. 마음이 편해졌다. 순간 얼굴에서 열이 솟구치는 걸 느꼈다. 갑자기 온 몸이 뜨거워졌다. 양복을 벗었다. 그래도 더웠다. 와이셔츠를 벗었다. 그래도 더웠다. 얼굴에 흐르는 땀을 훔치기 위해 손을 얼굴로 가져갔다. 그러나 얼굴에서 느껴지는 건 길고 꺼칠한 털이었다. 뭔가 잘못됐다는 걸 느끼면서 너무나 더워 바지를 벗었다. 팬티까지 벗고 싶었으나 차마 그럴 수는 없었다.

그는 너무 피곤했기에 칼을 가슴에 품고 옆으로 누웠다. 참으로 아늑한 느낌이 들었다. 곧 졸기 시작했다. 그때였다.

"엄마, 여기 이상한 동물이 있어."

"어머. 이게 무슨 동물이지?"

"곰인가? 근데 팬티까지 입었네."

"가슴에 칼도 있어요."

"이상하네. 무슨 동물이지? 빨리 경비원한테 알려."

"동물보호소에 연락해야 되는 거 아냐?"

그는 발자국 소리가 멀어지는 걸 느꼈다. 일어서고 싶었지만 너무 피곤했기에 일어설 수가 없었다. *

통 속의 뇌

안방문을 연다. 물방울무늬 홈드레스를 입은 아내는 등나무 흔들의자에 앉아 창 밖을 바라보고 있다. 나의 인기척에도 아랑곳없다.

아내에게 다가가 볼에 입을 맞춘다. 아내는 여전히 창밖을 바라본다. 방을 둘러본다. 2인용 침대가 동쪽 벽에 붙어 있고, 서쪽엔 원목의 문갑이 놓여있다. 문갑 옆엔 열 자 농이 장승처럼 버티고 있다. 침대 위엔 아내가 읽었을 책이 있다. <무소의 뿔처럼 혼자서 가라>. 나는 책을 한참동안 바라본다.

아내는 이 방에서 3년 동안 밖으로 나오지 않으려했다. 잠만 잤다. 내가 깨울 때만 흐느적거리며 밖으로 나왔다. 고치 속에 있는 누에처럼 누르스름한 얼굴로 아내는 밥을 하였다. 식탁을 사이에 두고 아내를 쳐다보면 텅 빈 눈으로 허공을 바라보며 밥 알 하나를 입에 넣고 오랫동안 씹었다. 설거지를 하고 나면 아내는 또다시 침대로 가서 잠을 잤다.

박제된 아내.

아내는 자신이 박제됐다는 걸 알까. 나는 아내를 바라보다 거실로 나온다. 현관문 앞에 놓인 검은 비닐봉지를 들고 주방으로 간다. 비닐

봉지에서 감자, 양파를 꺼낸다. 오늘 저녁 반찬은 감자찌개다. 아내가 가장 잘 만들었고, 내가 제일 좋아하는 반찬이다.

안방에 들어가 아내와 흔들의자를 들고 거실로 나와 창 앞에 놓는다. 아내의 눈은 항상 떠 있다.

그래 그동안 너무 오래 잤어. 이젠 좀 깨어 있어야 해.

주방에 온 나는 감자와 양파를 넣은 냄비에 고추장을 숟가락으로 듬뿍 떠서 넣는다.

저녁을 먹은 후 텔레비전 옆에 있는 컴퓨터 앞에 앉는다. 아내가 안방에서 나오지 않으려할 무렵에 나와 컴퓨터는 거실로 밀려났다. 컴퓨터의 전원을 켠다. 켜며 잠깐, 아내는 오늘 무엇을 했을까, 생각한다.

화면 왼쪽 상단에 있는 아내의 이름을 클릭한다. 환하게 웃는 아내의 사진이 나타난다. 사진 밑에 있는, 날짜를 치세요, 란에서 커서가 깜박인다. 나는 주저 없이 오늘 날짜를 친다. 아내가 나타난다. 끝없이 펼쳐진 황량한 사막에서 아내는 묵묵히 걷고 있다. 아내는 항상 혼자 여행한다. 세상과 동떨어진 아내. 아내는 왜 1년 내내 혼자 여행하는 프로그램을 입력시켰을까.

아내가 명퇴당한 후 함께 여행한 적이 없다. 아내가 집 밖으로 나가는 걸 극도로 싫어했기 때문이다. 아파트 입구에 있는 슈퍼에 다녀오는 것도 싫어했다.

"구청 여성회관에서 여러 강좌하던데."

퇴근하고 조심스럽게 의향을 물어보면 아내는 대꾸를 하지 않았다.

"좀 움직여봐. 집에만 있지 말고."

나는 여성회관에서 주관하고 있는 문화센터 서예반에 아내를 강제로 등록했다.

"나도 왜 이러는지 모르겠어요."

집에 온 아내는 나의 눈길을 피하며 눈물을 글썽거렸다. 아내는 이틀을 다녔다.

"이러면 안 된다는 걸 아는데……. 밖에 나가기가 두려워요."

나는 컴퓨터에서 눈을 떼어 아내를 바라본다. 박제가 되기 전의 모습과 다를 바 없다. 다른 점이 있다면 화장이 더 짙어졌다는 것이다. 아침마다 나는 아내의 얼굴에 화장을 한다. 처음 1개월 정도는 한 시간 넘게 걸렸는데 이제는 채 30분이 걸리지 않는다. 먼저 클렌징크림으로 전 날 한 화장을 깨끗이 지운다. 그런 다음 얼굴 전체에 스킨과 로션을 바른 후 마사지하듯 크림과 파운데이션을 바른다. 페이스파우더를 바른 후 눈썹을 그리고 아이라인을 하고 아이세도우를 칠한다. 여기까진 아직 아내의 표정이 낯설다. 하지만 입술에 진한 자줏빛 루즈를 바르면 그제야 아내는 화사한 미소를 머금는다.

나는 컴퓨터로 눈길을 돌린다. 1년 예정으로 입력된 프로그램을 오늘은 기필코 바꿔야겠다는 생각이 든다. 그들이 워낙 완강하게 나가는 바람에 차일피일 미루고 있다. 본인의 의사가 가장 중요하며 이미 본인과 계약된 사항은 철저하게 이행한다고, 그들은 완강히 말했다. 하지만 그건 그들의 신조일 뿐이다.

마흔여섯.

다니던 회사에서 아내가 명퇴당했을 때 나이는 마흔여섯이었다. 명퇴 대상을 부부사원으로 했다가 반발이 심하자 경제력이 있는 남편을 둔 여직원을 대상으로 바꿨다. 23년을 다닌 직장이었다. 나는 아내를 위로했다.

그래, 잘 됐다, 오히려. 이제 하고 싶은 취미 생활도 하고 그래.

큰애는 대학교 2학년에 다녔고 둘째는 고등학교 1학년이지만, 20여 년을 맞벌이한 탓으로 경제적으로 큰 문제가 없었다. 아내는 억울하다고 했다. 애들 가지고 낳고 기를 때, 그땐 정말 집에 있고 싶을 땐 경제력이 안 따라주더니 이젠 애들 다 크고 나니 집에 있게 됐다고. 아내가 할 수 있는 것은 아무 것도 없었다. 농협에서 하루종일 돈만 세던 아내에겐 당연했다.

문제는 퇴직하고 한 달여 뒤에 나타났다. 하루종일 집에 있는 게 안쓰럽고 마침 시간이 나 외식하자고 아내를 불러낸 날이었다. 영화도 보고 노래방에도 갈 생각이었다. 몇 번이나 집 밖에서 아내와 함께 할 시간을 내려고 했지만 회사에서 어떤 프로젝트의 팀장을 맡고 있던 터라 마음대로 되지 않았다.

한 시간이 지나도 아내는 약속 장소에 나타나지 않았다. 집으로 전화했지만 받지 않았다. 휴대폰은 꺼져 있었다. 두 시간이 지났을 때, 종합병원인 H병원에서 전화가 왔다. 응급실이라는 것이었다. 달려갔을 때 아내는 링거를 꽂고 침대에 누워 있었다. 버스에서 기절했다는 것이었다. 1주일 동안의 종합 검진 끝에 나온 병명은 우울증에다 공황장애였다. 어이가 없었다. 아내가 명퇴 후 혼자 있고 싶어하거나, 자꾸만 집 안에서만 맴도는 것을 일시적인 것으로 알았다. 심한 상태가 아니기 때문에 한 달여 치료하면 나을 거라고 신경정신과의 젊은 의사는 말했다. 그랬다. 한 달여 동안 치료를 받자 아내의 상태는 상당히 호전되었다. 하지만 집 밖으로 나가는 것은 여전히 극도로 꺼려했다. 외출하려고 하면 또 그런 증세가 일어나면 어떡하나 하는 불안이 앞선다고 했다. 갑자기 가슴이 답답하고 숨이 막히고 죽을 것 같은 기분, 기절. 그날 공황장애는 아내에게 상당한 충격이었다. 외출은 않고 집에서 잠만 잤다.

아마 그날 직장 동료인 박과장을 퇴근길에서 만나지만 않았더라도 아내의 비밀을 몰랐을 것이다. 오랜만에 일찍 퇴근하던 길이었다. 우체국 앞을 지날 때였는데 고개를 숙이고 걷고 있던 내게 누군가 어깨를 툭 부딪치고 걸어가는 것이었다. 박과장이다, 라는 생각이 문득 들어 뒤를 돌아보았다. 약간 오른쪽으로 기울이며 걷는 모양새며, 키는 크지만 가냘프게 좁은 두 어깨에 박과장이라는 확신이 들었다. 아침에 본 갈색 양복도 같은 것이었다. 박과장은 빠르게 걸어갔다.

왜 그랬을까. 오랜만에 집에 일찍 들어가 푹 쉬고 싶은 마음으로 퇴근하던 길인데도 불구하고 박과장을 뒤쫓아 간 것은. 그렇다고 박과장과 절친한 사이냐 하면 그렇지도 않았다. 직장 부하로서 고만고만한 사이였다. 나는 박과장을 놓치면 안 된다는 절박한 심정으로 박과장이 사라진 세무서 옆 골목으로 뛰어갔다. 골목을 꺾어드니 마침 내가 오기를 기다렸다는 듯이 바로 앞에서 박과장이 걸어가는 모습이 보였다. 박과장은 고개를 땅에 박고 계속 걷다 어느 순간 사라져버렸다. 그렇다. 갑자기 사라졌다, 하는 표현이 가장 적당한 말일지 모른다. 박과장의 뒤통수만 보며 걷던 내 시야에 박과장이 갑자기 보이지 않았기 때문이었다. 나는 박과장이 사라진 지점에서 두리번거리다 오른쪽으로 조그마한, 어른 한 사람이 겨우 지나갈 만한 골목을 발견했다. 골목으로 몇 걸음 들어섰을 때, 세로로 걸려 있는 검은색 바탕의 흰 글씨로 된 '뇌 연구소'란 간판이 보였다. 주위는 주택지였다. 연구소나 사무실이 있을 만한 장소가 못 되었다. 나는 이끌리듯 간판 밑에 있는 흰색 철문을 열고 2층으로 연결된 계단을 올라갔다. 2층에도 아래층과 같은 흰색 철문이 있었다. 나는 심호흡을 하고 천천히 문을 열었다. 두 평정도 되는 현관이 있고 출입문과 같은 크기의 흰색 철문이 또 있었다.

나는 약간 머뭇거리다 문을 조심스럽게 열고 얼굴을 들이밀었다. 박과장은 흰 가운을 입은 사람과 무슨 얘기를 주고받다 옆방으로 들어갔다. 그 방에는 자동안마기 같은 커다란 의자에 회로가 여럿 달린 헬멧을 쓴 사람들이 누워있었다. 박과장도 비워있는 커다란 의자에 앉았다. 나는 사무실을 둘러보았다. 정면 벽에는 50인치 정도 되는 모니터가 10여 개 달려 있고 그 밑엔 옆으로 길게 책상이 놓여져 있었다. 책상에는 자판기와 버튼, 그리고 빨간색과 노란색, 푸른색을 띤 등이 여러 개 있었다. 모니터엔 동영상이 나오고 있었고 흰 가운을 입은 여러 사람이 모니터 앞에 앉아 가끔 자판기를 두들기고 있었다.

조금 있자 박과장의 머리에도 회로가 여럿 달린 헬멧이 씌워졌다. 자세히 보니 의자에도 여러 개의 회로가 설치되어 있었다. 헬멧을 씌운 사람이 의자 오른쪽 팔걸이 부분에 있는 버튼을 누르자 등받이가 스르르 뒤로 눕혀졌다. 다시 그 옆에 있는 버튼을 누르자 헬멧이 오므라들기 시작했다. 마치 혈압 측정기가 오므라드는 것과 같았다. 오므라드는 것이 멈추자 흰 가운을 입은 사람이 사무실로 오더니 한 모니터 앞에 앉아 자판기 왼쪽 옆에 있는 버튼을 눌렀다. 모니터에 회색빛이 들어오자 골프장이 보이고 어떤 키 큰 사람이 나타났다. 곧이어 몇 사람이 더 나타났는데 대부분 이름만 대면 누구나 알 수 있는 대기업 회장들이었다. 내가 다니는 회사의 회장도 있었다. 그들은 담소를 나누며 골프장으로 들어갔다. 앗. 나는 하마터면 소리를 지를 뻔했다. 처음 나타난 사람은 다름 아닌 박과장이었다. 어이없는 일이었다. 일개 과장이 대기업 회장들과 담소를 나누며 골프장에 있다니. 내 눈을 의심했다. 나는 뭔가 이상한 느낌에 문을 닫으려 손잡이를 잡았다. 보면 안 될 것을 본 기분이었다. 손잡이에 힘을 주는 순간이었다.

"고창근 선생, 가시렵니까?"

환청인가 했다.

"잠깐 이리 들어오시지요, 고창근 선생."

하지만 두 번째 목소리를 들었을 때 나는 꼼짝도 할 수 없었다. 문을 닫지도 그렇다고 열고 들어가지도 못하고 그대로 손잡이를 잡고 있는데 흰 가운을 입은 사람이 가까이 다가왔다.

"미, 미안합니다. 아는 사람을 찾으러 왔다가……그만. 집을 잘못 들었나봅니다. "

나는 애써 긴장된 마음을 다잡으며 몸을 돌려 나오려했다.

"아닙니다. 바로 오셨습니다. 들어오시지요. 아시다시피 저기 누워 있잖습니까."

흰 가운은 옆방의 박과장을 가리켰다. 얼굴에서 열이 확 피어올랐다. 이럴 수가. 내 이름은 물론 내가 지금껏 보고 있는 것도 다 알고 있지 않은가. 나는 갈 데까지 가보자하는 심정으로 흰 가운을 따라 안으로 들어갔다. 내부는 생각보다 달리 엄청나게 넓었다. 통유리로 칸막이 쳐진 여러 개의 방이 보였다. 내부는 비슷비슷한 것 같았다. 긴 의자에 헬멧을 쓰고 누워 있는 사람들. 나는 기이한 느낌으로 주위를 두리번거리다 투명 통유리로 칸막이 쳐진 오른쪽을 유심히 바라보았다. 천장에 달린 여러 개의 등 아래에 푸른 가운을 입고 마스크를 한 사람들이 가운데 흰 물체를 둘러싸고 있는 게 보였기 때문이었다. 수술실 같았다. 께름칙한 기분으로 주위를 둘러보는데 나를 부른 흰 가운이 차를 들고 오며 소파에 앉으라고 권했다. 소파에 앉아 처음에 보던 모니터에 눈을 주었을 때 박과장은 대기업 회장들과 골프를 치고 있었다. 박과장이 스윙할 때 주위 사람들이 박수를 치는 것으로 보아 실력이 상당한 것 같았다. 골프에 문외한인 내가 보아도 골프채를 잡고 스윙하는 동작들이 굉장히 부드러웠다. 하지만 정작 자꾸 눈길이 가는 곳은 오른쪽에 있는 투명 칸막이 쪽이었다.

"저 쪽이 무척 궁금하시군요."

흰 가운은 나를 바라보며 빙그레 미소 지었다.

"무슨 수술실 같군요."

나는 애써 태연을 가장하고 여유 있게 말했다. 하지만 태연을 가장한 여유도 얼마가지 못했다.

"뇌를 꺼내 통 속에 넣는 중입니다."

"네?······"

나는 하마터면 손에 들고 있던 찻잔을 떨어뜨릴 뻔했다.

"지금 누워있는 분이 자신이 원하는 삶을 살기 위해 뇌를 통 속에 넣어달라고 해서 그렇게하는 것입니다."

"이해가 가지 않는군요. 뇌를 통 속에 넣다니요. 또……원하는 삶 이라니요."

"전문적으로 얘기하면 어려울 테고……쉽게 말씀 드리지요."

흰 가운은 팔꿈치를 탁자에 대고 두 손을 맞잡았다.

"우리 인간이 어떤 것을 느낀다는 것은 무엇입니까? 예를 들면 선생계서 어떤 사물을 보고 아름답다, 느꼈을 때 그 판단은 눈이 하는 걸까요? 아니면 뇌가 하는 걸까요? "

"뇌……겠지요."

"그렇지요. 눈에는 그냥 사물이 비쳤고 그 비친 것이 어떤 신경계통을 통해 뇌에 전달되겠지요. 그러면 뇌는 그 사물이 아름답다 추하다 등등 여러 판단을 하게 됩니다. 촉각에 의한 느낌도 마찬가집니다. 손으로 얼음을 만졌을 때 차갑다는 느낌은 손이 하는 게 아니라 뇌가 하지요. 얼음이 손에 닿는 순간 그 느낌이 신경계통에 의해 뇌에 전달 되고 뇌는 전달되어 오는 느낌만으로 판단을 하게 되지요. 차갑군, 하고요. 그리고 학습에 의해 기억된 뇌가 그러지요. 이건 얼음이군. 이해 가십니까?"

흰 가운은 사람 좋은 미소를 지으며 나를 보았다.

"전 그 방면으로는 잘 모르지만 그럴 것 같네요."

나는 자신 없어 찻잔만 만지작거렸다.

"그렇다면 이런 가정을 해 보면 어떨까요? 실제로 얼음을 만지게 하지 않고 단지 뇌에 전달되는 신경 계통에 차갑다는 것과 얼음이라는 것을 입력시켜주면요. 아니 입력이라니까 어려워하실 거고. 좀 더 쉽게 얘기해서 그 신경계통에 그런 느낌을 주면요. 그러면 뇌는 어떻게 판단할까요? 실제로 얼음을 만졌을 때처럼 차갑군, 얼음이군, 이렇게 판단하겠지요. 그러니까 뇌는 오직 신경계통을 통해 들어오는 정보에 의해서만 판단을 하지요. 슬프고 기쁘고 하는 모든 감정도 마찬가지지요. 슬픈 사람에게 기쁜 감정이 들도록 신경계통에 정보를 주면 뇌는 기쁘다고 판단하겠지요."

"전 도통 무슨 말씀인지 잘 모르겠습니다."

나는 고개를 살래살래 저었다.

"일종의 우울증에 걸린 사람에게 항우울약을 투여하면 그 사람은 우울한 게 줄어들지요. 뇌에만 영향을 미치고 주위 상황은 변한 게 없는데도 말입니다. 비슷한 원리입니다. 다만, 약을 통해 뇌에 전달하는 것이 아니라 신경계통을 통해 뇌에 바로 전달하지요. 그래서 커다란 컴퓨터와 여러 회로가 연결된 통에 뇌를 넣고 그 사람이 미리 요구한대로 필요한 정보를 입력하지요. 예를 들면 축구하는 것을 요구하면 그러한 프로그램이 입력됩니다. 그러면 뇌는 일상생활에서 축구하는 것처럼 느끼죠. 물론 모든 게 컴퓨터를 통해 정보가 전달되지요. 영양분과 산소도 회로를 통해 공급되고요."

"뭐가 뭔지 모르겠습니다. 그럼…… 뇌를 꺼낸 육체는 어떻게 합니까?"

"그건 계약 기간에 따라 다릅니다. 1년 계약한 사람은 육체를 섭씨 영하 300도 공간에서 2-3초 동안 급랭시킨 후 섭씨 영하150도 공간에서 냉동 보관됩니다. 기간이 끝나면 마찬가지로 섭씨 영상

300도 공간에 2-3초 넣었다가 다시 인간의 체온에 맞는 섭씨 영상 36도 공간에서 하루 정도 머물다가 꺼내 뇌를 다시 넣죠."

"그럼 그 사람은 1년 동안 뇌로만 경험한 걸 실제로 경험한 것으로 간주하고 살아가겠군요."

"그렇지요. 뇌에 있어서는 똑 같은 경험이니까요. 다만 본인 의사에 의해 입력된 프로그램을 뇌를 육체에 넣기 전에 지울 수도 있습니다. 그러면 그 사람은 1년 동안 경험이 없는 상태가 되지요. "

"보통 몇 년으로 합니까? 그런 사람은 대체 어떤 사람들이요? 신청자는 많습니까?"

몇 가지 떠오르는 의문을 내뱉고 나니 나도 모르게 얼굴이 화끈거렸다.

"대부분 1년 단위로 많이 하지요. 2- 3년, 심지어 10년도 있고요. 평범한 회사원 자영업자들이 많습니다. 물론 의사나 교수 같은, 전문 직종에 있는 사람들도 늘어가는 추세고요."

"이해할 수 없군요."

"평생 동안 통 속에서 살기를 원하는 사람도 있습니다."

"예?"

나는 나도 모르게 음성을 높였다.

"오히려 현실보다 더 안전하지요. 교통사고나 무슨 재해를 당할 염려가 없고 평생 살고 싶은 생활을 하며 사니까요. 평생 행복한 삶을 살지요. 그런 사람의 육체는 곧장 화장해 버립니다. 필요가 없으니까요."

"아무리 행복해도 통 속에서인데요. 힘들어도 현실이 낫지요."

"통 속에서 뇌가 느끼는 것은 모두 현실입니다."

"전 그만 일어서야겠습니다. 도저히 공감하기가 힘들군요. 참, 저 친구가 하는 것은 뭡니까? "

나는 박과장을 가리켰다.

"아……저건. 통 속에 뇌를 넣는 것보다 낮은 단계지요. 머리에 쓴 헬멧을 통해 뇌에 자극을 주지요. 뇌가 컴퓨터에 입력된 정보대로 느끼게끔 말입니다. 이 경우 보통 하루에 두 시간만 합니다. 단시간용이죠. 친구분 골프 실력이 상당한데요."

흰 가운은 모니터를 보며 웃는다.

"그럼 저 친구가 저렇게 재벌들과 골프치게끔 해달라고 해서 그런 가요?"

"예, 그렇지요. 저기 모니터에 나오는 것은 저 분의 뇌가 경험하고 있는 사실 그대로입니다."

나는 아찔, 현기증을 느꼈다. 뭔가 커다란 음모에 휘말린 것 같았다.

"저 친구 자주 옵니까? 주로 어떤 것을 합니까?"

박과장은 평소에 말도 별로 없고 동료들과도 잘 어울리지 않는 편이었다.

"물론입니다. 아직 직장 관계로 여기 단기간 코스밖에 못하는데요. 언젠가 1년 동안 직장 휴직하고 세계 여행하고 싶다고 하더군요. 여기서 하면 항공기 추락사고 뭐 그런 거 전혀 걱정할 필요 없고요. 더 많은 경험을 하고 경비도 훨씬 절약되지요. 예를 들면 호주 원주민 마을의 추장도 실제로 해 볼 수도 있는 거니까요."

나는 자리에서 일어섰다.

"아직 믿지 못 하시는군요."

흰 가운은 미소를 지었다.

"예. 그럼……."

나는 서둘러 문을 열었다.

"잠깐만요. 무료로 해드릴테니 한번 해 보시겠소?"

"아닙니다. 오늘 고마웠습니다."

나는 가볍게 목례를 하고 문을 열고 나와 신발을 신었다. 흰 가운이 다가와 메모지를 앞으로 내밀었다.

"그럼 집에 가셔서 이 사이트에 접속해 보세요. 이 사이트에 가면 지금까지 거쳐간 사람들의 명단이 있는데요. 박과장이란 분 성함을 클릭하시면 지금까지 경험한 것을 다 볼 수 있습니다. 혹 조심해야 할 것은 절대로 비밀을 유지하셔야 합니다. 다른 사람들의 것은 절대 보시지 말고요. 사이트 비밀 번호는 2984397번입니다."

"나한테 이 비밀스런 사이트 주소를 가르쳐주는 이유가 뭡니까?"

나는 약간은 불안한 마음이 들었다.

"나중에 알게 될 겁니다, 그건. 그럼."

흰 가운은 고개를 가볍게 숙이곤 문을 닫았다. 나는 메모지를 들여다보았다.

www. brain21.co.kr

나는 메모지를 꾸겨 바닥에 버리고 밖으로 나왔다. 목덜미에서 발끝까지 쪽 소름이 끼쳤다.

그 날 이후 나는 그 곳에 갔다 온 기억을 잊어버렸다. 박과장을 만나서도 그 일에 대해선 내색을 하지 않았다.

아내는 늘 집 밖으로 나오지 않고 잠만 자는 날이 계속 되었고, 나 또한 아내에 대해 무관심해질 무렵이었다. 박과장이 휴직서만 내지 않았더라면 난 영원히 그 '뇌 연구소'란 곳을 잊어버렸는지 모른다. 물론 아내의 비밀도 영원히 몰랐을 것이었다. 박과장이 세계 여행을 다녀오겠다며 휴직 신청을 했을 때만 해도 난 그곳은 생각지 못하고 요즘 휴직하면 다시 들어오기 힘들 텐데, 라며 짐짓 그의 복직에 대해 염려했다. 이미 확고한 계획이 서 있는 터라 휴직서에 도장 찍어 주고 난 뒤 퇴근 무렵에야 아, 하며 나도 모르게 가벼운 신음소리를 냈다.

www. brain21.co.kr 비밀번호 2984397.

사이트 주소와 비밀번호가 너무나 쉽게 기억났다.

나는 집에 오자마자 접속을 했다. 여러 이름들이 나왔지만 박준환이란 이름을 찾기가 어렵지 않았다. 이름을 클릭하자 박과장의 얼굴 사진이 나왔고 날짜를 치라는 란에 오늘 날짜를 쳤다. 박과장은 들뜬 기분으로 아내와 함께 짐을 꾸리고 있었다. 세계여행을 다녀올 짐이었다. 오른 쪽 상단에 있는 '지난 날 보기'란 글자를 클릭하자 달력이 나타났다. 달력은 전년도 2월부터 시작되어 있었다. 그때부터 시작한 모양이었다. 나는 아무 날짜를 클릭했다. 아마 여러 날짜를 클릭했을 것이다. 내가 다니는 회사의 이사가 되었다가 작은 회사 사장이 되기도 했다. 정치가가 되어 국회의원이 되어 있는가 하면 장관이 되어 있기도 했다. 나는 차마 못 볼 것이라도 본 양 몇 편 보다가 박과장의 이름에서 빠져나왔다. 담배를 물고 거실을 서성거리다 혹시 아는 사람이 또 있나 싶은 호기심에 이름을 둘러보았다.

전미경.

아내의 이름이 눈에 띄었다. 나는 설마 하며 전미경을 클릭했다. 바지 위로 재가 툭 떨어졌다. 밝게 웃는 아내의 얼굴이 무척이나 생경스럽게 느껴졌다.

날짜를 치는 란에서 나는 잠시 머뭇거리다 우선 지난 날 보기를 클릭 했다. 1999년 4월부터 시작되었는데 첫 날짜는 13일이었다. 어깨에 힘이 빠져 아래로 축 쳐졌다. 나는 담배연기를 길게 내뿜으며 망연히 4월 13일이란 숫자를 바라보았다. 4월이라면 아내가 우울증과 공황장애 치료를 끝내던 달이었다. 완전히 나은 것은 아니었지만 아내가 밖에 나가는 걸 무서워했고 스스로 치료를 중단했던 것이었다. 그렇다면 치료가 끝나자마자 곧장 '뇌 연구소'에 다녔단 말인가. 나는 아내가 있는 방을 흘긋 쳐다보았다. 그동안 아내가 외출을 일체 하지 않은 것으로 알고 있던 나는 충격을 받았다.

나는 새 담배를 꺼내 물고 4월 13일을 쳤다. 아내는 농협에서 돈을 세고 있었다. 명퇴당하기 전의 모습과 다를 바 없었다. 지금의 퀭한 두 눈과 움푹 꺼진 볼의 얼굴과는 전혀 다른 얼굴이었다. 아내도 저런 때가 있었나 싶을 정도였다. 나는 next를 클릭했다. 14일. 농협에 다니는 아내의 얼굴은 활기가 넘쳤다. 하지만 한 달쯤 지나자 아내는 과장으로 승진했고 이틀만에 부장으로 승진했다. 매일 하루에 두 시간 정도 소요되었다. '뇌 연구소'에서 두 시간동안만 프로그램을 입력한 것 같았다. 나는 모니터 화면에 담배 연기를 길게 내뿜었다. 담배를 재떨이에 비벼 끄고 다시 담배를 꺼내 물었다. 입 속이 깔깔했다.

어느새 아내는 조합장이 되어 있었다. 찾아오는 사람들에게 친절하게 대했고 직원들에게도 살갑게 대했다. 직원들은 아내를 잘 따랐다. 아내는 무척이나 행복해 보였다.

그 후로 나는 몰래 아내의 프로그램을 훔쳐보았다. 하지만 밤늦은 시간에 아내는 방에서 자고 나는 컴퓨터 속에서 아내의 모습을 보는 것이 점차 곤욕스러웠다. 아내는 놀랄 정도로 빠르게 변했다. 대기업 회장 부인이 되어 곧잘 정원이 딸린 큰 집에서 파티를 열곤 했다. 참석하는 사람들 대부분이 상류층 인사들이었다. 정치가의 부인이 되었다가 교수 부인이 되었다. 의사 판검사의 부인도 되었다. 언제나 아내는 화려한 옷을 입고 주위의 선망의 대상이 되었다. 1여 년이 지나자 아내는 국회의원이 되었다. 인기 탤런트가 되었다가 아이돌의 노랑머리 가수가 되어 있기도 했다.

평소의 아내와는 전혀 다른 모습이었다. 아내는 원래부터 누구 앞에 나서는 것을 싫어했다. 자신의 주장을 내세우기보다는 남들의 얘기를 주로 듣는 편이었다. 또한 부와 명예에 대해서도 선망하지 않았다. 현실에 만족하고, 내성적이었다. 하지만 컴퓨터 속의 아내는 부와 명예를 가진 여자요, 앞에 나서길 좋아하는 여자였다.

아내의 마음속에 이런 면도 있었구나 싶었다. 겉으로 드러난 면과 드러나지 않은 면 중에 어느 것이 진짜 아내의 마음인지 헷갈렸다. 나는 점차 아내의 변신에 당혹해 하고 있을 무렵이었다. 일은 예기치 않게 일어났다. 아내의 이중생활, 그러니까 외출도 않고 매일 침대에 누워 지내는 생활과 '뇌 연구소'에서 프로그램으로 생활하는, 그런 생활이 거의 3년이 다 되어갈 무렵이었다. 아내는 바람을 피웠다. 물론 컴퓨터 속에서였다. 아내는 여러 남자와 여행도 다니고 잠자리도 같이 했다. 나를 더 곤혹스럽게 한 것은 컴퓨터 속의 아내에게 내가 없다는 사실이었다. 농협에 다니는 첫날부터 바람을 피우는 지금까지 나는 아내의 생활에 전혀 나타나지 않았다. 남편도 다른 사람이었다. 그러다 결정적으로 나를 폭발하게 만든 것은 아내가 젊고 멋있는 남자를 데리고 해변가로 놀러 간 일이었다. 그 전에도 물론 여러 남자와 동거도 하고 잠자리도 같이 했다. 하지만 이번 것은 노골적이었다. 호텔에서의 행동은 아예 포르노와 다름없었다. 포르노 영화의 주인공 같았다. 그것도 며칠 동안 내내 그런 내용들이었다. 담배를 연속으로 피우며 아내가 젊은 사내와 호텔에서 정사를 벌이는 장면을 보고 있을 때였다. 아내는 화장실 가는지 문을 열고 거실로 나왔다. 나는 고개를 돌리지 않고 시선을 모니터에 박고 있었다.

"어마, 그게 뭐예요?"

아내는 뒤에서 망칙스럽다는 듯 말했다. 나는 말없이 담배 연기를 모니터에 뿜었다.

"악! 저……."

아내는 손가락으로 모니터를 가리키며 부들부들 떨었다.

"왜 그래?"

나는 솟구치는 분노를 억눌렀다.

"저 여자……나 잖아요, 나. 세상에, 누가 저런 짓을!"

순간 '뇌 연구소'의 흰 가운 말이 떠올랐다.

원하면 프로그램을 지우기도 합니다.

그렇다면…… 아내는 전혀 모르는 사실이겠구나 하는 생각이 떠올랐다. 자신이 원해서 경험한 행동을 지웠다면······. 어떻게 해석해야 하나. 나는 잠시 혼란을 느끼며 아내를 바라보았다. 아내는 푸른 핏줄이 드러난 앙상한 손으로 얼굴을 가리고 있었다. 순간 가슴속에서 분노가 치밀어 올랐다. 손으로 가려진 얼굴 이면엔 저런 욕구가 있었단 말인가. 그 동안 아내가 의도적으로 잠자리를 피했던 것을 우울증이 있어 그랬던 것으로만 안 내가 너무나 바보스럽게 느껴졌다. 그래 저 화면처럼 욕구를 풀어주지. 나는 담배를 비벼 끄고 아내에게 다가갔다. 아내는 어떤 느낌을 받았는지 손을 내리고 나의 얼굴을 불안스레 바라보았다. 몸이 떨리고 있었다. 나는 아내의 멱살을 잡고 얼굴을 모니터 앞으로 밀었다.

"아 – 악!"

아내는 비명을 질렀다.

"눈 떠! 똑바로 보란 말이야. 당신이야, 당신."

아내는 말도 못하고 부들부들 떨었다. 나는 멱살을 놓고 아내의 원피스를 우악스레 벗겼다. 아내는 반항도 못하고 넋이 나간 채 멍하게 나를 바라보기만 했다. 속옷을 벗긴 나는 아내에게 달려들어 모니터에 나오는 것처럼 거칠게 아내를 다루었다. 앙상하게 마른 아내는 비명도 못 지르고 내 행동에 따라 이리저리 흔들렸다.

아내가 사라지고 없었다. 1주일간 일본 출장을 다녀온 후였다. 나는 걱정이 되었다. 아내를 강간하듯 거칠게 다룬 다음날부터 아내는 음식을 입에 일체 대지 않았기 때문이었다. 물론 출장 가기 전 며칠 동안 아내는 외출도 못했다. 아내의 유일한 외출은 '뇌 연구소'에 다녀오는 것인데도 말이다. 5일째 되는 날 파출소에 가서 실종신고를 했다. 실종신고를 하고 돌아오는 차안에서, 신호 대기하며 담배를 꺼내 물었을 때, 나는 아차, 했다. '뇌 연구소'. 나는 좌회전 차선에서 신호가 바뀌자마자 무리하게 우측 차선으로 바꾸면서 직진을 했다. 세무서 주차장에 차를 세우고 옆 골목길로 뛰어가 '뇌 연구소'에 다다랐을 땐 이미 늦었다.

아내의 뇌는 이미 통 속에 들어가 있었고 몸은 섭씨 영하 150도 공간에 냉동되어 있었다. 날짜를 보니 일본으로 출장 간 날이었다. 계약 기간은 1년이었다. 나는 항의도 못하고 집으로 돌아왔다. 스스로 생각해도 모를 일이었다. 거칠게 항의하고 흰 가운의 멱살이라도 잡아야 정상이지 않겠는가. 그러나 솔직히 말하면 그 동안 내 몸 속에 은밀히 도사리고 있던 예감이 적중한 데 대해 곤혹스러워했다고 하는 게 맞는 말일 것이다. 나는 1주일 동안 회사에 휴가를 내고 집에 틀어박혔다. 1주일 동안 아내의 3년 동안 가상 생활을 월별로 분석하기 시작했다. 아내의 속마음을 알고 싶었다. 하지만 1주일도 되기 전에 나는 큰 혼란에 빠졌다. 컴퓨터 속의 아내가 진짜인가, 집에 틀어박혀 꼼짝하지 않던 아내가 진짜일까에 대해 판단이 서지 않았다.

나는 다시 '뇌 연구소'를 찾아갔다. 흰 가운은 아내의 요구가 이상했다고 했다. 대부분 사람들은 통 속에서의 삶을 구체적으로 요구하는데 아내는 아무도 없는 곳으로의 여행을 요구했다고 했다. 아내의 요구가 워낙 완강해 흰 가운은 그동안 아내의 성격이나 자라온 환경 등을 분석해 아내에게 맞는 지역으로 혼자 여행길을 잡았다고 했다.

배신감.

그때 흰 가운의 말을 들으면서 내가 느낀 것은 오직 배신감이었다. 물론 아내가 3년 동안 몸이 안 좋아 고생했지만 나는 어땠는가. 온전한 가정생활이 되었는가. 여느 부부처럼 다정하게 대화라도 나눈 적이 있는가. 새벽에 나가서 밤늦게 들어올 때의 그 심정을 아내는 조금이라도 알았는가.

나는 흰 가운의 멱살을 잡고 아내의 뇌를 당장 끄집어내라고 요구했다. 그렇지 않으면 죽여버리겠다고 협박했다. 하지만 흰 가운은 완강했다. 손님과의 약속은 철저하게 지켜야 하는 게 연구소의 철칙이라는 것이었다. 목숨보다도 더 중요하다고 했다.

아마 한 달 정도 지났을 때였을까. 나는 도저히 참지 못해 '뇌 연구소'로 찾아갔다. 아내를 정상으로 돌려달라고 했다. 흰 가운은 완강하게 거절했다

"그럼…… 아내 몸을 내 놓으시오."

나는 비장한 마음으로 말했다. 뭐랄까. 내 표정이 그랬을까. 흰 가운은 한참동안 생각하는 것 같더니 몸을 내 주겠다고 했다. 대신 1년 뒤에 아내에게 그 사실을 얘기하고 평생 통 속에 있는 걸로 하겠다고 했다.

나는 흔쾌히 대답했다. 다음날 아내를, 아니 아내의 몸을 가지고 와 총포사를 운영하는 선배에게 부탁했다. 아내는 박제가 되었다.

오늘은 기필코 1년 동안 입력한 프로그램을 바꿔야겠다고 한번 더 결심한다. 매일 혼자 여행하는 아내를 보는 것은 지겹다. 일상으로 돌

아와 가정을 위해 헌신하는 아내로 만들어야겠다. 하루종일 가정과 남편을 위해 봉사하는 현모양처로 하는 게 좋을 것 같다는 생각이 든다. 나는 안방 장롱에서 엽총을 꺼낸다. 아직 한번도 사용하지 않은 엽총이다. 너무 내성적인 아내를 위해 산 총이다. 휴일에 사냥이라도 함께 다니면 좋지 않겠나 하는 생각에서였다. 나는 곧장 차를 몰고 '뇌 연구소'로 갔다.

엽총을 들고 들어서는 나를 보고 흰 가운은 미소를 머금는다. 이미 알고 있다는 표정이다. 불쾌하지만 어쩔 수 없다. 용건을 얘기하자 흰 가운은 애초의 약속을 들먹인다.

"물론 몸을 가져가는 것 대신 1년 뒤에 아내에게 가장 알맞은 프로그램으로 한다고는 했소. 하지만 이젠 생각이 바뀌었소. 내 아내의 문제요."

나는 단호하게 말한다. 나는 엽총으로 소리나게 바닥을 친다. 여차하면 엽총의 총구가 흰 가운의 이마를 겨냥할지도 모른다는 암시를 넌지시 준다.

"좋소. 그렇게 해 드리지요."

의외로 순순히 나온다. 나는 엽총을 탁자에 기대놓고 흰 가운을 바라본다.

"고창근 선생, 혹 선생께서 통 속에 들어가실 의향은 없습니까?"

"난 싫소. 솔직히 아직 믿지 못 하겠소."

뭔가 큰 속임수에 빠진 기분이요, 라는 말은 내뱉지 않고 꿀꺽 삼킨다.

"선생은 자신이 어떻게 살아간다고 생각하십니까?"

"난 적어도 통 속에서처럼 남의 의지대로 살아가지는 않소. 내 의지대로 살아가지요."

"의지요? 그런 게 있나요? 선생께서는 도덕과 윤리, 법을 잘 지키는 분입니다. 맞죠?"

신문하는 것 같지만 나는 순순히 대답한다. 아내의 평생 프로그램을 내가 원하는 쪽으로 입력하려면 어쩔 수 없다는 생각이 들기 때문이다.

"노력은 하지요. 인간이 살아가는 데 도덕과 윤리는 필수적이지 않소. 법도 마찬가지고."

"그럼, 그 법과 도덕 윤리는 누가 만들었지요? 그리고 선생께서 본받고 실천하고자 하는 사상은 누가 만들었고요?"

"누가 만들었다기보다 사회적 합의가 아니오, 도덕과 윤리라는 게. 법이야 국회의원들이 만들었고…… 사상이야……."

나는 뭔가 흰 가운의 의도에 말려드는 느낌이 든다. 그래도 인내심을 갖고 대답한다. 짜증나면 내가 가지고 온 아내의 평생 프로그램을 주고 나갈 생각이다.

"그럼, 선생의 뇌가 판단하고 육체에 명령을 내리는 건 도덕과 윤리 법 사상 이런 것들에 지배를 받았기 때문이겠군요."

"지배라기 보다는 따라하는 거지요."

"그런 정보, 즉 본인의 의지와 관계없이, 아니 의지란 말은 빼고, 도덕과 윤리 법 사상이 선생의 뇌에 입력되고 그 뇌는 선생을 그렇게 행동하라고 명령 내리고……통 속의 뇌와 다를 게 뭐가 있지요? 이 세상 전체가 통이고 선생께선 이 세상, 즉 통 속의 인물 아닌가요?"

"그만 합시다. 논쟁할 가치가 없소."

나는 자리에서 벌떡 일어난다. 불쾌감이 솟는다. 하지만 내 요구를 흰 가운에게 건네기 전에는 화를 안 내기로 작정한다. 나는 주머니에서 USB를 꺼내 흰 가운에게 내민다. 내가 의도하는 아내의 평생 삶의 계획이 들어 있다. 나는 돌아서서 문 쪽으로 몸을 돌린다.

"잠깐만요. 고창근 선생."

"뭐요?"

나는 마른침을 꿀꺽 삼킨다.

"이미 선생의 뇌는 통 속에 들어갔습니다."

"뭐라고?"

"부인께서 1년 전에 선생의 뇌를 통 속에 넣었지요."

"아니, 그럴 수가."

그때는 아내가 뇌연구소에 다니는 걸 처음 알게 되었고 강제로 성관계를 맺은 때였다.

"말도 안 되는 소리 마시오."

나는 불쾌감으로 거칠게 문을 열고 밖으로 나온다. 그때 뒤에서 흰 가운이 말을 덧붙인다.

"아…… 선생의 몸은 박제되어 집에 잘 보관되어 있다고 부인께서 전해달라고 하더군요."*

*** 이 소설은 힐러리 퍼트남의 <통속의 뇌>이론을 각색하였습니다.

아내가 운다

아내가 앓아누워 있다. 그저께 장인의 삼우제 끝나고 오후에 집에 오자마자 곧장 앓아누웠으니 꼬박 만 이틀이 지났다. 남들이 보면 지독한 효녀다. 나는 죽을 끓였다.

"그만하고 좀 먹어라."

침대 위로 죽을 가져갔다.

"시방 이 따위가 넘어 가나?"

아내의 눈두덩이 붉어져 있고 볼이 움푹 팼다.

"그래도 먹고 살아야지. 다 살자고 하는 일인데."

숟가락에 죽을 떠서 아내의 입으로 가져갔다. 아내가 얼굴을 홰홰 저었다.

"당신은 원통하지도 않아? 맏상제도 못 한 주제에."

흥! 아내는 콧방귀를 뀌었다. 아내는 아직도 화가 안 풀렸는지 베개를 던졌다. 나는 피하지 않고 맞았다. 왠지 그래야 될 것 같았다. 베개에 맞아서 아픈 게 아니라 뭔가 속임수에 빠졌다는 생각에 가슴이 아팠다.

나 또한 서운한 게 많았다. 장인어른이 돌아가셨을 때 아내가 외동

딸이기에 당연히 내가 맏상제가 되겠구나 생각했다. 그래서 긴장했다. 첫째 날은 어떻게 하고 둘째 날은 어떻게 하는가. 인터넷을 뒤져 미리 해야 할 역할을 머릿속에 넣고 갔다. 근데 이게 웬일인가. 병원에 도착했을 때 이미 처가의, 소위 집안 어른이란 분들이 장례식장은 물론 상조회사조차 계약을 다 맺은 상태였다. 나하고 상의하지 않은 게 좀 서운했지만 한편으로 장례에 집안 어른들이 관여하는 것은 당연하다고 생각했기에 너그럽게 이해하려고 했다. 하지만 아내는 달랐다. 왜 이제 오느냐고 목에 핏대를 세웠다. 당신이 결정해야 할 사항을 저들이 다 했다, 맏상제도 뺏기게 생겼다, 아내는 말도 안 되는 이야기를 입에 거품 품고 얘기했다.

"그건 이미 각본에 다 짜여 있었잖아."

"그 정도까지인 줄은 꿈에도 생각 못 했지."

아내는 멍하니 허공을 쳐다보았다. 나도 그 정도인 줄은 꿈에도 생각지 못 했다. 이미 맏상제는 정해져 있었다. 양자. 장인은 죽기 전 이미 양자를 점찍어놓았다. 양자는 아내의 큰아버지 둘째 아들이었다. 그러니 맏상제는 양자가 맡는 게 당연했다. 나는 그저 사위일 뿐이었다. 초제를 양자가 주관하려하자 아내가 펄쩍 뛰었다. 양자를 인정하지 못 하겠다는 것이었다.

"증거 있어요? 어디 증거 내놔봐요."

아내는 집안 어른들한테 악을 썼다. 어쩌면 아내는 장인이 양자를 들이는 것을 못 막은데 대한 원통함으로 더욱 더 발악했는지도 몰랐다. 나는 아내를 끌고 구석진 곳으로 갔다.

"당신 왜 그래. 이미 엎질러진 물이잖아."

"아냐 그럴 리가 없어. 내가 그렇게 지켰는데."

아내는 양자를 인정하려하지 않았다. 하지만 장례식 내내 양자는 집안 어른들과 장례를 주도해나갔다. 아내와 나는 그저 곡 외에는 할 게 없었다.

"자자, 죽이나 먹고 힘내자."

나는 아내를 타일렀다. 아내는 고개를 저었다. 그리곤 멍하니 정신을 놓고 앉았다. 아내의 마음을 이해했다. 아내는 맏상제를 못 맡은 게 원통한 게 아니었다. 장인이 양자를 들인 것에 단단히 화가 나 있었다. 양자도 그냥 양자가 아니었다. 외동딸만 있는 집에 양자를 들인다는 것은 집의 모든 권한이 딸이 아니라 양자에게 넘어간다는 의미였다.

장인이 살아계셨을 때부터 장인과 아내는 양자 문제로 불편해 했다. 장인은 당신이 죽으면 제사 지낼 줄 아들이 없으니 양자를 들이면 어떨까 했고 아내는 펄쩍 뛰었다.

"딸은 자식 아니래요? 제가 지내드릴게요."

아내는 장인을 타일렀다.

"그래도……."

쩝쩝, 장인은 입맛을 다셨다. 아무래도 딸이 제사를 지낸다는 게 영 만족스럽지 못 한 것 같았다. 장인에게 있어 양자를 들인다는 게 단순히 제사를 지낸다는 의미 이상이었다. 그러니까 대를 잇는 문제였다. 아내와 내가 지내드리고 나중에 아들 철진이가 지내면 되잖아요, 했을 때 장인은 입꼬리를 말아 올리며 피식, 웃었다.

장인이 양자를 들인다는 것은 아내에게 있어선 또 다른 문제였다.

양자를 들이게 되면 장인이 가지고 있던 재산이 모두 양자에게 넘어간다는 의미였다. 아내의 명분은 그까짓 제사를 지내고 대를 잇는다는 게 요즘 세상에 무슨 의미가 있느냐는 것이었다. 장인의 말을 들으면 장인의 말이 옳고 아내의 말을 들으면 아내의 말이 옳았다. 그러던 참에 장인은 심장이 갑자기 나빠져 입원을 하게 되었다.

"내가 가서 병간호해 드려야지."

아내는 병원에 다녀오더니 짐을 챙겼다. 다니던 식당도 그만 두었다고 했다. 아내가 음식 솜씨도 좋고 또한 10여 년 다닌 지라 다른 식당보다 많은 보수를 받고 있던 참이었다. 아내는 평소에도 그 식당에 대단히 만족하며 다녔다.

"식당까지 그만두었다고?"

나는 내 귀를 의심하였다. 아내의 식당일은 우리 가족의 밥줄이었다. 나는 회사에서 명퇴를 당해 집에서 놀고 있던 참이었다. 아내의 수입으로 큰아들 작은아들 밑구녕에 쑤셔 넣고 또한 우리 부부가 먹고 살았다.

"시방 식당이 문제야? 아버지가 양자를 들이면."

아내는 잠시 침을 삼키고 말을 이었다.

"그 돈이 얼만지 알아? 내가 몇 십 년 내내 식당 일 해봐 그 돈을 버나. 그런 돈을 날리다니."

나는 대꾸를 하지 못 했다. 언젠가 아내가 장인이 가지고 있는 재산을 얘기한 적이 있었다. 의외로 많은 돈을 가지고 있었다. 장인은 베트남 참전 용사로 그때 입은 부상으로 수월찮은 돈을 매달 연금으로 타고 있었고 시 외곽에 있던 땅 1000여 평의 일부가 4차선 도로에 편입되는 바람에 보상으로 받은 현금이 꽤나 된다고 했다. 또한 나머지 땅값 또한 4차선 도로 옆이기에 가격이 상당하다고 했다. 사시는 아파트 또한 시내 중심지에 있는지라 가격이 높다고 했다. 그런 생떼 같은 돈을 남한테 다 준다고? 어림도 없지. 아내는 병원으로 떠나는 날 결의를 다졌다.

큰아들은 대학을 졸업하고 몇 년째 공무원 준비를 하고 있었고 작은아들 또한 대학을 다니다 군대를 갔다. 그러니 앞으로 돈 쓸 일이 만만치 않았다. 거기다 나까지 직장을 잃고 실직 상태라 아내는 불안했을 터였다. 아내가 장인의 재산에 눈독을 들이는 것이 당연시여겨졌다.

아내는 장인의 병간호하러 갈 때 나도 같이 가자고 강권했다. 장인은 4차선에 편입되고 남은 땅에 포도 농사를 지었다.

"나는 병원에서 지킬 테니까 당신은 집과 밭을 지키라고."

전장의 지휘관처럼 말했다.

"집과 밭을 지키라니?"

나는 이해를 못해 아내를 보자 아내는 가슴을 쳤다.

"아, 생각을 해 봐여. 나는 병원에 사촌이 못 오게 해서 양자를 못 들이게 막고 당신은 그러니께 아버지가 짓던 농사를 지으란 말이여. 그러면 친척들이 보면 아, 딸네가 아버지 가업을 잇는구나 생각할 게 아니여."

"난 농사지을 줄 모르는데……."

"그저 시늉만 해여. 그리고 잠도 꼭 아버지 집에서 자고."

아내는 마치 큰 전쟁에 나가는 장수 같았다.

"분명히 말하는데 이건 우리 집이 일어서느냐 마느냐가 달려 있어. 큰놈 철한이 학원비 고시원비에, 합격하면 결혼도 시켜야 해. 둘째 철진이 아직 대학 이학년밖에 안 다녔어. 나중 학비며 결혼할 때까지 뒷바라지 뭔 돈으로 할 거여? 단단히 맘먹어야 혀."

아내는 오금을 박았다. 그리고 덧붙였다.

"그까짓 제사 지내주는 거, 아나, 내 매일 지내줄 수도 있어. 어딜 자꾸 꼬리를 쳐."

아내는 큰아버지랑 사촌을 들먹였다. 아내 생각에는 큰아버지랑 사촌이 아버지를 꾀서 그렇다는 것이었다. 평소에 아버지가 아들이 없는 것을 서운하게 생각은 했지만 양자까지 들일 마음은 애초에 없었는데 재산을 노린 큰아버지와 사촌이 수작을 꾸몄다는 것이었다. 장인의 양자가 되려는 사촌 처남은 고향에서 유기농 과수원을 하고 있었다.

"됐어, 이제."

나는 장례식 내내 아내와 집안 어른들과의 냉랭한 분위기가 맘에 걸려 이제 다 잊어버리고 싶었다. 겉으로 말은 못 했지만 난들 왜 그 재산이 탐나지 않았겠는가. 내가 어디 부처님 할아비라도 된단 말인가. 그러나 차마 아내처럼 죽어서 제삿밥이 뭐 중요하냐고, 대가 무어 그리 중요하냐고 말을 못 했다. 아내는 두고두고 그것이 서운한 모양이었다.

"어디 나 혼자만 잘 살라고 그러는 거여? 지발 나 나쁜 년 만들지 마."

아내는 장례식 내내 나에게 그런 말로 시위를 하였다. 어쨌든 그런 아내가 밉지는 않았다. 오히려 사랑스러워 미칠 지경이었다. 나에게는 본가 쪽으로 받을 재산은 눈 씻고 봐도 없었다. 오히려 보태도 시원찮을 지경이었다.

"그만 하자고? 그래 나만 나쁜 년 되지 뭐."

아내는 다리를 두 팔로 안고 머리를 숙였다. 그런 모습을 보니 왠지 코끝이 짠해 왔다.

"우리 술 한잔할까?"

나는 최후의 칼을 빼내 든다.

"술?"

아내는 고개를 들고 나를 빤히 쳐다본다. 효과가 금방 나타난다.

"그래, 술. 꿀꿀하잖아."

나는 냉큼 일어서서 주방으로 갔다. 아내가 또 딴 소리할까 싶어서다. 하지만 주방에 가니 먹을 게 없다. 장인이 병원에 입원할 때부터 두 달 이상 집을 비웠으니 당연하다. 나는 급한 대로 프라이팬을 가스레인지에 올려놓고 불을 켰다. 계란 3개를 프라이팬에 풀어놓고 소금을 뿌렸다.

쟁반에 맥주 세 병과 잔 두 개, 노랗게 익은 계란 프라이를 놓고 안방으로 들고 들어갔다. 아내는 여전히 두 무릎을 곧추세우고 두 팔로 감싼 채 고개를 숙이고 있었다. 로댕의 생각하는 사람과 옆모습이 흡사하다.

"이리와."

나는 맥주 한 병을 잡고 다른 한 병의 주둥아리로 뚜껑을 뻥, 땄다.

뚜껑이 천장에 닿아 팍, 소리를 냈다. 처녀 시절, 아내와 술집에 가면 그런 모습에 아내는 손뼉을 치며 좋아했다. 하지만 오늘은 시큰둥하다.

"이리 오라니까."

나는 잔에 맥주를 가득 따라 아내에게 내밀었다. 아내는 뭔가 곰곰이 생각하는 듯하다 마지못해 침대를 내려왔다.

"우선 안주부터 먹고. 빈속에 마시면 팍 취한다카이."

"이까짓 맥주 가꼬."

아내는 자리에 앉자마자 원샷했다. 나도 덩달아 원샷했다. 명치끝이 짜르르, 했다. 나는 아내 잔에, 또 내 잔에 술을 넘치게 따랐다. 시원한 술을 마시니 한결 기분이 나아졌다.

"근데 아버지가 언제 양자를 들였을까. 분명 입원하기 전에는 아닌데."

아내는 두 번째 잔을 원샷하고 나서 고개를 갸우뚱했다. 입원하기 전에 아내와 양자 들이는 문제로 갈등을 겪었고 그 뒤로 갑자기 입원을 했으니 겉으로 보기에 조카를 양자로 들일 기회가 없었다.

"당신이 스물네 시간 지킨 것도 아니고."

"내가 병실을 비울 땐 간호하는 아지매한테 단단히 일렀다고. 그 누구도 면회사절이라꼬."

"그렇다고 사절이 되냐?"

"확실한데."

아내는 자신이 모르는 무슨 계략이 있지 않을까 곰곰이 생각했다.

"다 잊어뿌려라, 마."

나는 대범한 척 했다.

"잊어뿌리다니. 법적으로 해야제."

"법?"

"그럼. 법."

"어떻게?"

"캬, 좋다. 한잔 더."

아내는 이제 생기가 돈다. 진작 줄 걸. 나는 거품이 넘치도록 따랐다. 젓가락으로 계란 프라이를 찍어 아내 입에 넣어주었다. 아내는 날름 받아먹었다. 마치 제비 새끼 같다. 예쁘다.

"무슨 법?"

왠지 내가 애가 탔다. 하지만 속마음을 비치면 안 된다고 내 스스로 최면을 걸었다.

"그니께 말로만 했던 것도 양자가 되는지. 서류상으로는 안 했는 거 같으니까."

"서류로 안 했대?"

"몰라. 근데 언제 했겠어. 내가 병실에서 그렇게 지켰는데."

어쨌든 그냥 넘어갈 수 없는 문제라는 걸 안다. 서류고 뭐고 합리적인 선에서 해결했으면 싶은데 그 합리적이란 게 도통 모르겠다.

"술 더 줘."

아내는 혀 꼬부라진 소리를 뱉으며 술잔을 코앞으로 내밀었다. 빈속에 마셔서 그런지 아내는 금방 취했다. 식당에 다니고부터 소주 한 병은 마셨는데. 나는 냉큼 일어나 냉장고를 뒤졌지만 맥주가 보이지 않았다. 나는 방으로 들어가 지갑을 들고 나왔다. 아내는 내가 현관

문을 열고 나갈 때까지 나를 돌아보지 않고 고개를 푹 숙이고 있었
다.

마트에서 튀김닭 한 마리와 카스 맥주 다섯 병을 카트에 넣었다. 맥
주를 넣으며 왠지 코끝이 시큰했다. 장례식 내내 아내는 좀 우는 시늉
이라도 하라고 했지만 눈물 한 방울 나오지 않았는데 이제 막 쏟아지
려고 했다. 물론 장인 때문이 아니다. 사나이에겐 말 못 할 사정이 있
다. 군대에서 배운 버릇이다.

집에 오니 아내는 누군가와 막 통화를 끝냈다.

"누구?"

"근데 양자한테 다는 안 간데."

"얼마?"

"몰라. 딸한테도 얼마간 상속이 된데."

"자, 한잔하고."

나는 대범하게 말했다. 하지만 그 상속되는 비율이 얼마인지, 자꾸
만 아내의 입만 쳐다보게 되었다.

"근데 말이야, 난."

아내는 통닭은 먹지 않고 술잔만 비운다.

"통닭 좀 먹고."

"난 말이야. 지금껏 한 번도 아버지를 이긴 적이 없었어."

"아버지를 어떻게 이기냐."

나는 닭다리의 살을 발라 아내 입에 넣어주었다. 아내는 고기를 우
물우물 씹었다.

"아버지는, 엄마 살아계실 때도 맘대로 하시더니 돌아가실 때도

맘대로 하셨어. 그 재산이 어디 아버지 건가? 엄마 꺼도 되는데."

"장인어른 성격이 원래 그렇잖아."

그건 나도 인정하는 바였다. 베트남 전쟁에서 한쪽 팔을 잃은 장인
은 화난 일이 있으면 의수를 휘둘렀다. 내가 어떻게 이 나라를 위했는
데.

"그렇다고 딸도 자식인데. 어떻게 양자를 들일 생각을 했어? 그 재
산이 양자한테 넘어가는 줄 뻔히 알면서."

"그냥 순수하게, 그래 연세가 드시니까 순수하게 제삿밥 얻어먹고
대를 잇겠다는 그런 맘 말이야."

나까지 드러내놓고 아내 말에 장단을 맞출 수는 없었다.

"흥. 대를 왜 남자만 이어야 되냐고. 난 자식이 아닌가."

"출가외인이잖여."

"뭐? 출가외인?"

아내는 나에게 도끼눈을 뜨고 바라보았다.

"아니. 장인어른 입장에서는……."

"지랄."

아내는 혀 꼬부라진 소리로 말했다.

"그리고 말이야. 아버지 산소를 왜 지들 맘대로 정하는데."

아내는 기어코 산소 문제를 꺼냈다. 장례식 내내 집안 어른들과 팽
배하게 긴장 관계에 있던 아내는 산소를 어디에 쓰느냐에 대해 결국
폭발하고 말았다.

"그건 이미 장인어른이 돌아가시기 전에 정했다잖아."

내 말에 아내는 펄쩍 뛰었다.

"그래도 딸인 나한테 상의해야 되는 거 아니야? 안 그래? 근데 알고 보니 산소 자리도 아버지가 직접 정한 게 아니고 아버지 부탁으로 큰아버지가 정했더라고."

아내는 맥주를 마시고 난 빈 잔을 내 얼굴 앞에서 빙글빙글 돌렸다. 그때 넌 뭐 했느냐, 하는 무언의 시위였다. 그러나 나 또한 산소 문제가 불거졌을 때 결국 올 것이 왔구나 하고 긴장했던 건 사실이었다. 따지고 보면 굉장히 중요한 문제였다. 집안 어른들은 문중산에 쓰려고 했고 아내는 우리가 사는 P시에 있는 공동묘지에 쓰려고 했다. 집안 어른들은 아버지의 뜻이라고 했다. 아내는 큰아버지와 양자가 아버지의 재산을 탐내서 그렇다고 했다. 사실 둘 다 맞는 말이었다. 아내 또한 우리가 사는 가까운데 쓰자고 하는 것은 양자를 인정치 않고 아내가 산소 관리를 하겠다는 의지의 표현이었다. 또한 아버지의 대를 자신이 잇겠다는, 아버지의 재산을 한 푼도 주지 못 하겠다는 다른 표현이기도 했다. 결국은 산소 문제가 장인의 재산이 어디로 가느냐, 결정되는 순간이었다.

"난 절대로 양보 못 해요."

아내는 집안 어른들과 양자가 모인 자리에서 절대로 양보 못 하겠다는 뜻을 공식적으로 선언했다. 나 또한 아내의 입장을 거들었다. 산소 관리를 하는 것은 자식 된 도리가 아니겠습니까? 그러려면 아무래도 가까운데 모셔야 되지 않겠느냐고 부드럽지만 완곡하게 말했다.

"그건 아니여."

다른 어른들은 가만히 있는데 큰아버지가 헛기침을 하고 나섰다.

"지금이야 딸이 있어 관리를 한다카지만 나중엔 어떻게 할 거여?"

"그야 철진이가 하면 되지요."

아내가 나섰다.

"철진이 성이 뭐여?"

"예?"

순간 아내는 당황하였다.

"성이 뭐란 말이여? 이씨 아녀?"

"그런데요?"

이번에 내가 나섰다.

"이씨가 장씨의 묘를 관리한단 말이여? 이씨가 장씨의 시제도 지 낸단 말이여?"

나는 말문이 막혔다. 나는 자식이 둘 다 아들이기에 한 놈은 처가 의 대를 이으면 된다고 생각했던 터였다. 아내가 나섰다.

"다 같은 자식인데 왜 안 된다는 거예요? 요즘 세상에 친손 외손 따지는 게 무슨 소용이에요? 이어온 핏줄이 더 중요하지요."

"그래도 그건 경우가 아니지."

당숙 되는 어른이 나섰다. 다른 어른들이 나섰다면 이미 게임은 끝 난 거였다.

"전 꼭 아버지를 모시고 가야겠어요."

아내는 최후의 통첩을 했다.

"누님, 어른들 말씀에 따르지요. 작은아버지도 생전에 그렇게 원했 고요."

계속 침묵을 지키던 양자가 나섰다.

"네가 무얼 알아. 아버진 나한테 산소에 대해 일체 말씀 안 하셨어. 그리고 너, 그렇게 말하는 의도가 뭐야?"

"의도라니요? 생전의 작은아버지 의도대로 모시자는 것이지요. 다른 의도가 있겠어요?"

"너 그러지 마라. 겉으론 안 그런 척하지만 네 속마음을 모를 줄 알고?"

아내는 양자의 멱살이라도 잡을 태세였다. 나는 안 되겠다 싶어 아내의 팔을 잡았다.

"나가서 얘기하자."

아내의 팔을 끌었다. 아내는 완강히 거부했다.

"어떻게 그럴 수 있어. 다들 좀 솔직해 보시지."

아내는 결국 하지 말아야할 말을 하고 있었다. 강제로 아내를 끌고 장례식장 밖으로 나왔다.

"당신 왜 그래?"

"왜 그러다니. 무슨 말을 그렇게 해? 당신도 저쪽 편이야?"

"이미 결정 됐다고. 당신이 아무리 발악을 해도 안 돼. 그만 넘어가자. 일단 그렇게 해주고 양자 문제는 다른 방법을 찾아보자."

"안 돼. 이번 일이 결정적인 거 몰라?"

아내가 다시 어른들이 있는 곳으로 들어가려는 걸 나는 팔을 잡고 놓아주지 않았다.

"어떻게 그럴 수 있어? 돈에 눈이 멀어도 유분수지."

아내는 한 잔 마시더니 잔을 탁, 소리 나게 쟁반에 놓았다.

"참아야지."

나는 부처님 말씀을 했다.

"어, 지랄. 난 하여튼 인정 못 해. 못 한다고."

아내는 일어서더니 비틀거리며 화장실로 갔다. 문을 열어 놓았는지 곧이어 화장실에서 소나기 쏟아지는 소리가 났다. 굉장한 폭포소리였다.

화장실에 다녀온 아내는 자리에 털썩 앉더니 흐느끼기 시작했다. 또 무슨 일인가. 내심 긴장하며 아내의 표정을 살폈다.

"여보야."

"왜?"

최대한 다정스런 말투로 대답했다. 아내는 콧물을 한껏 들이키더니 소매로 눈물을 닦았다.

"나, 나쁜 년이지?"

"무슨 말을 그리 하나?"

"아냐, 난 나쁜 년이야. 그것도 아주 나쁜 년."

"당신은 할 일을 했을 뿐이야. 우리가 어디 남의 돈을 강탈이라도 하려고 했냐. 아버지 돈을 자식으로서 상속받겠다는데 왜 나쁜 거야?"

아내는 피식, 웃었다. 나는 당황했다. 내 말을 되씹어 보았다. 아내가 피식, 웃을 만한 말이 없었다.

"나 있지. 참 나쁜 년이야. 아버지가 말이야."

"장인어른이 왜?"

"빨리 죽었으면…… 했거든. 흐흥."

아내는 훌쩍인다.

"그게 무슨 소리여? 장인어른이 빨리 죽었으면 하다니."

"몰라. 나도 내한테 섬뜩했어."

"좀 알아듣게 말해봐여."

맥주잔을 들어 원샷을 하였다. 아내도 덩달아 원샷을 했다. 이번엔 나도 아내도 통닭을 뜯지 않았다.

"병원에 있는데. 갑자기 그런 생각이 들더라고."

"……?"

"친구가, 저기 해장국집하는 준희 엄마 알지? 준희 엄마하고 통화를 했는데, 그러더라고. 아버지가 빨리 죽는 수밖에 없네, 하고 말이야. 그니까 양자를 들이네마네 하고 나하고 한창 아버지와 신경전을 벌일 때니까 아버지가 양자 문제를 해결하지 못 하고 빨리 죽으면 결국 양자 문제는 없었던 일로 되지 않느냐 하는 말이었는데. 그날 밤, 아버지가 잠든 모습을 보고 있는데 준희 엄마 말이 떠오르더라고. 어차피 아버지는 고집대로 하실 분이고 그러자면 아버지가 빨리 돌아가시는 방법밖에 없는데. 그런 생각이 들자…… 어차피 돌아가실 거 빨리 돌아가셨으면…… ."

말을 하던 아내는 스스로 맥주병을 들어 잔에 거품이 넘치도록 따른 뒤 또 원샷을 했다. 맥주를 따를 때도, 잔을 들어 마실 때도 아내의 팔이 파르르 떨렸다.

"당신은 효녀야. 두 달 가까이 아버지 병간호하고……."

"아냐. 돈에 눈이 뒤집혀 환장한 년이지. 살인이라도 저지를 년이라."

이번엔 내가 빈 잔에 술을 가득 따라 원샷을 했다. 사실 나도 그런 말을 많이 들었다. 나의 이 딱한 사정을 들은 친구들은 한결같이 빨리 죽어야되겠네, 했다. 그 말을 들으면서 나 또한 그 말에 부정하지 않은 것 또한 사실이었다. 나는 아내의 마음을 이해했다. 훌쩍이는 아내 곁으로 갔다. 두 어깨를 손으로 감쌌다. 어깨가 들썩였다. 순간 아내는 내 가슴 품으로 얼굴을 묻고 흐느꼈다. 나는 아내를 감싸 안고 그렇게 한동안 가만히 있었다. 한참 후 아내의 숨소리가 고르게 느껴졌다. 곧이어 아내는 고개를 들고 두 손으로 눈두덩을 닦았다.

"여보."

아내는 심각한 표정으로 나를 불렀다.

"왜?

"나 다니던 식당 전화해 볼까?"

아내는 진지하게 물었다.

"두 달이 지났는데 될까?"

"그렇지? 다른 사람이 하고 있을 텐데, 안 되겠지? 어디에서 일한담? 그 돈만 받았으면 식당을 낼 수 있었는데. 아휴, 정말."

아내는 허공을 보며 쩝, 입맛을 다셨다.

그때였다.

띵~똥.

현관문 벨소리가 울렸다. 아내는 일어서서 거실로 나갔다.

"이게 누구다야?"

아내의 놀란 소리에 나는 거실로 나왔다.

"그 잘난 양자가 왔어."

아내는 문을 열어주었다.

"잘난 양자께서 여꺼정 웬일이래?"

아내의 가시 돋친 말에,

"왜요. 내가 뭐 못 올 데라도 왔나여?"

처남은 대꾸를 하며 껄껄 웃었다.

"앉게나. 애 많이 먹었지?"

나는 처남에게 자리를 권했다. 처남은 어려운 기색도 없이 자리에 털썩 앉았다.

"만상젠데 그 정도는 해야지. 그냥 양자 되냐?"

여전히 아내는 비꼬았다.

"지가 뭐 한 게 있나요. 그나저나 누님이랑 자형께서 고생했지요."

처남은 공손하게 말했다. 장례 내내 일처리가 야무지더니 믿음직스러운 데가 있었다. 장인어른이 좋은 사람 찍었구나 싶었다.

"근데 누님 술 마셨어요?"

처남은 아내의 얼굴을 살폈다.

"왜, 나는 마시면 안 되냐? 이제 네가 양자됐다고 술 마시는 것까지 간섭하냐?"

아내는 당장이라도 건수가 생기면 달려들 듯이 말했다.

"이 사람이 왜 이래."

나는 아내의 팔을 쳤다.

"근데 웬일이여? 바쁠 텐데."

내가 무슨 일인가 하여 처남의 기색을 살폈다. 어차피 한번은 만나

야 되었다. 상속 문제로 계속 시끄럽게 하느니 빨리 매듭을 지었으면
했다.

"삼우제 끝나고 어째 바로 가셨어요? 드릴 말씀이 있어 갔더니
만."

"그럼 바로 오지. 이제 남 집이 됐는데."

아내는 옆으로 고개를 돌렸다.

"그게 왜 남의 집이라요. 누님 집이지."

"그게 왜 내 집이여? 네가 양자가 됐으니께 그 잘난 맏상제 집이
지."

"아직도 화가 안 풀리셨네. 이래서 삼우제 지내고 곧장 얘기할라
켔더니만."

처남은 가지고 온 가방에서 봉투를 꺼내 아내에게 내밀었다.

"이게 뭐야?"

아내는 봉투를 쳐다보기만 했다.

"땅문서요. 집하고 땅하고 거기 있어요."

"땅문서는 왜?"

아내는 봉투를 열었다. 서류를 꺼내는데 은행 통장이 바닥에 떨어
졌다.

"이건 뭐여?"

나는 통장을 바라보는데 아내가 주워들었다.

"작은아버지, 아니지 이제는 아버지라 불러야 되는데, 이거 원 어
색해서리. 그니까 작은아버지가 양자 삼는다면서 저한테 주신 거라
요."

"아버지가 주셨으면 잘난 양자가 할 것이지 왜 가지고 왔다야?"

이미 아내의 목소리는 많이 누그러져 있었다.

"이걸 왜 제가 해요. 누님 몫인데."

"이게 왜 내 몫이래? 양자가 대대로 제사 지내고 산소 관리하는데."

나는 중간에 끼어드는 것이 무엇 하여 두 사람이 얘기하는 걸 듣기만 했다. 아내나 나나 술이 어느 정도 깬 것 같았다.

"제사 지낸다고 뭐 특별히 하는 게 있나요. 내년부터는 조상들 기제사 모두 한꺼번에 모아서 하기로 했어요. 작은아버지도 그냥 지내는 제사에 밥 한 그릇 떠올리면 되는데요, 뭘. 벌초도 우리 집 하는 김에 함께 하면 되고요."

"너 우리 아버지 벌써부터 무시하는 거 같다야?"

"무시하긴요. 우리 아버지 돌아가셔도 맨 그렇게 할 낀데요."

아내는 서류와 통장을 보며 고개를 숙이고 있다. 뭔가 생각하는 듯하다 고개를 쳐든다.

"그렇게 양자될라꼬 하더니만 왜 이런다야? 장례 치를 때 그 유세는 어떻고."

말과는 달리 아내의 말에는 가시가 없었다.

"그건 작은아버지 뜻이고요."

"너 근데 이 서류는 언제 받았냐?"

"하하하."

아내의 말에 처남은 웃음을 터뜨렸다.

"왜 웃어?"

"뛰는 사람 위에 나는 사람 있다고요. 누님이 양자 들이는 걸 워낙에 반대하시니까 작은아버지가 언젠가 병원에서 나를 부르시더라고요."

"내가 지키고 있었는데?"

"누님이 간병인에게 뒷돈을 줬듯이 작은아버지도 줬거든요."

"뭐여?"

아내는 눈을 동그랗게 떴다.

"작은아버지가 그러시더군요. 아무리 생각해도 안 되겠다며 제 손을 잡고 양자가 돼 달라고 사정하시더라고요."

"네 쪽에서 먼저 수작부린 게 아니고?"

아직도 아내는 불편한 심기를 드러냈다.

"수작이라뇨. 그렇게 말하면 섭섭하지요. 그래서 다음날 법무사 데리고 가서 양자 서류랑 땅 증여 서류 작성하고 돈도 주시고……."

"나 미쳐. 아니 어떻게 그럴 수 있어? 어떻게 그 많은 돈이랑 땅문서를 받아? 너 아주 나쁜 놈이구나."

"작은아버지 맘도 이해하셔야지요. 곧 돌아가실 분 맘 편안하게 해 드리자 했죠. 그래서 선선히 대를 잇겠다고 말씀드렸구요."

"아주 날 나쁜 년으로 만드네."

아내는 콧방귀를 뀌었다.

"누님도 참 효녀요."

"내가 뭘?"

"아무리 아버지라도 이렇게 직장도 그만 두고 두 달 가까이 병간호한단 말이요. 참 대단혀요."

"지랄하고는."

갑자기 효녀가 된 아내는 처남의 말을 듣다가, 참 내 정신 좀 봐, 하며 차를 가져온다며 주방으로 갔다. 내가 차 대신 술을 가져오라고 하자 처남은 운전을 해야 한다며 한사코 사양하였다. 이런 날 술을 마셔야 되는데. 나는 아직 알코올 기운이 남아 있는 얼굴을 손바닥으로 쓸어내렸다.

"저, 그만 가볼게요."

처남은 일어서다 아내를 돌아보았다.

"근데 사십구재는 어떻게 할라요?"

"아는데 있어?"

아내의 말이 부드럽다. 부드러우니까 집안의 공기가 상큼하게 느껴진다.

"누님이 잘 아시는 절 정해서 연락주셔요. 음식은 제가 준비할게요."

"아녀. 그건 내가 할게. 그리고 이거 가져가."

아내는 통장을 내밀었다.

"이걸 왜요? 돈이 꽤 되던데 누님이 하셔야지요."

처남은 받지 않았다.

"네가 양자잖어. 평생 제사 지내고 네 뒤를 이어 네 자식들도 지낼 거 아냐. 산소 관리도 해야 되고."

"에이 그건 이미 다 말씀 드렸잖아요. 조상들 제사 공동으로 지낸다고. 요즈음은 그런 집이 많아요. 따로 돈 드는 것은 없어요."

"받으라니까."

"됐어요. 갈게요."

처남은 나에게 꾸벅 인사를 했다. 나는 두 손으로 처남의 손을 잡았다. 손이 따스했다.

처남을 배웅하고 거실에 들어오니 아내는 땅문서와 은행 통장을 물끄러미 보고 있다. 어깨가 들썩인다. 울고 있는 모양이다. 나는 머뭇거리다 그냥 방으로 들어왔다. 아내에게도 좀 시간이 필요하리라. 나는 침대에 벌렁 누웠다.

"아이고. 아이고."

갑자기 곡소리가 들렸다.

"아이고. 아이고오."

아내의 슬피 우는 소리가 거실에 울렸다. 장례식 내내 한 번도 울음소리를 내지 않던 아내였다. 아내의 울음소리를 들으니 왠지 코끝이 찡해 왔다. *

편견과 진실

아침에 상장 수여식이 있었다. 아이들은 각 교실에서 모니터에 눈길을 박았다. '토끼와 거북이'라는 글감으로 쓴 운문과 산문의 교내 백일장상이었다. 글감은 교장이 직접 낸 것인데 애씀상부터 최고으뜸상까지 상장 수여를 끝낸 후 마이크 앞에 섰다. 아이들은 보이지 않고 교장의 모습이 모니터의 거의 대부분을 차지했다.

여러분은 거북이 같은 성실한 인간이 되어야 합니다.

교장은 모니터 정면을 향해 있었다. 마치 모니터를 통해 아이들을 쭉 둘러보는 형국이었다. 아이들은 앞자리에 앉은 아이의 등을 연필로 찌르거나 짝꿍의 옆구리를 찌르고 킥킥거렸다. 나는 검지를 입에 갖다 대었다.

여러분도 잘 알다시피 거북이가 어떻게 토끼를 이겼습니까? 오직 노력하고 열심히 했기 때문입니다. 여러분도 열심히 하면 성공할 수 있습니다. 돈도 많이 벌고 높은 자리에도 오를 수 있습니다. 열심히 노력하지 않으면 가난하고 실패한 인생이 됩니다……

나는 창밖을 바라보았다. 햇빛이 하얗게 내리쬐고 있었다. 순간 어, 하며 나도 모르게 소리를 내고 말았다. 운동장엔 검정 고무신을 신고

까까머리를 한 수많은 아이들이 뜨거운 햇빛을 받으며 교장의 훈시를 듣고 있었다. 덥고 지겨워 몸을 움직인 아이에게 선생이 다가가 뒤통수를 후려쳤다. 순식간에 아이들은 자세를 바르게 했다. 이마에서 땀이 흘러내렸다. 맨 앞줄에 서 있는 키가 작은 아이가 눈에 띄었다. 아이는 큰 죄라도 진 듯 고개를 푹 숙이고 있었다. 나는 한동안 그 아이를 바라보았다. 가슴이 저려왔다. 그 아이는, 40여 년 전의 나였다. 그때도 나는 토끼와 거북이에 대한 교장의 훈시를 듣고 있었다. 아침 조회가 끝나면 육성회비를 못 낸 나는 집으로 쫓겨날 판이었다. 어제도 그랬고 그저께도 그랬다. 니들은 공부도 외상으로 배우냐. 육성회비를 못 낸 아이들을 향해 담임은 지휘봉으로 머리를 때리며 말했다.

가난한 사람은 다 게으른 사람들입니까?

아마도 그날 아침인지, 아니면 수업시간 중이었는지 누군가 담임한테 물었다.

게으르고 나태하면 다 가난하다.

담임이 말했다.

열심히 하면 누구나 다 부자가 될 수가 있습니까?

그렇다.

정말로 거북이가 토끼와 달리기하면 이길 수 있습니까?

책에 나와 있지 않나.

그때, 누군가 뒤에서 궁시렁거렸다.

씨발, 거북이와 토끼를 어떻게 달리기 시합을 시켜. 말도 안 돼. 공평하지가 않잖아, 씨발. 거북이를 앞에 가도록 하든지 토끼의 다리를 뭉개놓든지 해야지 공평하지.

그 날 그 아이는 수업시간 내내 복도에서 두 손 들고 무릎 꿇고 앉아 있어야했다.

"선생님 공부 안 해요?"

아이들의 소리를 들었을 때에야 나는 정신이 번쩍 들었고, 운동장의 아이들은 사라지고 없었다. 아이들이 사라진 운동을 한 번 더 바라보았다. 뜨거운 햇살이 하얗게 부유하고 있었다. 그때가 4학년쯤 되었는데 지금 내가 맡고 있는 아이들과 같은 학년이었다.

*

사단이 일어난 것은 점심시간이 끝나고 오후 수업이 시작될 때였다. 나는 점심 후의 나른한 몸을 이끌고 교실로 가는데 이상하게 조용했다. 마치 아무도 없는 것 같았다. 이 녀석들 수업시작 벨소리를 못 듣고 운동장에서 뛰어노는 거야? 하며 운동장을 둘러보았지만 아이들은 아무도 없었다. 이상한 느낌에 발걸음을 빨리 했다. 지금쯤 아이들은 점심시간 내내 운동장에서 뛰어노느라 얼굴은 빨갛게 익었고 땀을 비 오듯 흘리며 왁자지껄 떠들고 있어야 했다. 그래서 5교시 수업은 제대로 되지 않았다. 나는 마침 도덕 시간이라 '토끼와 거북이'에 대해 아이들끼리 토론을 시킬 요량이었다. 교실 가까이 다가섰을 때였다.

"이 새끼들아 그렇게 살지 말란 말이야. 사이좋게 살아야지, 응?"

이건 분명 어른 목소리였다. 어디선가 들어본 목소리였지만 동료교사의 목소리는 아니었다. 요즘 시대에 아이들한테 이 새끼라고 부르는 교사는 없었다.

"알았어? 한번만 더 우리 덕수한테 그러면 다 죽을 줄 알아!"

목소리와 함께 무언가를 내리치는 소리가 났다. 아마도 주먹으로 교탁을 치는 것 같았다. 나는 뛰다시피 걸어가 교실의 뒷문을 열었다. 아. 머리에서 수만 볼트의 고압전기가 지나가는 듯한 느낌을 받았다. 내가 있어야 할 자리에 동팔 씨, 그러니까 덕수의 아버지가 수염이 텁수룩한 얼굴로 아이들에게 훈계를 하고 있었다. 아이들은 겁에 질린 듯한 표정들이었다.

"이게 무슨 짓입니까?"

앞으로 재빨리 다가가 동팔 씨의 어깨를 잡았다. 집어 들어 교실 밖으로 던지고 싶었지만 숨을 깊게 들이쉬며 마음을 가라앉혔다.

"이노마들이 우리 덕수를 따돌리지 않소. 이놈들은 혼 좀 나봐야 된다카이."

동팔 씨는 부리부리한 눈으로 아이들을 둘러보았다. 아이들은 움찔거렸다. 몇 놈은 두 손으로 얼굴을 감싼 채 울고 있었다.

"아이들한테 손댔어요?"

나도 모르게 고함을 질렀다.

"이노마들은 혼 좀 나봐야된다카께요. 내가 머라 켔어요? 선생님이 안 혼내면 내가 직접 혼내……"

더 들을 수가 없었다. 동팔 씨의 팔을 잡고 교실 밖으로 끌어냈다. 몸에서 술과 두엄더미 냄새가 확 풍겼다.

"왜 이러세요. 아이들 교육은 학교에서 한다지 않습니까?"

"근데 왜 우리 덕수 따돌리고 때린 애들을 그냥 두는 거요? 선생이 안 그러니까 내가 직접 손봐준 거요."

"정말 이럴 거요?"

한 대 칠 것처럼 노려보았다. 순간 동팔 씨는 몸을 돌렸다. 그리곤 중얼거렸다.

"한번만 더 우리 아 괴롭히면 그냥 안 둔다니께."

나는 걸어가는 동팔 씨의 등을 후려치고 싶은 감정을 애써 누르며 교실로 들어왔다. 그동안 몇 번이나 학교에 항의하러 찾아왔지만 직접 교실에 들어와 아이들을 때리거나 혼낸 적은 없었다. 그런데… 속에서 분노가 일었다. 동팔 씨는 반 아이들이 자기 자식인 덕수를 왕따시키고 때린다는 것이었다. 그러나 아이들 말을 들어보면 그렇지가 않았다. 절대 그런 일이 없다고 했다. 나는 처음엔 동팔 씨의 말을 듣고 아이들을 닦달했다. 다른 학교에서 빈번이 일어나고 또한 자살했다는 소식도 들은 터였다. 그러나 그건 도시의 일이지 이런 시골에서 일어나리라고는 생각도 못 했다. 아이들은 완강히 부정했다. 한마디로 왕따시킨 게 아니라 자기가 스스로 놀지 않았으며 때린 적은 없었고 어쩌다 뛰어가다 부딪힌 적은 있다고 했다. 아이들을 믿을 수도 안 믿을 수도 없었다. 동팔 씨가 몇 번이나 학교에 찾아와 왕따시킨 애들을 처벌해달라거나 직접 애들을 혼내겠다고 했지만 잘 타일러 되돌려 보낸 적이 많았기에 아이들의 말을 전적으로 믿을 수 없었다. 덕수는 올해 초 전학 왔기에 아이들과 잘 어울리지 못 하는 면이 있기도 했다. 수업이 끝나고 덕수를 따로 불러 물어 보았는데 덕수의 말은 아이들과 좀 달랐다. 쉬는 시간이나 점심시간에 자기들과 친한 아이들끼리만 축구를 하고 자기한테는 같이 하자는 말도 꺼내지 않는다는 것이었다.

"같이 하자고 끼어들지 그러니."

내가 몇 번이나 말했지만 덕수는 고개를 숙인 채 아무 말도 없었다. 아이들이 때린 적이 없다는 것은 덕수도 인정했다. 하지만 장난이 심한 아이들이 지나가다 부딪혀서 넘어진 적은 몇 번 있다고 했다. 다시 아이들에게 물었다.

"너희들 친구랑 사이좋게 놀아야지 전학 온 지 몇 개월 안 된 아이를 안 끼워줬다며?"

"에이 선생님도. 끼워줬는데 지가 못 한다고 스스로 안 했어요. 또 좃나게 축구도 못 하고요."

한 아이의 말에 아이들은 책상을 두들기며 웃었다. 조용히 하라고 하면서도 나는 한 편으로 아이들의 말을 인정하고 있었다. 면에 있는 네 개의 학교 중 세 곳이 폐교되면서 폐교된 학구에 있는 아이들이 면소재지에 있는 이 학교로 통학버스를 타고 왔다. 그러니 자연히 통학버스를 함께 타고 오는 아이들끼리 친하게 지냈다. 학교와 조금 떨어진 곳에 사는 덕수는 걸어오거나 아버지의 트럭을 타고 왔다. 또한 서울에서 전학 온 덕수는 축구를 잘 하지도 못 할 뿐 아니라 땡볕에 아이들과 뛰어다니는 걸 싫어했다. 그러니 자연히 다른 아이들과 친하게 지낼 수 없었다.

동팔 씨가 찾아와 항의할 때마다 자초지종을 얘기했지만 믿지 않았다. 분명히 자기 아들은 왕따를 당했고 아이들에게 맞았다는 것이었다. 덕수가 그러느냐고 내가 묻자 덕수 씨는 그렇다고 했다. 그러던 어느 날 나는 덕수를 불렀다. 부자간에 대질한다는 게 좀 께름칙했지만 매일이다시피 술만 마시면 학교에 찾아와 행패를 부리기에 어쩔 수 없었다.

"덕수야, 솔직히 얘기해봐. 진짜로 아이들이 네가 함께 놀려고 하면 너와 안 놀아주더냐?"

덕수는 동팔 씨의 눈치를 보며 고개를 저었다.

"아이들이 때리더냐?"

또다시 덕수는 제 아버지의 눈치를 보며 고개를 저었다.

"이노마야, 분명 집에서는 아이들이 너를 왕따시키고 때렸다며?"

동팔 씨가 눈을 부라렸다. 나는 급히 아이를 교실로 돌아가라고 했다.

"거 보세요. 아무 일도 없다지 않습니까? 덕수가 축구나 운동을 못 해 아이들과 못 어울리는 면이 있지만."

"그게 아니요. 학교라서, 선생 앞이라서 겁을 먹어서 거짓말을 하는 거요."

동팔 씨는 어떠한 말을 해도 믿으려 하지 않았다. 그러면서 선생이 가해 아이들을 혼내지 않으면 자기가 직접 혼내겠다고 말했다. 그러다 결국은 이 사단이 벌어진 것이었다.

나는 교실로 들어와서도 아이들에게 아무 말도 못 하고 자괴감에 몸을 떨었다. 덕수는 고개를 숙인 채 있었다. 이러다 정말로 아이들이 덕수를 왕따시킬까봐 걱정이 되었다. 결국은 그날 애초에 수업하기로 했던 '토끼와 거북이' 토론 수업은 하지 못 했다. 하지만 학교에서도 문제를 키운 측면 또한 있었다. 처음 동팔 씨가 학교에 문제를 제기했을 때 그가 술 먹고 왔다는 이유만으로 교장은 그를 무시했다. 그리곤 무조건 학교엔 왕따 같은 문제는 없다고 큰소리쳤다. 지금 와서 생각해보면 자기 말을 듣지 않는 학교에 대해 밸이 단단히 꼴릴 수도 있었다. 교장은 혹 그런 일이 있다고 해도 외부로 소문이 나면 안 된다는 입장이었다. 다른 지역 아이들이 왕따 문제로 많이 자살을 했고 언론에서도 왕따 문제를 크게 다루고 있던 참이었다. 차라리 처음부터 상황을 정확히 파악하고 동팔 씨를 설득시켰다면 이렇게까지는 안 됐을 텐데 하는 후회가 몰려왔다. 어쨌든 내가 아이들 앞에 얼굴을 못 들 정도였다. 하지만 다른 교사들은 '무식한 것'이라고 동팔 씨를 욕했다.

나는 3년 파견근무로 시골에 내려온 경우였다. 아내가 우울증을 앓아 시골에서 요양도 할 겸 파견근무를 신청한 것이었다. 올해가 2년 차였고 나름대로 시골생활에 만족하고 있었다. 첫해에 마을 사람들의 도움으로 어렵지 않게 집을 구했다. 비록 몇 해 묵은 집이라지만 대충 수리하니까 쓸 만했다. 아내를 위해 마루를 덧 잇고 처마를 더 냈다. 아내는 마루로 나와 해바라기를 하며 차 마시길 좋아했다. 학교 아이들 또한 영악하지 않았다. 비록 결손가정이라고 하는, 조부모 밑에서 자라거나 홀부모 아래서 생활하는 경우가 다반사였지만 순박한 데가 있었다. 그러나 집이 가난하다보니 어처구니없는 일이 일어나고는 했다. 학교가 작아 급식소가 학교에 없고 인근 학교에 있었다. 그러니까 두 개의 면에 한 급식소가 있었다. 급식차가 와서 한 개씩 있는 초등학교와 중학교에 점심을 배급했는데 가난한 아이들은 4교시가 되면 아예 수업을 들으려하지 않았다. 배가 고픈 아이들은 앞을 보지 않고 수시로 창밖을 바라보았다. 급식차가 오지 않나 해서였다. 나는 어떻게든 아이들의 주의를 끌려고 했지만 5분을 넘기지 못 하고 진땀을 빼야했다. 하지만 그마저도 오래가지 못했다.

"급식차다!"

창밖을 바라보던 누군가 소릴 치면 이미 그 수업은 끝난 것이나 마찬가지였다. 어떤 녀석은 주섬주섬 책상을 정리하였다. 재빨리 급식장소로 뛰어갈 준비를 하는 것이었다. 학교 앞에 문방구겸 과자를 파는 곳이 있기는 해도 아이들은 과자를 사 먹지 못 했다. 돈이 없기 때문이었다. 대부분 결손 가정이라 따로 용돈을 받는 아이들이 없었다. 그러다 보니 어떤 아이는 친척이 왔다가며 2만원을 주고 갔는데 문방구점 그 자리에서 2만원어치를 다 사먹었다는 아이도 있었다. 그 아이는 부모가 없는데 집에 가면 매일 숙제는 안 하고 게임만 한다는 얘기를 들은 적이 있어 집으로 찾아간 적도 있었다. 게임을 많이 하면 안 좋다는 나의 말에 할머니는 눈물을 훔치며 말했다. 갸가 무슨 재미로 살겠소. 부모도 없는 아이가 집에 오면 게임하는 재미가 없으면 무슨 재미로 살아간다오. 그냥 두시오. 불쌍한 내 새끼. 할머니는 내 말을 들으려하지 않았다. 급식을 할 때면 밥을 두 그릇이나 먹는 아이인데 비만이었다. 요즘은 가난한 애가 비만이라더니 시골에 오니 실감이 났다.

동팔 씨의 사건만 없다면 그야말로 무탈한 생활이었다. 교직생활 20여 년 동안 처음으로 시골생활을 했지만 나름 아이들에게 최선을 다 했다. 아내 또한 시골생활 2년차로 접어들자 눈에 띄게 좋아졌다. 아내는 아이가 있는 다른 사람한테 부탁해 입지 않는 옷을 부쳐 달래서 나에게 반 아이들 갖다주라고 했다. 어떤 아이는 겨울인데도 춘추복이나 겨울 점퍼 하나만 입고 다닐 정도로 가난했다. 그러면 나는 아내에게 전해 받은 옷을 다른 아이들 모르게 살짝 아이에게 전해주곤했다. 그런 아이들이 전교에 많았으나 다른 반 아이는 그 반 담임의 눈치가 보여 도와줄 수는 없었다.

아내는 마을 사람들하고도 자주 어울렸다. 그러다 보니 동네의 소문을 많이 듣고 나에게 전해주었다. 이상한 점은 마을 사람들이 동팔 씨를 아무도 나쁘게 보지 않는다는 것이었다. 학교에서야 골치 아픈 학부형이지만 마을에서는 전혀 그렇지가 않다고 했다. 또한 학교에서 동팔 씨가 한 행동에 모두들 잘 한 일이라고 한다는 점이었다.

"왜 그런데?"

나는 어이가 없어 아내에게 물었다. 이 마을 출신인데 중학교를 마치고 서울에서 살다가 회사에서 명퇴당하고 귀향한 인물이라서 그런가, 했다. 이 마을 출신이니 모두들 선후배 사이라 했다.

"꼭 그렇지는 않아."

아내는 콕 집어 말할 수는 없지만 마을에 이상한 분위기가 있다고 했다. 비록 동팔 씨가 술을 자주 먹고 술주정을 한다고는 하나 부지런은 하다고 했다. 서울에 살다 왔으니 땅도 집도 없었을 텐데 마을 사람들은 그에게 집도 구해주고 땅도 농사지으라고 주었다고 했다. 그 대가로 동팔 씨는 마을의 일을 도맡아한다고 했다. 모심기는 물론 추수까지 도와주고 농사외의 일로 바쁠 때도 언제든지 달려와준다는 것이었다. 술주정만 빼면 더없이 좋은 사람이라고 다들 칭찬이 자자하다고 했다. 어이가 없었다. 내가 알기론 무례하고 무식한 인간일 뿐이었다. 다른 교사들도 그에게 적대감은 갖고 있는 건 당연했다.

"특히 조심해야할 것이 있어요."

아내는 정색을 하고 말했다.

"조심해야할 거?"

나는 콧방귀를 뀌었다.

"그 양반 아주 자존심이 세다는 거야. 누가 자기를 무시하면 물불을 가리지 않는데."

그건 누구나 다 그래. 나는 그렇게 아내에게 말했지만 속으로 뜨끔한 것은 사실이었다. 왕따 문제도 비록 교장이 시키긴 했지만 처음엔 밖으로 소문이 날까봐 상황자체를 쉬쉬한 것은 사실이었다. 그렇다고 아이들을 직접 교육시킨다고 학교까지 찾아와서 행패를 부린 것은 어쨌든 용서할 수 없는 일이었다. 그러나 마을 사람들이 모두 동팔 씨의 말을 믿고 있다니 조심할 수밖에 없었다. 마을 기류가 학교에 불리하다는 아내의 말이었다. 나중에 동팔 씨에 대해 안 사실은 또 다른 점이 있었다. 자존심이 센 것이 아니라 열등의식이나 자격지심이 강하다는 것이었다. 그건 나도 인정하는 바였다. 학교에서 행패를 부릴 때는 상식이 통하지 않았다.

"직장에서 명퇴를 당했는데 자기는 상사에게 뇌물을 안 주어서 그렇다는 거야. 순진하게 있다가 뒤통수를 맞았다는 거지."

며칠 뒤 마을에 다녀온 아내가 저녁을 먹으며 말했다.

"그 말 사실이야? 뻥 치는 거 아냐?"

"글쎄, 연기가 그냥 나는 것도 아니고. 어쨌든 명퇴를 당한 것은 사실인 거 같으니까. 그러다 장사한다고 퇴직금으로 무슨 체인점 가게 열었다가 말아 먹고. 그 통에 아내는 도망가고."

음. 나는 아내의 말을 듣다보니 점점 동팔 씨의 과거가 머리에 그려졌다.

"집에서는 왕이었대. 아내나 아이들이 꼼짝 못 했대. 자기 말에 토를 달거니 하면 폭력을 쓰고."

"그런 사람이 원래 그래."

나는 무심하게 말했다.

"예전에는 그렇게 착하고 얌전했다던데."

아내는 다분히 동정적인 얘기를 했다. 나는 이쯤에서 그만하라고 했다. 동팔 씨를 편드는 것 같아 기분이 언짢았다. 과거에 아무리 성실하고 착했다 해도 현재가 문제였다. 동팔 씨는 아무리 상황을 설명해도 도무지 벽창호였다.

"하여튼 알아둬. 마을 사람들 학교에 대해 별로 좋지 않게 생각한다는 거."

밥을 먹는데 목에 생선가시가 박히는 느낌이었다. 나는 말없이 밥을 다 먹고 나서 화제를 돌렸다.

"애들한테는 전화 자주 오고?"

서울에서 파견근무로 내려오자 집은 대학에 다니는 두 아들이 쓰고 있었다. 아이들은 시골이 불편하다며 방학 때도 며칠 있지 못 하고 서울로 올라갔다.

"자주 오면 돈만 들지 뭐. 그나저나 졸업하자마자 취직이 되어야할 텐데."

아내는 한숨을 쉬었다. 비록 서울에서 대학을 다닌다 해도 밑에서

끄트머리 대학이라 취직률이 낮았다. 아내는 두고두고 후회했다. 어릴 때부터 과외를 시켰더라면 좋은 대학가고 취직도 잘 할 텐데, 했다. 그러면서 주위에 좋은 대학 간 아이들이 어떤 과외를 받았고 어떤 학원에 다녔는지 줄줄 얘기했다. 하지만 그건 내 박봉에 엄두도 못 낼 형편이었다. 집 대출금 갚고 나면 두 아이에게 저렴한 학원 하나씩 보내기도 벅찼다. 아이들의 미래는 어떤 부모를 만나느냐에 달려있는 듯했다. 가난하게 태어나면 유치원 때부터 이미 부잣집 아이에게 밀렸다. 부잣집 아이들은 미술학원에다 음악학원은 기본이고 원어민 영어 강사가 있는 유치원에 다녔다. 그러니 인생이란 장거리 마라톤에 출발부터가 달랐다. 개천에서 용 나는 세상은 지났다. 30여 년 전 토끼와 거북이를 배우는 시간에 한 아이가 어떻게 거북이와 토끼가 달리기 경주를 할 수 있느냐고 투덜거렸던 게 생각났다. 맞는 말이었다. 부잣집 아이들이 토끼라면 가난한 집 아이는 거북이였다. 책에서야 열심히 해서 거북이가 토끼를 이겼지만 현실에서는 말이 되는가. 어떻게 거북이와 토끼가 달리기 경주를 한단 말인가. 어떻게 거북이가 토끼를 이길 수 있는가. 시골 아이들을 가르치면서 든 생각들이었다. 어차피 아이들은 대학은 못 갈 것이었다. 조부모 밑에서 혹은 홀부모 밑에서 크는 아이들이 무슨 돈으로 대학을 간단 말인가. 학교를 마치면 학원은커녕 숙제조차도 안 하는 아이들이었다. 알림장도 필요 없었다. 학부모들조차 아이들의 학교생활에 관심이 없었다. 아니 관심을 둘 만큼 물질적이나 정신적 여유가 없었다. 4학년인데도 한글을 완전히 못 깨친 아이들이 몇 명이나 되었고 수학은 말할 것도 없었다. 수업 후에 따로 그런 아이들을 모아 기초부터 가르치기도 했지만 쓸데

없는 일이라고 동료교사들이 말했다. 나도 아이들을 가르치면 한숨부터 나오는 게 사실이었다. 도대체 4학년이나 된 아이들이 도시에서의 1학년만도 못 하는 것이었다. 그런 나를 보고 다른 선생들은 혀를 쯧쯧 찼다. 그래도 어쩔 수 없는 일이었다. 뭔가 모르는 악의가 솟아올랐다. 그래 비록 거북이 같은 인생이지만, 비록 토끼를 이길 수 없지만, 그래도 한번 해보아야 되지 않겠느냐는 오기도 생긴 건 사실이었다. 왜 사람들이 시골로 가지 않으려 하는지를 절실히 깨닫는 순간이었다.

그러던 어느 날이었다. 동팔 씨가 다시 찾아온 것이었다. 그것도 교장과 싸우러 찾아왔다. 의외였다. 전혀 상상하지 못 한 일이었다. 10여 일 전 아이들을 직접 혼내고 또한 나와도 싫은 소리를 하고 난 뒤이제는 안 찾아오겠지 하는 생각이 들었다. 때마침 내 주술이 맞기라도 한 것처럼 한동안 동팔 씨는 학교에 코빼기도 보이지 않았다. 나또한 그동안 동팔 씨의 한이 풀렸으니 이제는 학교에 찾아올 일이 없겠구나, 했었다. 그런데 이게 웬일인가. 동팔 씨는 학교에 찾아와 교장과 싸우고 있다고 했다. 교무보조인 아가씨가 직접 교실로 찾아온 것이었다. 1교시가 시작 될 무렵이었다. 나는 아이들에게 잠깐 자습하라고 이르곤 곧장 교실을 나왔다. 흘끗, 아이들을 둘러보는데 덕수가 고개를 푹 숙이고 있는게 보였다. 덕수는 이미 알고 있을 터였다. 아버지가 학교로 찾아와 교장과 싸우고 있는 것을. 나는 교장실로 가며 덕수에게 아무 일도 아니라고 얘기를 해야 하는 게 아닌가 생각했지만 이미 발걸음은 교장실에 다가와 있었다.

"어떻게 그럴 수 있어요? 응?"

교장실 밖까지 동팔 씨의 고함소리가 들렸다. 나는 교무보조를 돌아보며 무슨 일이냐고 물었다. 교무보조는 머뭇거렸다. 말을 해야 하는지 가늠 중인 것 같았다.

"어제 무슨 일 있었어요?"

어제 오전에는 생활지도 건으로 교육청에 교육을 다녀왔다. 교육의 대부분은 교내 폭력문제였다. 폭력학생을 어떻게 상담하고 학교 내 폭력을 근절하느냐였다. 상담교사를 대상으로 한 교육이었지만 우리 학교에는 전문상담교사가 없어 생활지도 담당인 내가 가게 된 것이었다. 대부분의 학교에서는 폭력학생을 격리시키는데 우선 주안점을 두고 있었다. 폭력 학생이 학교에 안 나오길 바라고 학교에 나왔더라도 제발 아무 일 일으키지 않기를 바랄 뿐이라는 푸념 섞인 교사들의 얘기도 들었다. 한 반에 20-30여 명을 데리고 수업을 하는데 교사의 손길이 미치는 데는 한계가 있다는 것이었다.

그런데 이상한 것은 어제 내가 빠진 우리 반 수업에 교장이 들어갔다는 것이었다. 평소 같으면 교감이 들어가는데 웬일일까 하고는 깊이 생각지 못했는데 동팔 씨가 나를 안 찾아오고 교장실로 곧장 가서 교장과 싸우고 있다고 하니 어제 수업 시간에 무슨 일이 있었던 게 아닌가 싶었다.

"글쎄, 그게."

교무보조는 머뭇거리다 이런 말해도 되나 몰라 혼잣말로 중얼거리더니 말했다. 어제 1-2 교시는 교감이 들어가고 3-4교시에 교장이 들어갔는데 덕수를 수업시간에 혼자 있게 했다는 것이었다.

"그게 무슨 말이에요?"

나는 어이가 없어 말했다.

"그러니까 교장 선생님은 예절 교육시킨다고 아이들에게 악수하는 법이며 인사하는 것을 가르치셨는데 덕수한테는 혹 수업하다 무슨 일 있으면 네 아버지가 또 난리를 칠 것이니 혼자 가만히 있어라 하고. 아이 난 몰라요."

교무보조는 말을 다 잇지 못 하고 교무실로 들어갔다. 나는 고개를 끄덕였다. 그 정도만으로도 어떤 상황인지 알 것 같았다. 평소에 교사들뿐만 아니라 교장도 동팔 씨에게 감정이 많이 상해 있었다. 그걸 아는지 덕수 또한 학교에 와서도 기를 펴지 못 했다. 자꾸만 선생들을 피하고 내 눈길도 피했다. 때마침 수업에 들어간 교장은 덕수를 보고는 수업을 배제시킨 게 분명했다. 너 괜히 무슨 일 생기면 네 아버지가 학교에 찾아와 난리를 칠 것이니 아무 것도 하지 말고 자리에 가만히 앉아 있어라. 교장의 말이 귀에서 윙윙거렸다. 다른 아이들은 수업에 참가하고 있는데 혼자 의자에 앉아 가만히 있던 덕수의 심정은 어땠을까. 나는 교장실문을 열려다 멈칫했다. 누구 편을 들 수 없는 난감한 상황이었다. 하지만 어쩔 수 없었다. 싸움은 말려야 했다. 내가 문을 열고 들어가니 교장은 의자에 앉아 있다가 잘 왔다는 듯이 자리에서 일어섰다. 동팔 씨는 교장 책상 앞에 서있다 불콰한 얼굴로 나를 돌아보았다. 벌써 술을 한잔 걸친 모양이었다. 술을 먹지 않고는 학교에 찾아와 따질 용기도 없는 사람이었다. 나는 동팔 씨의 팔을 잡았다.

"얘기 들었습니다. 밖에 나가서 저와 얘기하지요."

하지만 동팔 씨는 팔을 뿌리쳤다.

"왜 우리 아를 공부도 안 가르치고 따돌린단 말이요? 응?"

"따돌리다니. 평소에 아이들한테 왕따를 당한다고 하니 아이들과 떨어지게 한 것뿐이요."

교장은 내가 있어서 그런지 큰소리를 쳤다.

"그게 왕따가 아니고 뭐요. 씨발, 내 청와대에 진정할 거요."

동팔 씨는 거친 숨을 내쉬며 씩씩거렸다. 분이 안 풀리는 모양이었다.

"예 마음 충분히 알겠습니다. 나가서 저와 얘기하지요."

나는 동팔 씨의 팔을 잡고 강제로 밖으로 끌어냈다.

"좆도 씨발."

동팔 씨는 교장실 밖으로 끌려와서도 분이 안 풀리는지 거친 숨을 내쉬더니 담배를 꺼내 물었다. 저, 그게. 나는 학교는 금연구역이라는 말을 하려다 동팔 씨를 데리고 예전에 숙직실로 쓰던 곳으로 갔다. 나는 동팔 씨의 담배에 불을 붙여주었다. 동팔 씨는 나의 호의에 어리둥절한 표정을 짓더니 연기를 들이마셨다가 길게 내뿜었다.

"대체 이런 경우가 어디 있어, 씨발."

"참으세요. 교장 선생님도 아이들을 잘 가르치기 위해서 그런 것이니까요."

나는 어쨌든 동팔 씨의 화를 삭이고 돌려보내는 것이 급선무였다.

"뭐? 애들을 잘 가르칠라고? 지랄. 내가 못 나고 가난하니께 그러는 거 아니요? 만약 내가 부자고 많이 배웠다면 그럴 수 있을 거요?"

동팔 씨는 흥! 콧방귀를 꿨다. 나는 잠자코 있었다. 맞장구를 칠 수도 아니라고 적극 변명하는 것도 짜증스러웠다.

"내 그냥 안 둘 거여. 모가지 날릴 거여. 저런 새끼가 교장이라고. 예전부터 그랬다고 저 새끼는. 가난하고 못 배운 사람은 인간취급도 안 했다고."

동팔 씨의 입에서 막말이 나오고 있었다. 나는 제지했다. 아무리 교장이 잘못했다고는 하나 학교 내에서 그런 말을 하는 것은 예의가 아니라고 생각했다.

"화 풀고 그만 돌아가시지요. 저도 수업 들어가야 합니다. 그리고 아이들 있는데 교장에 대해 심한 말은 삼가해주시고."

"삼가? 지랄하고는. 내가 지금 진정하게 생겼소? 아이들도 모자라 교장까지 왕따시키는데. 청와대에 진정해서 저 새끼 모가지 날릴 거야."

동팔 씨는 담배를 재떨이에 거칠게 끄고는 새 담배를 꺼내 입에 물었다. 이번엔 불을 붙여주지 않았다. 그러면서 이상한 느낌을 받았다. 동팔 씨가 교장을 심하게 불신하고 있다는 것을. 또한 심하게 욕을 하고 있다는 것을. 전에 보지 못 한 동팔 씨의 모습이었다. 상처 입은 짐승의 모습이랄까. 동팔 씨의 모습에서는 자괴감과 열등의식, 피해의식이 고스란히 드러났다. 그러면서도 알 수 없는 적의가 있었다. 적의는 무엇 때문일까. 옛날부터 그랬다고, 저 새끼가. 문득 동팔 씨가 조금 전에 한 말이 떠올랐다. 그럼 예전부터 알고 있던 사이인가. 나는 동팔 씨가 비틀거리며 운동장을 가로질러 나가는 뒷모습을 한참동안 바라보았다.

저녁에 집에 퇴근하니 동팔 씨가 학교에 와서 교장과 싸웠다는 것을 아내는 이미 알고 있었다.

"어떻게 됐어요?"

아내는 호기심으로 물었을 테지만 나는 마음이 개운하지 않았다. 교장이 잘못한 것은 분명 맞지만 동팔 씨 또한 학교에 와서 행패를 부린 것은 용서할 수 없는 일이었다. 피해는 고스란히 아들인 덕수한테 가는 것을 왜 모르는가. 나는 아내의 물음에 다 아는 것을 왜 묻느냐고 퉁명스럽게 대답했다.

"어쨌든 교장이 잘못한 거 아네요?"

아내는 식탁 앞에서 말을 꺼냈다. 시골로 온 후 아내는 차츰 이웃들을 사귀기 시작하더니 내가 없는 낮엔 바쁜 농사일도 도와주고 아예 점심을 얻어먹기도 했다. 도시에 비해 아내는 주위 사람들과 잘 어울렸다. 그런데 아내에게 서운하였다. 아내는 학교나 교사에 대해 언론에 나오면 무조건 학교나 교사 편을 들었던 게 사실이었다. 물론 남편이 교사이니 당연히 그러는 게 맞다고 생각했다. 그런데 은근히 동팔 씨를 두둔하고 나서는 아내가 얄밉다는 생각이 들었다.

"동팔 씨도 그러는 게 아니야. 조용히 따지든지 해야지. 술 먹고 오면 어떡해."

나의 말에 아내는 동네 분위기가 그렇지 않다고 했다. 다들 교장을 욕한다고 했다. 동팔 씨의 행동이 정당하다는 것이었다.

저녁을 먹은 후 아내와 나는 산책을 위해 집을 나섰다. 마을을 조금만 벗어나면 큰 내가 흐르고 있기에 방천둑을 따라 걸으면 시원하고 가슴이 탁 트였다. 아내와 나는 저녁이면 자주 산책을 하였다. 마치 시골 생활을 마음껏 즐기려는 욕구 같은 것도 있었다. 이제 1년 조금 지나면 서울로 올라가야 했다.

"이거 우선생님 아니십니까?"

마을을 벗어나려는데 누군가 구멍가게에서 아는 체했다. 구멍가게라고 해 봐야 과자부스러기 몇 개와 소주 막걸리를 파는 곳이었다. 마당에는 하얀 칠이 벗겨진 탁자 두 개와 의자 몇 개가 전부였다. 돌아보니 동팔 씨였다. 김치를 안주 삼아 소주를 마시고 있었다. 아침에본 것 마냥 얼굴이 불콰한 게 술기운이 있었다. 그냥 지나갈 수도 없어 인사를 하였다.

"이제 일이 끝났나 보죠?"

"해지면 땡이지요. 이리 와서 한잔하시지요."

아침에 학교에 와서 행패를 부릴 때와는 달리 공손하였다. 학교 밖에서 만나기는 처음이었다.

"아닙니다. 방금 저녁 먹어서."

나는 여차하면 재빨리 벗어날 궁리로 말하였다.

"술 배 밥 배 따로 있는 거 아닙니까? 그러지 말고 이리 와요. 사모님도 오시고요."

동팔 씨는 한 번 더 권했지만 나는 돌아갈 참이었다. 그러나 아내가옆구리를 찔렀다. 가서 한잔하라는 것이었다. 순간 아내가 언젠가 한말이 떠올랐다. 여기 사람들 있죠. 호의를 무시하면 굉장히 화내요.자신들을 무시한다나 어쩐다나. 그러니 당신도 조심해요. 까칠한 성질에 이곳 사람들과 부딪히지 말고요. 아내가 옆구리를 찌르는 데야 어쩔 수 없었다. 나는 다가가 앉지 않고 서 있었다. 동팔 씨는 주인에게서 잔과 사이다를 가져오더니 나에게 맥주잔에 소주를 가득 따라 내밀었다. 나는 엉거주춤 두 손으로 받았다. 아내에게는 사이다를 따라 주었다.

"한잔하슈."

동팔 씨는 맥주잔에 든 술을 한 입에 털어넣었다. 손으로 김치를 집어 입안에 넣었다. 나는 잔을 들어 조금 마시곤 내려놓았다. 안주는 먹지 않았다.

"우리 촌놈 인생은 말이요."

동팔 씨는 자신의 잔에 술을 가득 채우며 말했다.

"오이 같은 인생이요. 비닐하우스에 크는 오이 봤소? 못 봤지요? 그게 우리 인생과 같다는 말이요."

동팔 씨는 술 취한 목소리로 지껄였고 나는 빠져나갈 궁리만 했다.

"오이를 모종해서 키우면요, 딱 한 줄기만 키웁니다. 저도 고향에 내려와서 알았지 뭡니까? 예전에는 노지에 키울 때 그냥 줄기가 나가는 대로 됐지 않습니까?"

나는 말없이 고개를 끄덕였다. 동팔 씨의 말을 들으니 어릴 때 고향 생각이 났다. 고향 집에서도 수박이랑 오이 농사를 많이 지었다.

"근데 곁줄기는 생기자마자 다 자르고 한 줄기만 키우는데 그 줄기가 커면 큰 오이를 따고 줄기 끝을 한 뼘쯤 아래로 내립니다. 요렇게요."

동팔 씨는 손으로 줄이 내려져 있는 상황을 설명하고 줄기가 줄을 타고 위로 올라갈수록 매일 줄기를 내린다고 했다. 꽃과 작은 오이가 달린 줄기는 다음 날 한 뼘씩 크고, 그러면 제일 위에 있는 오이는 따고 줄기를 다시 한 뼘씩 내리고 집개로 줄에 집어준다고 했다. 그러니 매일 컸다가 다시 아래로 내려진 오이 줄기들이 마치 뱀이 똬리를 튼 것처럼 줄기 아래에 둥글게 몇 층으로 쌓인다고 했다.

"오이는 분명 위로 열심히 살아간다고 생각할 거 아니요? 근데 매일 그 자리이지요. 꽃이 핀 것도 그렇고 오이 열린 것도 매일 똑같지요. 열심히 살아봤자 맨 그 자리라는 겁니다. 좆도 우리처럼 말이지요. 우리 못난 인생살이와 비슷하지 않소?"

동팔 씨는 맥주잔을 들어 단숨에 술을 털어넣었다. 그러곤 손으로 김치를 집어 입에 넣었다. 손을 흙이 덕지덕지 묻은 바지에 쓱 닦았다.

"전 이만 가 봐야겠습니다. 할 일도 있고."

하지만 동팔 씨는 내 말에 개의치 않고 자신의 잔에 술을 가득 따르며 중얼거렸다.

"그 교장 새끼 내 그냥 안 둘 거요. 청와대에 꼭 진정해서 모가지 날릴 거요."

나는 돌아서서 가려다 동팔 씨를 똑바로 보았다.

"그 문제는 이제 그만하시지요. 우리 반 일이기도 하고 제가 사과드리겠습니다. 앞으로는 그런 일 없도록 하지요."

나는 진심으로 사과했다.

"우선생님이야 무슨 죄가 있습니까? 교장 그 새끼가 문제지요. 아침에 교장 찾아갔을 때 딱 한 마디 사과만 했어도 나 안 그랬어요. 근데 사과는커녕 자꾸 변명만 늘어놓는 통에. 나요, 이제 우선생님한테 감정 없습니다. 다 풀렸습니다. 내가 쬐끔 오해해서 생긴 거지요. 옛날 그 교장 새끼 때문에."

"예?"

교장에 대한 태도가 귀에 거슬렸지만 참기로 했다. 어차피 일을 확대시킬 수는 없었다.

"우선생님은 몰랐지요? 그 교장이 사실 내 초등학교 때 담임이었다오. 미친 개. 흐흐, 그게 그때 별명이었지요. 이 동네 사람들 교장을 다 그렇게 불러요. 미친 개라꼬."

"아니, 그런데 왜?"

일이 이상하게 돌아간다 싶으면서 나는 나도 모르게 자리에 앉았다. 아내도 곁에 앉았다. 제자인데도 옛 스승한테 험한 말을 하는 것 보면 뭔가 깊은 내막이 있는 듯싶었다.

"자, 한잔하슈."

동팔 씨는 내 잔에 자신의 잔을 부딪히곤 또다시 입에 모두 털어넣었다. 저렇게 막 마셔도 되는가 싶었다.

"그 미친 개가 우리한테 얼마나 악독하게 했는지 아슈? 그땐 육성회비 안 낸 집이 수두룩했는데 악착같이 받는단 말이요. 공부도 외상으로 배우냐 이러면서요. 육성회비 안 낸 아이들은 집으로 쫓아내거나 운동장에 풀 뽑는 걸 시켰지요."

"음."

나도 모르게 술잔을 입으로 가져가 조금 마셨다. 안주는 먹지 않았다.

"하여간 그 미친 개는 가난하거나 공부 못 하는 애들은 사람 취급 안 해줬어요. 화장실 청소에다 온갖 궂은 일은 다 시켰지요. 부자? 부자 앞에선 설설 깁니다. 치맛바람 한번 불면 돈 봉투가 여럿 들어오니까요. 근데 말이요."

동팔 씨는 말을 멈추고 담배를 꺼내 물었다. 나는 아찔 현기증을 느꼈다. 그건 내 이야기였다. 내가 어릴 때도 육성회비를 못 내 연신 쫓겨났고 얻어맞았다. 공부 잘하고 부자 애들한테는 그렇게 살갑게 대해주던 선생이 가난한 아이들은 아예 거들떠보지도 않았다. 미술시간에 준비물을 돈이 없어 못 샀는데 안 가져왔다고 몽둥이로 때렸다. 나도 모르게 고개를 끄덕거렸다.

"그럼 교장 때문에 학교에서 그렇게 하신 겁니까?"

이제야 동팔 씨의 실체를 아는 것 같아 물었다.

"그렇지요. 아가 처음에 왕따를 당했다 캐서 학교에 갔는데 글쎄, 교장이 운동장에 있지 뭡니까? 나는 놀라기도 해서 그냥 집으로 왔어요. 잠도 하나도 못 자고. 그런 미친 개가 학교에 있다면 애 말이 맞구나, 했지요. 가난한 애들 왕따시키고 때리고 멸시하고. 돈 봉투만 가져다주면 잘 대해주고. 그 미친 개를 보며 아직도 이런 세상인가, 한탄했지요. 옛날과 똑 같구나. 그래서 다음 날 술 마시고 찾아갔지요. 맨 정신으로 또 그 미친 개 만날까봐."

"그래서 그렇게 상황을 설명하며 아니라고 해도 못 믿었습니까?"

"못 믿을 밖에요. 요즘 세상도 돈 없고 못 배우면 멸시받지 않습니까. 인간취급도 안 하지요."

"요즘은 촌지가 없을 뿐만 아니라 옛날하고 많이 다릅니다. 부모가 부자나 가난하다고 해서 애들 차별하는 일도 없고요."

"좆도, 말도 안 되는 소리 마슈. 돈이면 안 되는 게 없는 세상인데. 그 봐요, 그 미친 개가 또 우리 아를."

"죄송합니다. 그건 제가 사과할게요."

나는 진정으로 용서를 빌고 싶었다.

"교장실로 찾아갔을 때 바로 미안하다는 말 한마디만 했어도, 씨발."

"진정하시고. 다시는 그럴 일이 없을 겁니다. 내 약속합니다."

"약속은 씨발. 하여튼 그 미친 개는 그냥 안 둔다니께. 하여튼 바쁜 사람 붙잡아서 미안하슈."

동팔 씨는 손을 내밀었다. 나는 흙이 묻은 두툼한 손을 두 손으로 잡았다. 한동안 잡고 있다가 일어섰다.

"아닙니다."

고개를 깊숙이 숙이고 물러났다. 산책할 마음도 사라져 집으로 방향을 틀었다. 아내가 말했다.

"예전에 서울에서 명퇴당하기 전에 가족이 오붓하게 살 때는 그렇게 상냥하고 착했다는데. 성실하고."

나는 아내의 말에 아무 말도 못 하고 하늘에 뜬 별만 바라보았다. 수많은 별들이 다함께 빛을 뿜어내고 있었다. *

벽

의외로 싸움은 팽팽했다. 오빠들과 언니들 누구도 물러설 기미가 보이지 않았다. 여자가 어머니 이장 장소에 도착했을 때 이미 싸움은 시작되었는데 특히 언니들의 태도는 완강했다.

"절대로 산소 밑에는 안 된다카이."

"하모. 절대 안 된다."

큰언니의 말에 작은언니가 오금을 박았다. 언니들의 저항에 오빠들은 어이가 없다는 표정을 지었다. 아직 4월이라지만 햇볕은 따가웠고 오빠들의 얼굴은 벌겋게 상기되어 있었다. 검정 양복을 입은 터라 더욱 더워 보였다. 칠성판에 어머니 유골을 싼 삼베가 햇빛에 눈이 부셨다. 여자는 흘끗 보고는 눈길을 돌렸다.

"어쩔 수 없다잖아. 고집 좀 고만 피워라."

큰오빠는 화가 난 표정으로 언니들을 노려보며 말했다.

"이게 고집이야? 이게 말이 되느냐고?"

"법이 그렇다잖아. 법도가 그렇다는데 어떻게 해?"

작은오빠가 나서서 언니들을 설득시키려 진땀을 흘리고 있었다. 지관과 일꾼들은 그늘로 몰려가 장갑을 벗고 쭈그리고 앉아 담배를 피워 물었다. 한 일꾼은 이쪽을 흘깃거리며 무슨 말인가 동료들에게 소곤거렸다. 일꾼들 또한 화가 난 표정들이었다.

"법? 흥, 법 좋아하네. 요즘 시상에 그냥 쓰면 되는 거지 무슨 지랄 같은 법이여. 법은."

작은언니도 물러설 기세가 아니었다.

"너 말 좀 가려서 해라."

큰오빠는 여전히 언니들을 노려보며 말했다.

"글쎄, 말이 되느냐고. 엄마가 아버지한테 두 번째 부인이었다고 아버지 산소 옆에 못 묻히다니 그게 말이나 돼? 요즘 세상에 말이 되느냐고, 요즘 세상에."

언니들은 가슴을 치며 말 좀 해보라고 몇 번이나 여자에게 눈짓을 보냈지만 여자는 한 발 물러서고 싶은 심정이었다. 머릿속에는 헝클어진 실타래가 가득 들어 있는 느낌이었다. 또한 언니들이 저렇게 완강하게 반대하는 것 또한 단순히 어머니를 아버지 옆에 모시지 않는다는 것에 있지 않다는 걸 알고 있기에 여자는 그만 슬그머니 자리를 벗어나 큰 소나무가 있는 그늘 밑으로 걸어갔다. 소나무 밑에는 검정색 상복을 입은 올케들이 지루한 표정으로 서서 싸우는 것을 지켜보고 있었다.

"오빠들도 어머님을 아버님 옆으로 모시고 싶지 않겠어. 근데 내려오는 법도가 그렇다는데 어쩌겠다고."

"그러게요. 이런 일은 남자들한테 맡기지."

올케들은 불만스런 표정을 지으며 여자에게 동의를 구하는 듯 눈길을 보냈으나 여자는 외면하고 큰올케 옆에 있는 조그마한 개에게로 다가갔다. 조카들은 아무도 보이지 않았다. 요즘 세상은 애들이 어른

보다 더 바쁜 세상이니. 하지만 다른 사람도 아닌 할머니 산소 이장인데 아무도 안 오다니. 여자는 개 앞에 쪼그리고 앉았다. 흰색 바탕에 검은 점이 박혀 있고 귀가 커서 그런지 덩치가 작은데도 불구하고 품위가 있어 보였다. 단박에 족보께나 있는 개구나 싶었다. 처음 보는 여자가 머리를 쓰다듬는데도 개는 꼬리를 흔들었다. 전혀 무서워하거나 낯설음을 타지 않았다. 민정이는 어딜 갔을까. 여자의 머릿속에는 온통 민정 생각뿐이었다. 학교에서 어쩌다 눈이 마주칠 때면 서늘한 눈길을 보내던 민정은 6일째 학교에 나오지 않고 있었다. 교감과 부장 교사는 무슨 일이냐고 여자에게 물었지만 여자가 말할 수 있는 게 없었다.

"그래도 어머님은 복이 있으셔. 10년 정도밖에 안 되었는데 육탈이 완전히 되었다잖아."

"그러게요. 육탈이 안 되었으면 관을 쓰고 절차가 복잡할 텐데요."

올케들은 이쯤에서 싸움이 그치길 바라며 말했다. 그렇구나. 여자는 개의 머리에서 허리까지 쓰다듬었다. 작은언니한테서 어머니 이장을 한다는 소식을 들은 것은 어제였다. 작은언니가 혹시나 해서 전화를 했다며 강씨들 잘한다, 하며 혀를 쯧쯧, 찼다. 작은언니도 어머니 이장 사실을 큰언니한테 들었다고 했다. 그래도 명색이 우리가 딸인데 어쩜 그럴 수 있나. 작은언니는 오빠들이 어머니 이장 사실을 큰언니한테만 일방적으로 통보한 것에 분노했다. 당연히 우리 딸들과도 상의해야하는 거 아냐? 작은언니는 수화기 너머로 고함을 질렀다. 오빠들은 충분히 그러고도 남을 사람들이었다. 작은언니가 왜 이장을 하고 어떻게 이장을 하는지 얘기를 했지만 여자는 아무 말도 않고 배만 쓰다듬었다. 어디로 하는데? 여자는 겨우 물었고, 그럼 내일 이장하는 데로 곧장 가겠다고 했다. 벌써 3개월째. 병원에 가야 하는데. 여자는 그때 오직 그런 생각과 그리고 며칠째 학교에 나오지 않는 민정 생각뿐이었다. 또한 산부인과에 가서 낙태를 하고 아무 일도 없었다는 듯 그를 만나야 한다는 게 곤혹스러웠다.

"이 개 이름 뭐에요?"

여자는 올케들이 어머니에 대해 얘기하는 것이 귀에 거슬려 슬그머니 말머리를 돌렸다.

"프리에요, 프리."

"프리?"

여자가 프리라고 부르자 개가 여자의 손바닥을 혀로 핥으며 꼬리를 흔들었다.

"그이가 미국에 출장갔을 때 사온 거예요. 예전 영국에서 왕족들이 키우던 개라나."

큰올케가 말했다.

"……"

여자는 아무 말 없이 한 손은 개가 혀로 핥는 것을 놔둔 채 다른 손으로 등을 쓰다듬었다. 개는 꼬리를 흔들며 큰 눈으로 여자를 바라보았다. 여자는 손을 목덜미로 가져갔다. 순간 목을 움켜쥐고 힘을 주었다. 개는 손바닥을 핥다가 순간 멈칫했다. 여자는 계속 손에 힘을 주었고 개는 숨을 쉬지 못 하고 캑캑거렸다. 올케들이 돌아보았고 여자는 손에 힘을 풀었다. 그리곤 손을 옮겨 머리를 쓰다듬었다. 여자는 일어서서 오빠들과 언니들이 다투는 것을 보다 어머니 유골이 싸인 칠성판에 눈길을 돌렸다. 삼베에 뛰는 햇빛이 눈을 찔렀다. 엄마가 두 번째 부인이었다고 아버지 산소 옆에 못 묻히다니 그게 말이나 돼? 작은언니의 말이 귀에서 윙윙거렸다. 아버지의 첫 번째 부인은 결혼한 지 2년째 되던 해 돌아가셨는데 자식은 없고 선산에 산소가 있다고 했다. 그런데도 어머니가 두 번째 부인이라는 이유만으로 남편 옆에 못 묻히다니. 어머니의 인생도 참 기구하다고 여자는 생각했다. 하지만 더 기막힌 것은 어머니 또한 아버지가 첫 번째 남편이 아니었다는 사실이었다.

어머니가 아버지와 결혼하기 전 이미 결혼했었다는 사실을 안 것은 어머니가 돌아가시고 난 5여 년 뒤였다. 작은외삼촌이 돌아가셨다는 부고를 받고 외가에 갔다가 혼자 사시는 큰외숙모한테서 들었다. 알고 보니 외사촌들도 어렴풋이 알고 있던 사실을 정작 여자 남매들만 몰랐던 것이었다. 단지 여자 남매들은 아버지와 어머니가 10살 나이차가 난다는 것이 이상하다는 생각을 했다. 그리고 아버지는 부인과 사별 후 10여 년 후에 어머니와 결혼했는데 어떻게 처녀였던 어머니가 홀아비인 아버지와 결혼했는가 궁금하긴 했어도 그것까지 어머니에게 물어볼 생각조차 하지 못 했다. 단지 아버지가 외가 쪽으로 사방 공사를 갔다가 어머니를 만났다는 정도로만 알고 있었다. 그러나 그게 아니었다. 작은외삼촌 장례식장에 오랜만에 여자 남매들이 모였고 옆에는 외사촌들과 큰외숙모가 있었다. 자연히 어머니의 어릴 때 얘기가 나왔고 외사촌들은 막내 고모가 집에 오면 얘기를 참 잘 했다고 기억했고 어머니가 10살 때 시집 온 큰외숙모는 강실이가 참 똑똑했는데, 했다. 여자는 외가에 가면 어머니의 어릴 때 애기듣는 것을 좋아했다. 외가는 어머니가 태어나서 자란 집 그대로 보존된 상태였는데 집 뒤에는 어머니가 어릴 때 호두를 따 먹었다는 한 아름이 넘는 호두나무가 옆으로 비스듬히 누워 있었다. 어머니는 엄했던 외할아버지의 애기를 자주 했다. 항상 방안에 앉아 책을 보시고 마을 훈장님도 하셨는데 손에 평생 흙 한번 안 묻히셨다고 했다. 동생들이 집의 일을 다 했는데 비가 와서 마당에 널린 콩이며 곡식이 떠내려가도 당신은 방안에서 책을 보며 비 온다, 하셨던 분이라고 어머니는 말했다.

어머니의 첫 번째 결혼애기는 어쩌다 큰외삼촌 애기 도중에 나왔다. 큰외숙모는 사진 찍기를 좋아했던 큰외삼촌이 일제 때 순사를 하다 해방이 되고 사진을 몽땅 태워버렸다는 아쉬움을 토로했는데 그때 막내 외사촌이 그럼 아버지가 순사까지 했으면서 왜 고모를 그런 사람한테 시집을 보냈느냐는 약간은 항의기가 있는 투로 말을 했다. 그때 외사촌은 남편의 폭력으로 이혼 직후였는데 남자들에 대한 일종의 적대감을 가지고 있었다.

"그런 사람이라니?"

큰오빠가 무슨 뜻이냐고 큰외숙모와 외사촌을 번갈아 보았다. 그런 사람이 아버지를 뜻하는 것이 아니라는 걸 짐작했기에 여자 남매들은 다들 놀랐다.

"그때는 어쩔 수 없었지 않냐. 안 그러면 끌려갈 판인데."

큰외숙모는 팔로 머리를 고이고 누운 채 말했다.

"무슨 말씀이세요?"

작은오빠가 답답하다는 듯 말했다. 여자는 순간 어머니에게 커다란 비밀이 있다는 느낌을 받았고 오줌이 마려웠지만 큰외숙모의 다음 말을 기다리느라 아랫배에 힘을 주고 참았다.

"그 왜 요새 왜놈들 대사관인가 머에 가서 야단들 치지 않냐. 그때는 결혼 안 한 여자들 많이 끌려갔다."

"정신대요?"

큰오빠가 재빨리 물었다.

"그래. 거기 안 끌려갈라고 사람은 안 보고 양반 집이라케서 강실이를 그런 사람한테 시집 안 보냈겠냐?"

큰외숙모는 대수롭지 않게 얘기를 했지만 여자 남매들한테는 청천벽력같은 소리였다. 어머니가 처녀의 몸으로 아버지와 결혼한 게 아니었다니. 전혀 상상하지 못 한 얘기였다.

"그러니까 어머니가 아버지와 결혼하기 전에 다른 사람한테 결혼했었다는 얘기네요?"

큰오빠가 붉은 얼굴로 물었다.

"그때는 워낙 급해서 그랬다. 근데 시방 니들 모르는 얘기냐?"

큰외숙모는 오히려 의아한 표정을 지었다.

"순미 너도 알고 있었냐?"

큰오빠는 외사촌에게 말했고 외사촌은 고개를 끄덕거렸다.

"오빠들은 몰랐단 말이야? 나도 어렴풋이 아는 얘긴데. 하여튼 집의 여자를 보호하지 못 하는 남자들은 남자도 아냐."

외사촌은 화가 난 듯 말했다. 그때 여자는 오줌을 조금 지렸고 갑자기 오한이 났다.

"그때는 어쩔 수 없었다카이. 집안만 보고 급하게 보내는 바람에."

"그래도 그렇지. 집안의 여자도 지키지 못 하는 남자들이란."

외사촌이 말했고 여자는 일어서서 화장실도 못 가고 덜덜 떨었다. 그러니까 어머니가 위안부를 피해 시집을 갔는데 남자가 바보였다는 것이었다.

"거기가 어딘데요?"

큰오빠는 얼이 빠진 채로 술을 마셨고 작은오빠가 물었다.

"안동이야. 안동 장터에 사는 한씨라고. 안동에서는 알아주는 집안이라카던데. 강실이가 어릴 때 참 똑똑했지만도."

여자는 뜨거운 것이 허벅지를 적시는 것을 느끼는데 큰오빠가 물었다.

"애는 없었어요?"

"애는 글쎄, 아마 없었지……."

여자는 터질 듯한 오줌보를 참지 못 하고 일어섰다. 휘청거렸다. 외사촌이 어머 애가 왜이래, 하며 부축을 했다. 여자는 외사촌의 팔을 뿌리치고 화장실로 갔다. 치마를 올리고 팬티를 미처 내리기 전에 오줌이 쿨쿨 쏟아졌다. 교감의 얼굴이 떠올랐고 부르르 몸을 떨었다.

"정규 교사 시켜줄게."

교감은 여자를 막무가내로 보건실로 끌었다. 비정규직 강사로 발령받은 지 몇 개월 안 된 어느 날 야간자율학습 지도를 끝낸 밤 10시 무렵이었다. 이사장과 친척이라는 교감은 열쇠로 보건실의 자물쇠를 땄다. 여자는 소리를 지르려고 했지만 목에서는 말이 나오지 않았다. 보건실의 침대에 여자를 앉힌 후 교감은 정규교사로 발령 내게 해주겠다며 여자의 윗옷을 들치고 손을 넣었다.

"원하는 거 다 해주겠어. 뭐든 말해."

교감은 여자의 치마를 들치고 팬티를 내리며 말했다. 여자는 덜덜 떨기만 했다.

저승사자. 학생들에게 저승사자로 통하는 교감은 학생들을 성추행 했다는 소문이 돌기도 했지만 교육청에서는 번번이 무혐의 결론을 내렸다. 돈으로 무마했다는 소문이 난무했다. 교감은 공부 잘 하는 학생들만 학생 취급을 했지 공부 못 하는 학생은 인간 취급도 안 했다. 면전에서 면박을 주고 공개적으로 멸시했다. 학교 명예를 위해 학생들이 좋은 대학에 많이 들어가야 한다며 선생들을 닦달하기도 했다. 학교에서의 실권은 교장보다도 교감에게 있었다.

여자는 화장실에서 젖은 팬티를 벗어 휴지통에 버렸다. 치마를 내리고 물을 내렸다. 곧장 집으로 갔다.

여자는 어머니가 결혼을 했다가 어떻게 파혼을 하고 아버지와 결혼했는지 자세히 알지 못 했다. 단지 도망쳤다는 말을 어렴풋이 들은 것 같았다. 그렇다고 자세한 얘기를 누구에게 물어볼 엄두가 나지 않았다. 같이 있었던 오빠들한테는 더욱 더 그랬다.

며칠 뒤 토요일에 안동으로 갔다. 가서 확인해 보고 싶었다. 그리고 살아 있다면 한씨라는 사람을 만나보고 싶었다. 그리고 자식이 있는지 알아보고 싶었다. 여자 하나 지켜주지 못 하는 남자들. 여자는 안동으로 가는 버스 안에서 외사촌의 말을 되뇌었다. 그 뒤로 교감은 시간이 날 때마다 치근거렸다. 야간자율학습 지도가 없어 일찍 퇴근한 날은 자취방으로 찾아오기도 했다. 만나주지 않으면 자신과의 관계를 폭로하겠다고 협박을 했다. 학교에서 잘리지 않으려면 어느 정도 교감의 요구를 들어주어야 했다.

안동 장터에 갔지만 '바보 한씨'를 찾지 못 했다. 대대로 식당을 운영해온 사람을 만나도 '바보 한씨'를 기억하지 못 했다. 장터에서 나고 자란 나이 든 이들도 마찬가지였다.

"그래 점심 먹고 하자."

큰오빠가 이마의 땀을 훔치며 나무 밑으로 걸어왔다. 마침 점심 도시락이 배달되어 왔다. 아마도 미리 주문한 모양이었다. 언니들이 나서서 돗자리를 깔고 도시락을 빙둘러 놓았다. 올케들은 멀뚱하게 보고 있었다. 여자에겐 그런 광경이 익숙했다. 오빠들이 결혼한 후에도 집안에 일이 있어 가보면 올케들은 가만히 있고 언니들이 팔을 걷고 일을 했다.

"저건 뭐여?"

큰언니가 커다란 종이상자 세 개가 쌓여 있는 걸 풀려고 하자 큰올케가 기겁을 했다. 제수상자라고 했다.

"제사 지낼 음식도 주문했다고요?"

큰언니는 기가 차다는 듯한 표정을 지었고, 그럼 음식을 직접 해서 어떻게 산에까지 들고 오느냐고 큰올케 역시 당당하게 말했다.

"그래도 제사 음식은 손수 해야지요."

"준비만 하면 되지 무슨 말이 그렇게 많냐. 저 사람이 집에 노는 사람이야?"

큰오빠가 큰언니를 힐난했다.

"힝, 대학에 나가면 제사 음식도 다 주문하는구먼."

큰언니는 지지 않고 시비를 걸었지만 큰올케는 말을 받지 않았다. 올케들이 언니들을 은근히 무시하는 경향이 있었는데 언니들이 대학은커녕 초등학교도 안 나와서 그렇다고 여자는 짐작했다. 부모는 철저하게 남자들만 학교에 보냈다. 특히 어머니가 더 했다. 한 달이나 두 달에 얼굴을 내미는 아버지가 우리 예쁜이들도 학교에 보내주지, 하면 어머니는 여자가 배워서 무얼 하느냐고 통을 주었다. 큰오빠가 서울로 유학을 갔을 때는 방을 하나 얻어 큰언니가 밥을 해 주게 했다. 작은오빠가 뒤이어 서울로 유학 갔을 때도 마찬가지였다. 나라에서 제일 좋은 대학. 네 오빠들이 잘 돼야 니들도 잘 되는 것이여. 어머니는 딸들에게 그렇게 말하곤 했다. 나중에 언니들은 못 배운 것이 한이 된다고 했다. 언니들은 겨우 입에 풀칠하는 생활을 했다. 나중에 잘 되면 좀 도와주려나 했던 오빠들은 입을 싹 닦았다. 오히려 돌아온 것은 '무식한 것'이었다. 그리고 노골적으로 집안일에 끼어들지 못 하게 했다. 네까짓 것들이 무얼 안다고. 그러니 올케들도 은근히 언니들을 무시하는 경향이 있었다. 다행히 여자는 터울이 크게 막내로 태어나 대학을 나왔다. 어머니 말대로 오빠들의 덕을 본 것이었다. 가끔 오빠들과 언니들이 두 패로 나뉘어 말다툼을 벌일 때면 말이 달리는 언니들이 여자에게 말 좀 해보라고 하면 여자는 난감한 표정을 지었다. 비가 와도 방안에서 책을 보며 비 온다, 말하던 외할아버지 밑에서 자랐고, 또한 바보에게 시집 가 초혼에 실패한 어머니는 유별나게 오빠들에게 매달렸다. 그런 어머니가 떠받들고 키운 오빠들에게 여자가 나선다고 해서 될 일이 아니었다.

어쩌면 여자가 어머니의 첫 번째 남편을 찾아 안동까지 간 것은 그런 집안의 내력도 한몫했던 것 또한 사실이었다. 엄마처럼 살지 않을 테야. 이 말은 언니들의 공통된 생각이었다. 어머니는 아들들을 공부시키느라 그야말로 똥줄이 빠질 지경이었다. 아버지는 돈을 번답시고 외지로 나돌았고, 또한 가끔 딴살림을 차리기도 했는데 어쩌다 집에 몇 달 만에 와도 빈손으로 오기 일쑤였다. 그러니 오로지 자식들 공부시키고 먹고 하는 돈은 어머니가 남의 땅에서 몸을 굴려서 나온 돈이었다. 땅이라야 코빼기만한 논 서마지가 전부였다. 다행히 오빠들이 공부를 잘 해 소위 우리나라에서 제일 좋은 대학에 가고 과외를 해서 학비를 보탰다고는 해도 어머니의 고생은 이만저만이 아니었다. 우리는 자식들한테 올인하지 않을 거야. 언니들은 만나면 오빠들을 위해 희생한 어머니의 우둔함을 흉보는 것이었다.

여자가 안동에 갔을 때는 교감의 애를 낙태시켰던 무렵이었다. 몇 번째의 낙태였다. 첫 번째 유부남은 여자가 임신했다는 사실을 알리자마자 종적을 감추었다. 휴대폰도 바꾸었다. 두 번째 남자도 친구의 소개로 유부남인 줄도 모르고 사귄 사람이었다. 그러다 우연히 그가 유부남인 줄을 알았는데도 화가 나지 않았다. 그렇더라도 그가 이혼하고 자기에게로 오길 바란 것도 아니었다. 어느 날 그에게 아내가 어떤 사람이냐고 물었다. 아내가 어느 대학을 졸업했고 반찬은 어떤 것을 잘 만드는지, 자식은 몇인지, 사는 집은 몇 평인지, 그리고, 섹스는 일주일에 몇 번 하는지, 그냥 여자는 궁금했다. 모텔에 들었던 어느 날 섹스를 한 후 남자의 팔을 베고 누워 천장을 바라보며 물었다. 그러자 남자는 팔을 빼고 돌아눕더니 일어서서 볼일이 있다며 가는 것

이었다. 잡을 새도 없었다. 한동안 남자에게서 연락이 없었고 날짜가
지나자 오히려 여자가 몸이 달았다. 그 후 여자는 남자가 원할 때 만
났고 섹스를 했다. 대신 남자는 원룸을 구해주었고 차를 뽑아주었다.
남자의 사생활에 대해 묻지 않는 대가치고는 너무 많다고 여자는 생
각했다. 그러다 여자는 임신을 했고 '당연히' 남자가 모르게 낙태
를 했다.

"순 튀김이네. 이런 걸 누가 먹으라고."

큰언니가 불만스레 밥을 몇 숟가락 뜨다 도시락을 내려놓았다. 일
꾼들도 몇 숟가락 뜨다 만 상태였다. 올케들은 아예 숟가락조차 들지
않았다. 도시락에 든 음식물이 새우튀김을 비롯해 대부분 튀김 종류
였기에 더운 날씨로 인해 입맛에 맞지 않았다. 일꾼들은 막걸리를 마
셨다.

"이렇게 더운 날에는 무침 같은 것을 좀 준비했어야지요."

큰언니는 미지근한 물을 들이켜다 종이컵을 멀리 던지며 말했다.
올케들은 아예 들은 척도 않고 먼 곳을 보았다. 여자가 일어서서 먹
다 남긴 도시락의 음식들을 한군데로 모았다. 아침부터 굶은 여자는
매콤한 것을 먹고 싶다는 생각이 들었다. 뱃속에 든 아기도 스트레스
를 받는 모양이라고 여자는 생각했다.

큰오빠가 지관에게 가서 뭐라고 속삭이자 지관은 언니들을 흘끗 돌
아보더니 일어섰다.

"아버지 옆에다 모셔야 돼요."

언니들이 눈치를 채고 일어섰다. 지관과 오빠들이 산소로 가자 언
니들이 뒤를 따랐다.

"니들 자꾸 헛소리하려면 그만 집으로 가라."

큰오빠가 굳은 표정으로 언니들을 돌아보며 말했다.

"엄마가 어떻게 살아왔고 또 오빠들을 어떻게 키웠는지 뻔히 알면서도 그래요?"

큰언니가 나섰다.

"그건 그거고. 어떻게 하냐, 세상 법도가 그렇다는데. 지관도 아버지 밑이 좋은 자리라잖아."

작은오빠가 말했다. 한 치도 물러설 기세가 아니었다.

"보기 좋은 떡이 먹기도 좋다고, 아버지 옆에다 엄마 모시면 보기가 딱 좋겠구먼 뭘. 죽어서도 후처라고 남편 곁에 못 묻히면 저승에서 맘이 편할까?"

작은언니가 말을 하며 여자를 돌아보았다. 너도 말을 보태라는 눈치였다. 하지만 여자는 음식을 치운 뒤라 그런지 속이 메스꺼워 곁에 다가온 개의 머리만 쓰다듬었다. 관여하고 싶지 않았다. 오빠들의 태도로 봐서는 언니들을 거든다고 해서 물러설 기세가 아니었다. 여자는 막막한 심정으로 허공을 바라보는데 순간 민정이가 떠올랐다. 민정을 만난 건 모텔 복도에서였다. 여자는 그와 함께 모텔에 들어가 복도에서 객실을 찾는 중이었고 민정은 40대 초반으로 보이는 남자와 복도를 걸어 나오는 중이었다. 순간 민정은 여자와 눈을 마주쳤지만 이내 외면을 했다. 민정은 여자가 가르치고 있는 학생이었기에 당황한 것은 여자였다. 몇몇 태도가 불량한 아이들이 원조교제한다는 말이 떠돌았지만 민정까지 그럴 줄은 몰랐다. 어머니와 단 둘이서 사는데 옷은 항상 브랜드만 입고 다녔다. 그래서 집이 부자인가 보다 생각했다. 그러나 동료교사한테 알아본 바로는 아버지가 교통사고로 죽고 그 보상금으로 어머니가 시장에서 작은 식당을 하는데 어렵게 산다는 것이었다.

그 뒤로 민정은 수업 시간이면 여자와 눈을 마주치지 않았다. 여자 또한 민정을 보면 이유 없이 속에서 화가 났다. 수업시간에 고개를 숙이고 있는 민정을 보면 뺨이라도 후려치고 싶었다. 도저히 참을 수 없어 어느 날 상담실로 민정을 불렀다.

"내가 왜 부른 건지 알겠지?"

말을 부드럽게 하려고 했지만 마음뿐이었다.

"왜요?"

"몰라서 그래? 저번에 나 봤지?"

"그래서요?"

민정은 대들듯이 말했다.

"그래서라니? 너 처음이 아니지?"

여자는 속이 답답했다. 민정보다도 여자의 목소리가 떨렸다. 처음이 아니지 하는데 여자는 가까스로 울음을 참았다.

"그게 선생님이 왜 상관인데요? 선생님도 드나들잖아요."

"……."

여자는 할 말을 잃었다. 여자가 결혼을 하지 않았다는 것은 동료 교사들뿐만 아니라 학생들도 다 아는 사실이었다.

"그래도 네가 어떻게 그럴 수 있니?"

"선생님이나 잘 하세요. 저에겐 관심 끄고요."

오히려 민정이 당당하게 말했다. 그러면 안 돼, 민정아. 속에서 말이 튀어 나오려는 걸 여자는 꾹 참았다.

"그럼 계속 어른을 만나겠다는 거니? 넌 공부도 잘 하잖아. 대학도 가야지."

"대학은 아무나 가요? 모르면 가만히 계세요. 잘난 체하지 마시고요."

"돈 때문이니? 그 남자가 대학 보내준데?"

땀이 찬 손을 쥐었다 펴며 말했다.

"저 그만 가 볼게요. 선생님이나 저나 피차 마찬가지잖아요."

민정은 돌아섰다.

"민정아."

여자가 불렀지만 민정은 돌아보지도 않고 문을 열고 나갔다. 여자는 민정의 뒷모습에서 언뜻 자신의 모습을 보았다. 여자의 입술이 파르르, 떨렸다. 여자는 대학 때 후원인이 있었다. 비록 세월이 좋아져 어머니 마음이 변해 늦둥이인 여자를 대학에 보냈다 해도 돈은 넉넉지가 못 했다. 돈이 필요한 참에 유부남을 만났고 남자는 만날 때마다 돈을 넉넉히 주고 옷을 사주었다. 하지만 남자가 부를 땐 언제든 달려가야 했다. 남자는 직업이 뭔지 알려주지 않았고 세련된 용모에 외제차를 굴리고 다녔다. 그러나 여자와 함께 자신이 아는 사람을 일체 만나지 않았다. 휴대폰도 여자가 남자에게 거는 것이 따로 있었다.

민정을 만나고 나니 여자는 오후 수업을 할 수 없어 자습을 시키고 멍하니 창밖만 바라보았다. 다행히 민정이 있는 반은 수업이 없었다.

현재 느끼는 막막하고 답답한 심정이 그때와 비슷했다. 오빠들에 대해 느끼는 커다란 벽. 그날 민정과 상담을 하면서 커다란 벽을 느꼈다. 허물지 못 할 벽. 어쩌지 못 하는 벽.

그때였다.

"니들은 그만 집으로 가라니까?"

큰오빠가 소리를 질렀다.

"그래 누나와 너 집에 가."

작은오빠도 팔을 허리에 얹은 채 말했다.

"우리가 왜 가? 딸은 자식이 아냐?"

"출가외인이야. 니들 시댁일이나 잘 해. 친정에 와서 간섭하지 말고."

큰오빠의 큰소리에 여자는 가슴이 쿵 내려앉는 느낌을 받았다. 큰오빠의 완고함에 개의 목덜미를 쓰다듬던 손이 자신도 모르게 멈추었다. 여자는 멈춘 손에 힘을 서서히 주었다. 조금 더. 여자는 손에 힘을 더 주었다. 순간 개의 몸이 파르르, 떨리는 게 손으로 전해왔다. 교감에게 성폭행을 당하고 그 뒤로도 계속 시달리는 중에도 여자는 아이들에게 집중하려고 했다. 그래 좋은 대학 가야 너희들 삶이 조금이라도 더 나아. 여자는 수업을 더 잘 하려고 했다. 가난하고 공부를 못 하는 아이들은 수업시간에 꾸벅꾸벅 졸기 일쑤였다. 이상하게 가난하고 공부 못 하는 애들이 자주 아프고 수업 시간에 많이 졸았다. 여자는 그런 아이들을 일일이 깨워 자세를 바르게 했다. 공부 잘하는 애들은 그러는 여자에게 노골적으로 불만을 드러냈다. 진도를 나가지 못 한다는 것이었다. 함께 잘 해야 한다고, 조금만 양보하면서 하자고 공부 잘 하는 애들을 설득시켰다. 그러나 잠시나마 설득시켰다고 생각했던 것이 어리석었다. 어느 날 교감이 불렀다. 학부모한테서 항의가 들어왔다고 했다.

"그 공부 못하는 애들 그냥 두세요. 어차피 대학 못 갈 애들이에
요. 자든지 말든지 놔두고 공부 잘 하는 애들 모의고사 성적 잘 나오
도록 하세요."

학생들을 대학에 많이 보내는 교사가 능력 있는 교사라는 것이었
다. 할 수 없었다. 공부 못 하는 애들한테 미안하지만 공부 잘 하는
애들 위주로 수업을 할 수밖에 없었다. 가난하여 학원도 갈 형편이 못
되는 아이들은 자거나 멍한 눈을 뜨고 여자의 수업을 들었다.

"우리도 자식이야."

큰언니와 작은언니가 지지 않고 말했다.

"그만 좀 하세요. 여기 일은 오빠들한테 맡기고요."

큰올케가 나섰다. 큰언니가 세모눈을 떴다.

"오호라. 이제 언니도 우리 엄마가 후처로 들어왔다고 괄시하는 거
예요?"

"그게 아니잖아요. 법도가 그렇다는데 어떡하겠어요. 고모들이 이
해하세요."

"이해할 게 따로 있지. 시방 우리 엄마 무시하고 있잖아요."

큰언니가 잘 만났다는 듯이 큰올케한테 대들었다.

"그만 해. 그리고 니들 여기 신경 끄고 집에 가라니까 뭐 하는 거
냐? 응?"

큰오빠는 양손을 허리에 얹고 언니들을 노려보았다. 여차하면 뺨이
라도 올려붙일 기세였다.

"엄마가 불쌍하잖아. 죽어서도 남편 옆에 묻히지 못 하고. 그렇게 어렵게 살았는데."

결국은 작은언니가 눈물을 보였다.

"나도 마음이 불편해. 그렇지만 어쩔 수 없잖아. 여기 있고 싶으면 가만히 있고 간섭하려면 집에 가."

큰오빠는 마지막 통고를 했다. 여자는 그런 모습들을 보며 어지럽다는 느낌을 받았다. 교감이 떠오르고 대학 때 후원인이었던 세련된 남자가 떠오르고 뱃속의 아이 아빠인 그가 떠올랐다. 순간 여자는 다리를 핥고 있는 개의 목을 잡았다. 여자의 손에 힘이 들어갔다. 개는 꼬리를 흔들다 멈추며 캑캑거렸다. 힘을 풀었다.

결국은 작은오빠에게 떠밀려 언니들은 산소자리에서 벗어났고 눈물을 흘렸다.

"엄마가 어떻게 살았는데 죽어서도 서러움을 받다니."

"아들 아들 해봤자 소용없는 것이여. 아들이라고 얼마나 받들고 살았는데 엄마한테 어떻게 그럴 수 있어?"

언니들은 떠밀려나와서도 계속 궁시렁거렸다. 마치 자신이 그런 천대를 받는 것처럼 집요했다. 어쩌면 언니들은 어머니의 산소자리보다 자신들이 살아온 내력에 대한 한이 맺혀서 그럴지도 모른다는 생각을 여자는 했다. 남자들에 가려 공부는커녕 남자들의 뒷치다거리를 했으니 한이 맺히고도 남을 일이었다. 여자는 다시 개의 목을 잡은 손에 힘을 주었다. 개의 몸이 파르르 떠는 느낌이 손을 통해 가슴으로 전해져왔다. 전신을 감싸는 쾌감에 여자는 부르르 몸을 떨었다.

나는 엄마처럼 안 살 거야. 언니들은 틈만 나면 그런 말을 했다. 그러나 언니들은 엄마처럼 살지 않겠다고 하고서도 자식들에게 목매달았다. 조그마한 식당을 하는 큰언니는 넉넉지 못한 살림에도 아들은 미국에 어학연수를 보내기도 했고 작은언니 또한 형부가 말단 공무원임에도 고액 과외를 해 기어코 아들을 일류대에 넣었다. 명절 때 언니들은 아들 자랑하기에 바빴다. 당연히 딸들은 과외를 시키지 않았고 어학연수도 보내지 않았다.

큰오빠는 지관을 불러 자리를 정하고 굴삭기 기사를 시켜 땅을 파게 했다. 아버지의 봉분에서 밑으로 조금 떨어진 자리였다. 오빠들은 검정 양복을 벗지도 않은 채 땀을 흘리며 굴삭기가 흙을 파내는 것을 바라보고 있었다. 산소 근처엔 얼씬도 말라는 큰오빠의 엄명에 언니들은 눈물을 흘리며 바라보기만 했다.

땅이 다 파여지자 칠성판에 삼베로 묶은 어머니 유골을 놓았다. 봉분은 금방 만들어졌다. 언니들은 어느새 봉분 만드는 곳으로 가 있었고 여자는 그런 광경을 물끄러미 바라보았다. 내일은 기필코 병원에 가서 낙태를 시켜야한다고 여자는 입술을 깨물었다. 그동안 몇 번이나 낙태를 했지만 첫 번째 외에는 한 번도 남자들에게 알리지 않았다. 알아서 스스로 처리해야했다. 임신을 했다는 말을 꺼내는 순간 여자는 영원히 남자를 볼 수 없다는 것을 잘 알았다. 여자는 개의 목을 쥔 손에 서서히 힘을 주었다.

봉분이 다 만들어지자 오빠들은 큰일을 했다는 듯 표정이 밝았다. 언니들은 굳은 표정으로 제물을 진설했다. 올케들은 나무 그늘에서 꼼짝도 하지 않았다. 제물이 다 진설되자 모두들 봉분 앞에 모였고 제를 지냈다. 제를 지내는 동안 여자는 뒤에서 몸을 웅크리고 서 있었다.

"니도 한잔 올려라."

제가 끝나고 언니들도 잔을 다 올리고 나자 큰오빠가 뒤에 서 있는 여자를 불렀다. 여자는 머뭇거리다 앞으로 나아가 신발을 벗고 돗자리에 올라갔다. 무릎을 꿇고 잔을 받아 상에 놓고 이배를 했다. 순간 토할 것처럼 속이 울렁거렸다. 여자는 손으로 입을 틀어막고 재빨리 신발을 신고 뒤로 물러났다.

제가 끝나고 음복을 시작할 때였다.

"여보!"

제가 끝나자마자 나무그늘로 가서 쉬던 큰올케가 소리쳤다. 모두들 돌아보았다.

"개, 개가 이상해요. 움직이지 않아요."

큰올케는 하얗게 질린 채 소리쳤다.

"뭐라고?"

큰오빠는 음복 잔을 들다 놓고 큰올케 쪽으로 달려갔다. 여자는 여전히 입을 틀어막은 채 물끄러미 아버지의 봉분 밑에 있는 어머니의 봉분을 바라보았다. *

나는 날마다 칼을 품고 산다

날마다 살인하는 여자

　전혀 낯선 지방, 그 지방의 뒷골목에서, 그 골목 안을 지나가는 한 사내를, 그 사내를, 부엌칼로 찌르고, 또 찌른다. 사내는, 피를 철철 흘리며, 죽는다.

　나는, 달아난다, 재빨리.

　여자는 상념에 빠졌다가 화들짝 놀란다. 왜 이런 상상을. 일을 마치고 저녁에 구미에 있는 남편을 만난다는 생각을 하고 있던 참이었다. 남편은 이제 고생 끝, 이라고 했다. 고진감래야. 수화기 너머 남편의 목소리에는 힘이 실려 있었고 득의양양했다.

　고진감래.

　여자는 입속으로 굴려본다. 맞는 말이다. 남편이 재기해 다시 합치는 것은 당연하지 않은가. 재기한 지아비에게 돌아가는 것은 아내로서 자연스럽지 않은가. 이제 고생이 끝났는데 왜 그런 불길한 상상을.

　여자는 예전 남편과 살 때 자신도 모르게 가끔 그런 상상을 했고 꿈도 꾸었다. 완전범죄. 낯선 지방의 낯선 사내를 죽이는 상상. 가끔 그런 상상을 하는 자신에게 화들짝 놀라곤 했다.

　여자는 불길한 생각을 떨쳐버리려는 듯 고개를 세차게 저으며 할머니가 벗어놓은 옷을 세탁기에 넣는다. 방금 목욕을 하고 옷을 갈아입은 할머니는 깔끔하다. 이제 세탁기가 돌아가는 동안 방청소를 하고 산책만 하면 된다. 요양보호사 생활도 마지막이다. 이 할머니가 마지막 환자다. 오늘의 세 번째 할머니. 혼자 사니 돌봐주기가 편한 할머니다. 가족이 많은 집엔 요양보호사를 파출부 취급하기도 한다.

여자가 처음 요양보호사 일을 갔을 때 황당한 일을 겪었다. 환자와 아들 가족이 함께 살고 있는 집이었는데 환자를 돌보는 일보다 집안의 자질구레한 일을 시키는 것이었다. 환자의 방을 청소하고 나면 당연히 거실 및 아들 내외와 손자 방까지 청소해 주기를 요구했고 노인의 옷을 빨래하고 나면 가족들의 옷까지 다 내놓았다. 여자는 어이가 없었다. 파출부도 이렇지 않겠다는 생각이 들었다. 그래서 여자는 가족들에게 설명했다. 서로 간에 분명하게 선을 긋는 게 필요하다 싶었다.

요양보호사란 환자를 돌보아주는 것이 주임무이다. 그러니까 환자의 목욕, 옷 빨래, 방 청소, 간단한 시중, 여가 보내기 등등이다. 환자 이외의 가족에 대해 일할 의무가 없다.

가족들은 뜨악하게 바라보았다.

다음날 아침 사무실에 출근했을 때 소장과 사무장이 잡아먹을 듯 흘겨봤다.

"우선생. 지금 우리 센터 말아먹으려고 그래요?"

소장이 도끼눈을 떴다.

"설마 하루 이틀 하다 그만둘라고 그러시나?"

사무장이 말을 받았다. 여자는 무슨 말인지 이해를 못 했다. 나름

껏 열심히 했다는 생각밖에 들지 않았다. 무슨 말인지 자세하게 말해 달라고 했다. 하지만 소장은 여자의 말이 떨어지기가 무섭게 낚아챘다.

"어제 김춘례 할머니 댁에서 일 못 한다고 했다면서요."

"일을 못 한다는 게 아니라 가족의 일을······."

"가족의 일을 하든 뭐를 하든 두 시간만 채우면 될 거 아니요. 어차피 일하는 거 환자 일하든 가족 일하든."

"규정에······."

"규정 같은 말 집어치우고 제대로 해요. 고객은 왕이라고."

소장은 단호했다. 사무장이 덧붙였다.

"어제 저녁 전화가 왔었어요. 여기에 안 하고 다른 센터에서 하겠다고요. 알 만한 분이 왜 그러세요. 그러다가 환자가 다른 곳으로 가면 그 손해는 누가 질 건데요. 막말로 우선생도 관리하는 환자가 줄면 손해 아닌가요?"

소문으로만 듣던 소리였다. 센터 간에 환자 유치 경쟁이 심해 환자 가족이 요구하는 모든 걸 해야 한다는 것이었다. 심지어 밭에 가서 김매기를 했다는 말도 있었다. 또한 은밀히 서로 환자를 빼앗아간다는 소문도 나돌았다.

"만약에 말이요. 그 환자가 다른 센터로 옮기면 다른 환자 한 명 데려와야 할 거요."

소장은 말을 마치자마자 일을 나가보라고 했고 사무장은 가거든 가족들에게 사과하라고 했다. 그때 여자는 남편을 증오했다. 아내 하나 건사하지 못 하는 사내. 남편에 대한 분노로 치를 떨었다. 사모님 소리 들다가 파출부보다도 못한 대접을 받다니. 여자는 바뀐 세상이 용납되지 않았다. 남편을 용서하지 않으리라 다짐했다.

여자는 다음날 그 환자의 집으로 가면서 그만 둘까도 생각했지만 여자 혼자 몸으로 살아가기엔 이 세상이 녹록치 않았다. 할 수 있는 일이 없었고 두려웠다.

처음 남편이 집을 날리고 빈털터리가 됐을 때 여자는 분노했다. 어떻게 그럴 수 있단 말인가.

결혼할 때부터 건실하고 능력 있는 남편은 자기만 따라오라고, 여자가 돈 벌러 다니는 것은 싫으며 그냥 살림만 하면 된다고 했다. 여자는 한 치의 의심도 없이 남편의 말을 믿었다. 여자 또한 남편의 그늘 아래에서 호사를 누리고 싶었다. 남편의 지위가 자신의 지위라 믿었다.

남편은 시청의 과장이었다. 행정고시 준비를 하다 몇 번 실패한 남편은 7급으로 시작했지만 명문대 출신답게 최연소 사무관을 달았고 국장을 바라보았다. 하지만 남편은 세상을 너무 쉽게 본 것이었다. 세종시 옆에 땅 투기를 했다. 여자에게 있는 대로 돈을 끌어달라고 했다. 몇 년 안에 서너 배는 족히 남는 장사라고 했다. 건설과장으로 있을 때 잘 봐준 건설업체가 추천한 것이니 100% 믿을 만하다고 했다. 요즘 세상에 세종시 주변이나 혁신도시 하물며 4대강 주변에 땅을 사놓지 않으면 바보라는 것이었다. 여자는 남편을 믿었다. 승진을 할 때도 동기들보다 더 빨랐고 시장의 든든한 신임이 있었다.

그러나 1년이 지나고 2년이 지날 무렵 남편은 술에 취해 들어오는 날이 많았고 전화로 누군가와 고함을 지르며 싸우는 일이 잦아졌다.

국장 승진을 눈앞에 둔 시점이라 예민하려니 했다. 남편은 돈을 좀 구해달라고 했다. 여자는 친정과 친척들까지 동원해서 5천만 원을 마련해줬다. 남편은 돈을 보더니 에이 이까짓 돈, 하며 성에 차지 않는다는 표정을 지었다.

그 뒤로는 여자는 기억하고 싶지 않았다. 차라리 그 뒤의 시간은 없어졌으면 바랬다. 나중에 집까지 넘어간 걸 알고는 여자는 처음으로 남편에게 분노했다. 실패했다는 사실도 용서할 수 없는 일이었지만 자신과 상의도 없이 마지막 보금자리인 집까지 팔았다는 것은 도저히 용서가 안 되었다. 나중에 알게 된 사실이지만 남편의 돈을 가져간 건설업자는 그 돈으로 땅을 구입한 게 아니라 중국 펀드에 투자했다고 했다. 남편이 그 사실을 알고 난 뒤 따지러 그 건설업자를 찾아갔을 때 손실을 많이 본 건설업자는 이미 부도난 상태였다. 퇴직금으로 급한 불을 끄고 난 뒤 남편은 여자에게 말했다. 우선 친정에라도 가 있어. 이 차경식이 아직 안 죽었어. 여자는 집을 나서는 남편이 가증스러워 이를 악물었다. 아내 하나 건사하지 못 하는 사내는 믿을 수가 없다고. 이제 만날 일이 없을 것이라고. 남편의 지위와 함께 추락한 여자는 현실을 믿을 수가 없었다. 이혼을 요구했고 남편은 절대 안 된다고 했다.

그런 남편이 4여 년의 기간에 다시 재기했다고 했다. 그동안 간간이 연락이 왔지만 남편을 신뢰하지 않았다. 이혼한 거나 마찬가지라고 생각했다.

여자는 방 청소를 끝내고 할머니 옆에 앉아 얼굴을 물끄러미 바라본다. 돌본 지 3여 년이 다 되어간다. 정이 들만큼 들었다.

"저 이제 할머니 못 봐요."

할머니는 말없이 여자를 바라본다. 말을 잃은 할머니. 할머니의 눈빛에서 무슨 일이냐고 묻는다는 걸 안다. 요양보호사 생활 3여 년, 여자가 눈빛만으로도 환자들과 대화할 수 있는 시간이었다.

"저 남편한테 가요."

여자는 할머니의 눈을 보며 말한다.

"남편이 돈 많이 벌었거든요."

여자는 말을 해놓고 나니 가슴이 먹먹하다. 정말로 일을 그만두는가. 정말로 남편에게 돌아가는가. 며칠 동안 걸어도 허공을 걷는 듯하고 옷가지를 집어도 무게를 느낄 수가 없었다.

"어, 어어."

할머니는 고개를 끄덕거리며 손으로 냉장고를 가리킨다. 여자는 냉장고로 다가가 문을 연다. 시루떡이 비닐로 쌓여져 있다. 아마도 시루떡을 먹으라는 소리다. 여자는 시루떡을 꺼낸다. 아직 굳지 않았다. 시루떡을 접시에 담아 김치와 물과 함께 할머니 앞에 놓는다.

"어어."

할머니는 손으로 여자에게 먹으라고 한다. 전에 없던 태도다. 환자 집에 가면 환자들은 먼저 손을 봤다. 먹을 게 있나 살펴보는 것이다. 베지밀이라도 들려 있으면 표정이 밝아졌다. 아주 작은 것에 감동을 느끼는 사람들이다.

"할머니 드세요."

여자는 떡을 할머니 쪽으로 밀어놓는다. 별로 먹고 싶은 맘이 없다.

할머니는 자꾸 여자더러 먹으라고 어어, 한다.

"나 다음 주부터 안 와요. 다른 좋은 분이 올 거예요."

가슴이 답답하다. 할머니는 고개를 끄덕거린다. 알겠다는 표시인지 잘 됐다는 표시인지 모르겠다.

"건강하세요. 먹기 싫어도 억지로라도 먹고요. 아셨죠? 오래오래 사셔야지요."

"어어, 어."

할머니는 고개를 좌우로 흔든다. 오래 살고 싶지 않다는 말이다. 여자는 할머니의 이마를 본다. 오른쪽 이마에 ㄱ자 비슷한 하얀 실 같은 흉터가 있다. 3여 년 전 죽겠다고 문지방을 이마로 찧어서 그렇다.

그 뒤로도 할머니는 몇 번이나 자살을 더 시도했지만 번번이 실패로 돌아갔다. 그럴 때마다 여자는 뜨거운 뭔가가 가슴속을 헤집고 다니는 것을 느꼈다.

처음 여자가 할머니를 만난 것은 3여 년 전이었다. 요양보호사 생활이 시작될 무렵이었다. 그 날 할아버지 한 분을 돌보고 집으로 가려는데 사무장한테서 전화가 왔다. 아들이 신청을 했는데 한 번 가보자고 했다. 오후 5시가 넘은 시간이라 머뭇거렸다. 지금 시간쯤이면 가족이 있는 주부들은 시장을 볼 시간이었다. 아마도 남편과 자식 없이 혼자 사는 자신이 만만해 전화를 한 것이리라 생각하며 센터로 갔다. 센터 앞에서 사무장이 기다리고 있다가 여자가 가자 곧장 차를 몰았다. 집은 상가들이 꽉 들어찬 골목 안 슬레이트집이었다. 그냥 모르고 지나칠 정도로 작고 폐허 같은 집이었다. 옆에 있는 오리구이 식당을 보더니 사무장은 이 집이 맞다고 했다. 한 사람이 겨우 들어갈 만큼 작은 대문을 열고 들어가니 곧장 문이 나왔다. 순간 역겨운 냄새가 확 풍겼다. 주위를 살폈지만 냄새가 어디서 나는지 알 수 없었다.

"할머니, 희망 복지센터에서 나왔습니다."

사무장이 몇 번이나 불렀을 때에야 방 안에서 어어, 하는 소리가 났다. 사무장이 문을 열자 비닐천이 드리워져 있었다. 또다시 역겨운 냄새가 풍겼다. 사무장이 고개를 뒤로 젖혔다.

"어어, 어어."

방안에서 노인의 목소리가 들렸다. 사무장이 따라 들어오라는 눈짓을 하곤 비닐 천을 들고 안으로 들어갔다. 신발을 벗는 곳이 주방으로 사용하고 있는 곳이었고 2평 될까 말까한 방안에 할머니가 앉아 있었다. 부엌에서 뭔가 썩는 듯한 냄새에 숨이 턱 막혔지만 환자 앞에서 그런 내색을 보일 수 없었다. 할머니는 앉아 있는 것도 힘겨워 보였고 이마엔 핏자국이 있었다. 방안에는 먹다 버린 베지밀통과 지저분한 밥그릇, 걸레인 듯한 수건. 그리고 옷가지가 여기저기 널브러져 있었다. 쓰레기통엔 쓰레기가 넘쳐흘렀다.

"혹, 할머니."

사무장이 할머니의 얼굴을 빤히 쳐다보았다.

"예전에 요양을 받으셨죠? 박 뭐라고."

사무장의 말에 할머니는 아무 말 없이 고개를 돌렸다.

"응, 맞구만. 조금 하다가 전부 필요 없다고 거절하신 분."

사무장의 얼굴에 미소가 도는가 싶더니 상냥한 말투로 바뀌었다.

"이제 잘 하셔요. 성질 죽이시고 사셔야지요. 죽으면 누구 꼴 보기 좋으라고."

여자는 사무장의 말을 들으며 절망에 빠졌다. 주위 환경으로 보아 최소 2등급 이상은 나올 것 같은데 이런 환경에서 어떻게 보살펴주나, 거기다 예전에 요양을 하다만 성질까지 있으면 그 성격도 대단하다 싶었다.

"할머니 지금 어디가 제일 편찮으세요?"

"어어, 어."

할머니는 손으로 엉덩이 뒤를 가리켰다.

"똥을 못 누는군."

사무장은 고개를 끄덕이며 가방에서 욕구조사서와 계약서를 꺼냈다.

"예전에 하셨으니까 어떻게 하는 건 아실 테고. 할머니, 앞으로 이 분이 돌봐줄 거예요. 열심히 운동도 하시고 기력도 회복하셔야지요."

할머니는 사무장의 물음에 대답도 없이 여자를 흘긋 쳐다보았다. 여자는 할머니의 얼굴을 제대로 보지 못 하고 고개를 돌렸다.

"내일 약국에 들러 좌약식 관장약 사들고 가요. 그리고 소독약과 연고도 사 가고요."

사무장은 집을 나와 차를 타자마자 여자에게 몇 가지 일렀다. 하지만 그때까지 여자는 아무런 대꾸를 하지 않았다. 이렇게 좋지 않은 환경의 환자를 자신에게 시키는 사무장이 불만스러웠다. 단지 혼자 산다는 이유만으로 퇴근 시간이 지난 지금 자신을 데리고 가지 않은가. 남편 그늘이 없으면 여자는 힘들 수밖에 없다는 생각이 절로 들었다.

"그 할머니 인생도 참."

사무장은 사무실로 오는 길에 쯧쯧 혀를 찼다.

큰 식당 몇 개를 운영하는 홀아비한테 처녀의 몸으로 시집을 갔다가 늙어서 남편이 죽고 나자 전처 자식들한테 괄시를 받는다는 것이었다.

"할머니한테는 자식이 없어요? 남편은 부인한테 재산도 안 넘겨주고 죽었데요?"

처음엔 못 하겠다는 말을 하려고 했는데 말은 이상하게 다르게 나왔다.

"자세한 건 모르겠고요. 결국은 전부 자식한테 물려주는 게 남자들 심정 아닐까요?"

그렇구나. 자식들 줄줄이 딸린 홀아비한테 결혼해 들어가서 자식들 다 키우고 나니까 필요 없다 이거지. 죽을 때 재산이나 왕창 물려주든지. 여자는 속에서 울분이 끓어올랐다. 집 옆에 딸린 식당이 남편 전처 자식이 운영하는 식당이라고 했다.

"아마 이마에 난 상처도 스스로 낸 걸 거예요. 예전에도 몇 번이나 자해를 했거든요."

여자가 차에서 내릴 때 사무장은 지나가는 투로 말했다.

여자는 내일 갈 때 사라던 좌약식 관장약과 소독약을 집 앞 약국에서 샀다. 이대로는 집에 가서 두 다리 뻗고 잠을 못 잘 것 같았다. 남편의 재산을 속수무책으로 빼앗긴 것도, 자해를 시도하다 이마에 낸 상처도 분노를 일으켰다. 며칠 동안 변을 누지 못해 밤새도록 끙끙거릴 생각을 하자 여자는 도저히 집으로 들어갈 수가 없었다. 그날 밤 여자는 할머니의 뱃속에 든 똥을 빼내고 방과 부엌을 청소했다. 미친 듯이 했다. 두 시간여 뒤 청소가 끝났을 때 여자는 앞이 노랬다. 땀으로 온 몸이 젖었고 기운이 하나도 없었다. 여자는 그대로 방바닥에 엎드렸다.

처음엔 걷지도 못 하던 할머니는 한 달 정도가 지나자 벽을 짚고 일어설 수가 있었다. 점차 지팡이를 짚고 나들이를 했다. 어쩌면 이 할머니를 만나지 않았으면 여자는 지금껏 버틸 수 없었을 것이라고 생각한다. 그때 할머니에게 느꼈던, 무언가 가슴속으로 치밀어오르는 어떤 느낌을 여자는 지금도 또렷이 기억하고 있다.

"산책할까요?"

여자는 할머니를 바라본다. 할머니는 고개를 젓는다. 떡은 다시 냉장고에 넣어두고 밖으로 나와 시복지관에서 빌린 휠체어를 펴놓는다.

"타세요."

"어어, 어어어."

여자가 방안으로 들어가 할머니를 부축하려고 하자 할머니는 팔을 내젓는다. 싫다는 행동이다. 왜 그럴까. 환자들은 하루종일 방안에만 있는지라 산책을 제일 좋아했다. 하루 중에 바깥바람을 쐴 수 있는 딱 한 번의 기회였다. 요즘 할머니가 좀 우울해보인 것도 사실이라 은근히 걱정된다.

"왜요?"

"어, 어어"

할머니는 팔을 내젓는다. 그만 집에 가란 말이다. 눈을 맞추지 않는다.

"산책해요."

여자는 순간 할머니의 양 팔을 잡는다. 처음에도 그랬다. 할머니는 바깥을 극도로 싫어했고 여자는 몇 번이나 설득해도 안 되어 반강제로 산책을 시킨 적이 있었다. 그렇게 운동도 반 강제로 시키니 처음엔 움직이는 것조차 거부해 근육이 굳어 앉는 것조차 힘겨워했던 할머니는 점차 삶의 의지가 돌아오면서 운동을 하기 시작했다.

"어어, 어어어."

할머니는 완강히 거부한다. 여자는 힘으로 밀어붙인다. 다 살자고 하는 일이다, 살아야지, 지금껏 살아왔는데. 여자는 할머니를 안아 밖에 있는 휠체어에 태운다. 뭔가 악의가 솟는 것 같다. 한바탕 싸움질이라도 했으면 싶다.

밖으로 나오니 햇살이 피부를 콕콕 쪼는 듯하다. 금세 온몸에 따스한 기운이 돈다. 매일 30분 햇볕을 쬐면 우울증 같은 병에는 안 걸린다는 요양보호사 강사의 말에 여자는 되도록이면 환자들을 산책시키려 노력한다. 할머니는 여전히 고개를 푹 숙이고 있다.

여자는 휠체어를 돌려 골목길을 향해 민다. 요양보호사로서 마지막 환자이니만큼 요양 시간이 지나더라도 골목길 전체를 한 바퀴 돌 계획이다. 할머니집 옆의 오리구이 식당을 지난다. 식당 안에서 보면 밖이 훤하게 보일 텐데 아무도 밖을 내다보지 않는다. 그나마 매월 돈이라도 내놓으니까 다행이다. 처음 할머니를 만난 날 여자는 전처 아들 집인 오리구이 식당을 찾아가 악을 썼다. 낳아준 사람만 어미고 길러준 사람은 어미가 아니냐. 갑작스런 여자의 출현에 전처의 아들 내외는 어리둥절했다. 상황을 파악한 아들이 나섰다.

"씨잘데기 없는 얘기 그만하고 돌아가서 할머니 일만 잘 하세요."

아들은 요양 신청한 것만 해도 대단한 선심을 쓴 것처럼 대했다. 돈을 줘야 필요한 거 살 거 아니야. 밥은 제 때 갖다 주어라. 여자는 한 치도 물러서지 않고 대들었다. 다행히 며느리가 나서서 할머니에게 신경 좀 쓰겠다고 했다. 다음날부터 식당 서빙하는 아주머니가 밥을 챙겨왔다.

"아니 이거 요양 선상 아니신가."

삼거리를 지날 때 약국 골목에서 할머니 두 명이 나오더니 여자를 보고 알은 체를 한다. 예전에 할머니와 알고 지내던 사이였는데 요즘도 가끔 길에서 만나면 반가워한다. 두 할머니의 머리카락이 포도주색으로 염색 되어 있고 한 할머니는 보라색 원피스에 빨강조끼까지 받쳐 입고 있다. 그 할머니는 복지관에서 만난 할아버지와 데이트 중이다. 역시 사랑에 빠진 사람은 나이가 많으나 적으나 옷을 화려하게 입는 경향이 있구나 싶다. 집에도 환자 할머니랑 한번 가본 적이 있었는데 역시 혼자 사는데도 불구하고 집안 구석구석이 깔끔했다. 그 할머니는 언젠가 부끄럼도 없이 여자에게 기름 좀 구해 달라고 해서 그게 뭔가 했다가 나중에 성관계 보조용이라는 걸 알고는 기겁을 한 적이 있었다.

"할머니 안녕하세요? 어디 가세요?"

여자의 인사에 할머니들은 복지관에 스포츠댄스 배우러 간다고 하며 환자 할머니에게 다가가 손을 잡고 얼굴 많이 좋아졌네, 빨리 나아서 우리랑 함께 노래도 배우고 스포츠 댄스도 배우자고 한다.

"어어. 어어어."

환자 할머니가 손을 들어 여자를 가리킨다.

"그만 둔다고?"

"왜 무슨 일이 있어?"

할머니들은 웬일이냐는 듯 여자에게 묻는다. 여자는 망설이다 말을 꺼낸다.

"남편에게 가기로 했어요. 이제 자리 잡았다고 하네요."

"합칠라고?"

두 할머니가 의외라는 듯 함께 말을 한다.

"예."

여자는 왠지 죄 짓는 기분이 든다. 그러면서 가슴 한쪽이 께름칙하다.

"뭐 할라고 합쳐?"

한 할머니가 시큰둥하게 말한다.

"그래도 합치는 게 좋지 뭘."

한 할머니가 말을 받는다. 여자는 괜스레 얼굴이 화끈거린다. 의외의 반응이다. 잘 됐다, 여자는 자고로 남편과 함께 살아야지, 할 줄 알았다. 그런데 한 할머니는 탐탁치 않게 여긴다. 오히려 여자가 안 됐다는 표정이다.

"계속 함께 살았다면 모르지만 헤어졌다면 구태여 다시 합칠 필요 있겠어? 잘 생각해봐."

"남편이 자꾸 합치자고 해서."

여자는 변명을 한다.

"그야 남자는 편하니까 그렇지. 밥해주고 빨래해주고. 그게 어디야?"

"그래도 여자는 자고로 서방 그늘에 있어야지, 뭘 그래."

"집에 가면 뭐 할 거야?"

"살림해야지요."

"살림? 그 살림할라고 일을 그만둔다고? 젊을 때 일을 가지셔. 그게 최고여."

여자는 할 말이 없다.

"이 할매 짝 나고 싶어?"

"이 할머니가 왜요? '

여자는 눈을 동그랗게 뜬다.

"이 할매가 그래도 옛날엔 선상님이었다고."

"예? 학교 선생님이요?"

"그렇다니까."

"근데 왜……."

"어어, 어어."

할머니는 팔을 완강히 내젓는다.

"왜요?"

여자는 집요하게 묻는다.

"당사자한테 직접 물어봐."

할머니들은 바쁘다면서 총총 걸어간다. 여자는 괜히 말했다 싶다. 할머니들을 만나고 나니 마음만 심란해진다.

골목길을 한 바퀴 돌고 집으로 돌아온 여자는 자리에 앉지 않고 가방을 집어 든다.

"어어, 어어."

할머니는 그만 가라고 손짓한다. 코끝이 찡하다. 여자는 쓰러지듯 그대로 자리에 털썩 주저앉는다. 넋을 놓은 채 창밖을 본다. 이제 사무실에 가서 서류 인계만 하면 요양보호사 생활도 끝이련만 몸이 말을 듣지 않는다.

갑자기 자신이 없다. 그게 진정 자신에게 행복한 길인지 자신이 안 선다. 남편의 그늘이 편안한 길인 것은 분명한데도 도살장에 끌려가는 소의 심정이 드는 것은 어쩔 수 없다.

며칠 전 남편은 전화를 걸어 집을 다 꾸며놨으니 구미로 오라고 했다. 한번 보고 필요한 거 있으면 사라고 했다. 떨어져 지낸 동안 간간이 전화가 왔지만 구체적으로 합치자고 말이 나온 지 한 달여 만이었다. 한 달여 전 남편은 직접 찾아와서 이제 기반을 잡았으니 일을 그만두고 합치자고 간곡히 말하였다. 여자는 좀 시간을 달라고 했지만 마음은 흔들렸다. 여자는 몇 번의 고심 끝에 그러겠노라고 하곤 퇴근 후 구미로 갔다. 집은 30여 평의 아파트로 고급스럽게 지어졌다. 남편은 원룸에서 살다가 한 달여쯤 전에 이 집으로 이사를 했다고 하더니 가구는 거의 다 갖춰져 있었다. 그동안 혼자서 직접 밥을 해 먹고 있었던 모양이었다. 이 사람 돈 좀 벌었다더니 정말이구나 싶었다. 더 이상은 묻지 않았다.

"역시 가정이 최고야. 이제 당신은 예전처럼 밥하고 살림만 하면 만사 오케이야. 애들도 다 컸겠다. 우리 이제 신혼으로 돌아가자고. 취미로라도 좀 우아한 걸 하고."

남편은 여자가 직접 장을 봐서 차린 저녁을 맛나게 먹고 난 뒤 커피를 마시며 더없이 행복해 하였다. 하지만 뭔가 남편의 말이 명치에 탁, 걸렸다.

그날 밤 남편은 서둘렀다. 피곤해 잠시 침대로 가서 누워 있던 여자의 몸을 덮쳤다. 여자는 씻지도 않았고 전혀 준비가 안 된 상태였다. 좀 기다리라고, 씻고 오겠다고 당신도 좀 양치라도 하고 오라고 했지만 남편은 막무가내였다. 여자의 옷이 다 벗겨지고 남편이 여자의 몸속으로 들어왔을 때 여자는 비명을 지르며 남편을 와락 밀쳤다. 뒤로 벌러덩 나자빠진 남편은 어리둥절하며 여자를 바라보았다. 여자는 아랫도리의 생살을 찢는 듯한 고통에 이를 악물었다. 여자도 당황하였다.

"미, 미안해요."

여자는 남편에게 진심으로 미안해 했다. 왜 옥문이 안 열리는지 여자는 이해할 수가 없었다. 여자는 아리고 쓰린 아랫도리를 이불로 가리고 고개를 숙였다. 남편을 똑바로 볼 수가 없었다.

"무슨 일 있는 거 아냐?"

남편은 약간은 화가 난 듯 물었다.

"일은 무슨. 그러니까 좀 씻고 오라니까요."

여자의 말에 남편은 입맛을 다시며 벌거벗은 채 욕실로 들어갔다. 여자는 갑자기 자신이 두려웠다. 몇 년 만의 잠자리라지만 옥문이 안 열릴 리 만무했다. 여자가 씻고 왔을 때 남편이 팔베개를 해 주며 분위기를 맞췄지만 여전히 옥문이 열리지 않아 여자는 면도날로 생살을 베는 듯한 고통에 결국은 남편과의 성관계는 이뤄지지 않았다.

"벌써 폐경기 온 건 아니겠지?"

남편의 농에 여자는 묵묵히 있었다. 농담할 기분이 아니었다. 남편은 섭섭해 했지만 이해한다고 했다.

"오랜만에 해서 그럴 거야. 같이 살다 보면 괜찮아질 거야."

남편은 아쉬운 맘을 접고 얘기했지만 여자는 뭔가 불길한 예감을 느꼈다. 전혀 예상치 못 한 일에 여자는 당황했고 다음날 부리나케 그 집을 나왔다.

몸이 남편을 거부하고 있어.

여자는 분명히 몸이 말하는 것을 느낄 수 있었다.

며칠 전의 일이 생생하게 떠오르면서 갑자기 아랫도리에 통증이 느껴지는 듯하다. 제대로 살 수 있을까. 진정 합치는 게 잘 한 일일까. 불안한 마음이 여자를 엄습한다. 오늘 만나서 필요한 가구를 사자고 했는데 가는 것을 미루고 싶은 심정이다. 무슨 일이 생겨 가지 않아도 됐으면 좋겠다는 생각이 든다.

전화가 울린다. 여자는 가방에서 휴대폰을 꺼내 물끄러미 바라본다. 사무장이다. 시계를 보니 사무실에 도착할 시간이 한참이나 지났다.

"왜요?"

여자는 휴대폰에 대고 퉁명스럽게 말한다.

"아직 안 와서요."

빨리 오라는 말이다.

"곧 갈 거예요."

여자는 말을 마치자마자 전화를 끊으려는데 저쪽에서 말을 잇는다.

"근데, 설마 다른 센터로 가는 건 아니겠지요?"

사무장은 진지하게 묻는다. 환자를 빼돌리고 다른 센터로 가는 요양보호사가 있는 게 사실이었다. 그렇게 하면 옮겨간 센터에서는 그 요양보호사에게 다른 요양보호사보다 급여를 더 많이 주었다. 환자에게는 더없이 잘 하면서도 의심이 많은 사무장이라 여자는 그냥 대답도 않고 넘어간다.

"설마 센터차리는 것은 아니겠지요?"

사무장의 말에 여자는 피식 웃는다. 처음 여자가 들어와서 제일 먼저 한 일은 사회복지사 자격증을 따는 것이었다. 열심히 했다. 몇 개월 전 사회복지사 1급 자격증을 땄다. 사무장에게 직접 얘기하지 않았으니 다른 요양보호사한테 들은 게 틀림없다.

"남편한테 간다니까요. 왜 그렇게 사람을 못 믿죠?"

마침내 여자는 짜증을 낸다. 그런 직원이 있다는 소문은 들었다. 요양보호사하다가 사회복지사 자격을 따 센터를 차려 함께 일하던 요양보호사 몇을 데리고 떠난다는 것이었다. 센터 입장으로서는 꿩 잃고 닭도 잃는 셈이었다. 게다가 요양보호사는 돌보던 환자들을 데리고 갔다. 센터로서는 치명적이었다.

"난 그냥, 혹 안 그런가 소장님께서 알아보라고 하기도 하고."

사무장은 소장 핑계를 댄다.

여자가 처음 들어왔을 때 공공연히 떠벌렸던 건 사실이었다. 사회복지사 자격증 따서 센터를 차릴 것이다. 요양보호사 생활 오래하지는 않을 것이다. 일종의 경험쌓는 것이다. 함께 일하는 요양보호사들에게 술만 마시면 그렇게 말했고 열심히 학원에 다녔다. 그러니 소장이나 사무장이 의심하는 건 당연하다.

비루한 인생.

그때는 꼭 센터를 차리겠다는 생각보다 비루한 인생에 대한 변명이었고 남편에 대한 분노의 표시였다. 또한 황폐한 마음을 달래는 일종의 주술이었는지도 몰랐다. 자신이 할 수 있는 게 없었고 직접 돈 벌수 있는 일이 없다는 게 두려웠다. 처음엔 그랬다. 그러나 그것이 꼭 거짓말은 아니었다. 우선 먹고 사는 일에 급급했지만 차츰 정신을 차리고 보니 뭔가 보람 있는 일을 할 수 있다는 것을 알았다. 사회복지사 공부를 하면서 실제로 센터를 차려서 자신이 원하는 방향으로 운영할 수도 있겠다는 생각이 들었던 것도 사실이었다.

나를 필요로 하는 사람들이 있구나. 나 없이는 제대로 살 수 없는 사람들이 있구나.

여자는 처음 요양보호사일을 하면서 자신의 손길을 기다리는 사람이 있다는 사실에 놀랐다. 가슴이 뜨거워지는 것을 느꼈다. 자신이 일을 할 수 있다는 사실에 놀랐다. 자신이 번 돈으로 먹을 것을 사고 입을 것을 산다는 사실 자체가 가슴 떨리는 일이었다. 그래서 살아야겠다는 의지가 부족한 환자를 보면 참지를 못 했다. 마찬가지로 환자를 내팽개친 자식들 또한 용서가 되지 않았다. 사무실에선 환자나 그 가족들과 마찰 없이 잘 지내라고 했지만 여자는 어쩔 수 없이 싸울 수밖에 없었다. 여자는 알았다. 그게 자신이 버티는 한 방식이라는 걸.

처음 월급을 탔을 때 여자는 돈을 셀 수가 없었다. 그건 희열이었다. 계좌번호가 잘못 되어 경리 아가씨가 계좌이체를 하지 못 하고 현금으로 월급을 준 것이었다. 월급봉투를 받고는 아, 남편 없이도 살수 있겠구나, 싶었다. 여자는 신천지를 발견한 느낌이었다. 집에 와서도 한참동안 월급봉투를 바라보기만 했다. 실실 웃음이 나왔다. 또한남을 돕는다는 일에 새삼 삶의 활력을 찾았다. 어떤 할아버지는 여자에게 다시 태어나면 결혼하고 싶다고 했다. 얼마나 짜릿한 구애인가.

여자는 일어설까 하다가 할머니를 돌아본다.

"할머니."

할머니는 대답도 않고 눈길을 외면한다.

"할머니, 하나만 물어 볼게요."

할머니는 묵묵히 있다. 그러거나 말거나 여자는 말을 꺼낸다.

"왜 결혼했어요?"

오랫동안 입에 맴돈 말이다. 할머니는 눈을 감는다.

"사랑했어요?"

"……."

여자는 자신이 이렇게 잔인한가, 스스로 반문한다. 그러나 또 용기를 내어 물어본다.

"돈 때문에요?"

할머니의 감은 눈이 파르르 떨린다.

"남자의 그늘 때문에?"

갑자기 웃음이 터져나오려는 걸 여자는 간신히 참는다.

"학교 선생님하셨다면서. 근데 왜 애 딸린 홀애비와 결혼했지?"

소리내어 크게 깔깔깔 웃으면 좋으련만. 여자는 입술을 깨문다. 입술에 빨간 피가 고인다.

아.

통증이 쾌감이 될 수 있구나, 여자는 생각한다.

"확실한 직장이 있었으면, 남자 없이도 살 수 있었을 텐데. 뭐 하러 시집을 갔어요?"

여자는 갑자기 울고 싶은 생각이 든다. 펑펑 눈물을 쏟아내면 답답한 가슴이 뻥 뚫릴 것 같다.

"근데 이게 뭐예요? 이게."

"어. 어어. 어!"

할머니는 눈을 흘겨 뜨고 소리친다.

"가라고요? 깔깔깔."

여자는 일어선다. 깔깔깔. 웃음이 자꾸 터져나온다. 가방을 집어 들고 밖으로 나온다. 깔깔깔. 웃음이 그치질 않는다.

그때다.

쿵, 쿵, 쿵.

방에서 뭔가 부딪히는 소리가 난다. 여자는 획 돌아서서 귀를 기울인다.

쿵쿵, 쿵, 쿵.

여자는 방으로 뛰어 들어간다. 할머니는 바닥에 엎드려 방바닥에 이마를 찧고 있다. 코에서는 피가 흐른다.

여자는 할머니의 어깨를 와락 잡는다. 할머니를 곧추 세운다.

"죽지 마. 못 죽어."

여자는 할머니의 뺨을 세차게 갈긴다.

"죽지 마."

여자는 할머니의 어깨를 두 손으로 잡고 흔든다. 여자가 흔드는 대로 몸이 흔들거린다. 여자는 방바닥에 주저앉는다.

죽이고 싶어.

여자는 중얼거린다. 가슴 속에서 살의 욕구가 인다.

그때 문득 여자는 한 사내를 죽이는 상상을 한다.

전혀 낯선 지방, 그 지방의 골목길에서, 그 골목 안을 지나가는 한 사내를, 그 사내를 칼로 찌르고, 또 찌른다.

…… 그리고 달아난다.

또 살인하는 상상이다. 여자는 이제 놀라지 않는다. 남편과 살면서 수십 번 더 상상한 것이다. 남편과 별거를 하면서도 수시로, 심지어 꿈까지 꾸었다. 꿈에서 무수한 뭇 사내들을 죽였다. *

그림자를 밟다

*

　여기가 어디인가.

　천노인은 서늘한 기운을 느끼며 눈을 뜨려고 안간힘을 쓴다. 하지만 눈은 떠지지 않고 자꾸만 몸은 아래로 추락한다. 팔이나 다리를 움직이려하지만 팔 다리의 존재 자체를 느낄 수 없다.

　아빠.

　이제 갓 걸음마를 배운 딸아이가 뒤뚱거리며 달려온다.

　오메, 내 새끼.

　팔을 앞으로 뻗는다. 하지만 딸아이는 열심히 걸어오는데 좀처럼 거리가 좁혀지지 않는다. 어서 온. 천노인은 말하려다 이상한 생각이 든다. 저 아이 죽었는데. 언제였지? 중학교 다닐 때인가 고등학교 다닐 때인가. 가출했던 아이가 일주일 만에 구미의 한 여인숙에서 주검으로 발견되었다고 경찰서에서 연락이 왔었는데. 친구 둘과 자다가 나란히 연탄가스를 마셔 모두 병원으로 옮기기도 전에 죽었다는데.

　근데 저 아이는…….

천노인은 이상하다는 생각을 하는데 어느새 딸아이는 보이지 않고 뿌연 안개 같은 게 눈앞을 가리고 있다.

여기가 어디인가.

자꾸만 잠이 쏟아지고 몸은 움직이지 않는다. 분명 집은 아닌 것 같은데. 일어나 집에 가야하는데. 천노인은 흐릿하게 보이는 사물들을 바라본다. 어디서 물소리가 들리는 듯하다. 물소리는 또 뭔가. 저거 벼가 아닌가.

천노인은 쏟아지는 잠을 물리치며 간신히 기억을 더듬는다. 그래, 아침에 일어나서 오토바이를 타고 집을 나왔지. 매일 하던 대로 논과 밭을 한번 둘러보고 아침을 먹으려고 했지. 그러고 나서……. 그럼, 여기가 논인가. 저 물소리는 도랑을 흐르는 소린가. 근데 내가 왜 여기서 자고 있는가.

천노인은 간신히 둘러본다. 흐릿하게 보이는 것이 있다. 오토바이다. 근데 저 오토바이는 왜 넘어져 있는가.

천노인은 바위처럼 내려앉는 잠에 눈을 감는다. 아래로, 아래로 추락하며 얼핏 까까머리 아이를 본 듯하다. 누구지? 천노인은 큰아이와 많이 닮았다는 생각과 함께 낭떠러지로 추락한다.

"각오하라고 하잖아."

천노인은 공명처럼 울리는 소리를 듣는다. 누구인가. 눈을 떠보려고 했지만 눈꺼풀이 태산만큼이나 무겁게 느껴진다. 여기가 어딘가. 말하고 있는 저들은 누구인가. 천노인은 몸을 움직이려하지만 마음뿐 느껴지는 몸 부위가 없다. 팔 다리가 있는지조차 느껴지지 않는다. 입도 벌어지지 않고 혀도 움직이지 않는다. 꿈인가.

"당신도 회사 나가봐야 한다며?"

저건 익숙한 목소리다. 둘째아들이다. 근데 저 놈이 왜 저기 있나. 아까는 죽은 딸아이가 나타나더니. 그럼 까까머리 녀석은 큰아들이었나. 중학생쯤 돼 보였는데. 그래도 큰놈이 듬직했는데, 장남답게. 그런데 어째서 아이들은 어릴 때 모습만 나타나는가. 군대에서 휴가 온 모습이 늠름했던 기억은 나는데 아무리 애써도 얼굴 모습이 떠오르지 않는다. 딸아이도 고등학생쯤에 사고를 당했는데 그때 모습보다도 아기 때 모습이 자꾸만 나타난다.

"아직도 정신이 안 돌아왔어요?"

"벌써 삼일 째인데요."

"수술은 잘 끝났다고 하던데. 원인을 알 수 없다고 하네요."

저건 며느리 목소리다. 아직 발음이 정확하지 않은 목소리. 베트남에서 시집 온 며느리다. 쟈는 왜 여기 있는가. 뭔 일이 있는가. 그 옆의 여자 목소리는 누군지 알 수가 없다.

천노인은 또다시 쏟아지는 잠을 억지로 물리치며 까까머리 큰아들을 떠올린다. 단 한번이라도 봤으면 좋겠다는 생각이 든다. 어디 지금뿐이랴. 죽고 나서 잠시라도 잊은 적이 있었던가. 이제 내일이면 제대하는구나, 드디어 오늘이면 제대하는구나, 하던 날 아들이 온 게 아니라 전화가 왔다. 제대를 하고 집으로 오다 교통사고를 당했다고 했다.

"서울로 옮기실 거예요?"

"의사 선생님은 각오하라고 하시는데. 집과 직장이 서울에 있어서."

"돌아가셔도 서울에서 장례를 치려야지요."

무슨 소리인가. 장례를 치르다니. 누굴 말인가. 답답하다. 말을 할 수가 없고 몸을 움직이지 못 하다니. 꿈인가. 여기가 대체 어디인가.

"논에서 쓰러지셨다고요?"

"새벽에 오토바이타고 논에 가시다가 그랬나봐요. 새벽이라 늦게 발견되어서."

며느리의 울먹이는 목소리. 무슨 소린가. 빨리 집에 가야할 텐데. 소도 여물을 주어야하고 닭도 모이를 주어야한다. 무엇보다 애타게 기다릴 누렁이가 걱정이다. 요즘 입맛이 떨어졌는지 도통 음식을 먹지 못 했는데. 내가 가지 않으면 누가 그들을 돌볼 것인가. 가족인데.

"면회시간 끝났나봐요. 그만 닦아도 될 거예요. 아직 욕창 생길 때도 아니고."

"당신 들어가 쉬어. 오늘 밤 내가 있을게."

"괜찮아요. 가서 식사하고 오세요."

처음 듣는 아가씨 목소리는 안 들리고 아들과 며느리의 목소리만 들린다. 아들은 둘째아들로 태어났지만 큰아들이 죽고 나자 장남이 되었다. 하지만 원래가 둘째로 태어나서 그런지 큰아들처럼 믿음직스럽지가 않았다. 큰아들은 마음 씀씀이가 넓었다. 한 가지를 해도 집안을 먼저 생각하고 행동했다. 하지만 둘째는 가족보다 자신을 먼저 챙겼다. 동생 돌보는 것도 차이가 많이 났다. 그러니 저 놈이 장남 노릇한다지만 성에 차지 않았다.

"나가자. 다른 사람들도 다 나갔어."

"중환자실엔 자유로이 드나들 수가 없어 불편해요."

"그렇지만 하루 종일 곁에 없어도 되잖아. 무슨 일이 일어나면 연락하게끔 간호사한테 폰 번호 주었으니까."

"참, 직장에 언제까지 휴가 냈어요?"

"내일까지인데. 내일 서울로 옮겨야지. 여기 있다고 뾰쪽한 수가 나는 것도 아니고. 일이 생겨도 서울서 치러야 되니까."

말소리가 점점 멀어지더니 문이 열리는 소리가 난다. 천노인은 가물거리는 정신을 다잡으려 애쓴다. 왜 이리 자꾸만 잠이 올까. 집에 가야하는데. 무거운 몸이 깊은 우물 같은 잠으로 떨어지는데 얼핏 아들의 집이 보인다. 명절이나 아내 제사 때 가던 서울의 집. 반 지하의 집과 아들 내외의 모습이 드라마처럼 눈앞에 펼쳐진다.

아내가 10여 년 전 죽자 다음 해부터 제사 전 날 아들과 며느리가 손자들을 데리고 집에 내려와 제수음식을 장만하였다. 하지만 이 년 만에 며느리가 직장 때문에 일찍 올 수가 없다면서 제수음식을 장만하여 밤늦게 왔다. 그래도 천노인은 효부라고 속으로 생각했다. 다행히 천노인이 장남이 아니라 윗대 제사를 모시지 않아 다른 제사가 없는 게 다행이었다. 명절 때도 전 날 음식을 장만하여 밤늦게 왔다.

힘들 텐데 그냥 와. 내가 준비할 테니.

천노인은 며느리에게 말했다. 하지만 며느리는 서울로 모시지도 못하고 또 늦게 오는 것도 미안하다며 제수음식은 걱정 마시라고 했다. 천노인은 며느리의 마음 씀씀이가 참 곱다고 생각했다. 요즘 세상에 이렇게 생각이 깊은 여자가 어디 있다고. 천노인은 그러면서 마트에 다니랴 자식들 건사하랴 살림하랴 늘 바쁘게 사는 며느리에게 미안했다. 자식 공부를 못 시킨 게 며느리가 고생하는 이유 같아 얼굴 마주보기가 어려웠다. 한 동네 사는 이노인은 집이 부자라 아들들을 다 대학교에 보내니 잘 사는 모양이었다. 며느리들도 힘 적게 들고 봉급을 많이 받는 직장에 다니는 것 같았다. 집이 가난하다보니 자식 공부가 문제가 아니라 먹고 사는 게 문제였다. 큰아들은 스스로 공부를 잘 해 대처에 있는 공업고등학교에 갔고 작은 아들은 형과 달리 공부에 취미가 없어 중학교만 마치고는 서울에 사는 먼 친척의 양복점에 기술 배우러 갔다. 그러다 군대 갔다 와서는 보일러 기술을 배우더니 보일러 대리점에서 벌어먹고 산다고 했다. 그만큼 했으면 대리점을 차렸어도 몇 개는 차렸으련만 매번 그 꼴로 사는 걸 보니 답답하기도 했다. 땅이 많으면 가게를 하나 얻어주면 좋겠지만 결혼할 때 전세구하라고 가진 논 6마지를 팔아주어 땅이라곤 없고 남의 땅 소작짓는 형편이 되었다. 그나마 소작지어 매년 아들 가족들이 먹고 살 쌀이랑 잡곡을 보내주는 것만도 다행이었다.

못 배우면 못 사는가. 아들의 집은 1억이 넘는 전세라는데 반지하였다. 현관문을 열고 들어가자마자 나오고 싶게 답답하였다. 아내 제사에 전날 제수음식을 싸오던 아들 내외가 바쁘고 또한 명절 때는 차가 밀려 너무 힘드니 아버지께서 서울로 올라오시라고 했다. 생각해보니 이치에 맞는 것 같기도 했다. 아들 내외에 손주 둘이 움직이는 것보다 혼자 서울가는 게 아들 내외를 고생시키지 않겠다 싶었다. 그리하여 천노인은 아내가 죽은 지 4년 만에 아내 제사 때나 명절에 서울로 올라갔다. 근데 문제는 올라가고 내려오는 것이 아니라 다른 데 있었다. 비록 올라갈 때마다 곡식을 두 자루 짊어지고 가는 것은 오히려 기쁨이었다. 다만 이것밖에 줄 게 없는 게 안타까울 뿐이었다. 그런데 집이 반 지하에 좁다 보니 답답하여 하루라도 지내기가 힘들었다. 방이 두 칸이라 아들내외는 안방에 자고 손자들은 작은 방에 자는데 천노인이 잘 방이 없었다. 며느리가 안방에 주무시라 해도 그럴 수는 없었다. 거실에 잠자리를 펴니 꼭 지하창고에 갇힌 기분이 들어 잠이 오지 않았다. 천노인은 새벽이 되어 부리나케 일어나 집을 나와 동네를 돌아다녔다. 마음 같아서야 바로 집으로 내려가고 싶지만 아들의 체면을 생각해서 그럴 수는 없었다. 동네를 돌다 이제 며느리가 일어났겠다 싶어 아들집으로 돌아가려고 왔던 길로 되돌아갔는데 집을 찾을 수가 없었다. 차 한 대 겨우 지나갈 만한 골목길의 양쪽 집들은 2층 양옥집으로 모두 똑같았다. 하다못해 대문도 비슷했다. 이 집인가 싶어 들어가면 낯선 사람이 뜨악하게 바라보는 것이었다. 몇 집을 그러는 동안 불안이 해일처럼 밀려왔다. 길을 잃었구나. 잠깐 집을 나온 사이에 길을 잃다니. 치매인가. 걱정이 되었다. 동네를 몇 바퀴 돌다가 지쳐 어디 앉을 데라곤 있나 두리번거리는데 마침 가게가 눈에 띄었고 아들에게 전화를 할 수 있었다. 기막히게도 바로 코앞의 집에서 아들은 부스스한 눈을 비비며 나타났다. 정나미가 뚝, 떨어졌다. 서울은, 아들집은, 하루라도 있을 곳이 못 되었다.

그래도 그때가 좋았던 시절이야.

천노인은 추락하는 낭떠러지에서 몇 번이나 정신줄을 놓았지만 길을 잃고 골목길을 헤맨 장면은 어제처럼 생생하게 느껴진다.

집에 가만히 계세요. 여가 어디 움곡인 줄 아세요.

아들은 투덜거렸지만 천노인은 한숨을 크게 내리 두 번이나 내쉬었다. 아들이 일가를 이룬 것만도 대견스럽게 느껴졌다.

그럼. 형과 달라 장가라도 제대로 갈 수 있나 싶었는데.

천노인은 추락하는 낭떠러지에 정신줄을 놓으면서도 그런 생각이
들었다.

*

여기가 어디인가.

천노인은 깊은 잠에서 깨어나고자 몸을 뒤척였지만 여전히 몸은 꼼
짝도 하지 않는다. 잠을 자고 있는 것 같기도 하고 낯선 곳을 헤매고
다니는 것 같기도 하다. 몸의 기운이 하나도 없다.

"어머 여기 욕창이 생겼네."

"욕창 방지 매트를 깔았는데도 어째서."

저건 누구인가. 아들과 며느리인가. 목소리가 윙윙거려 도대체 무얼
하는지 알 수가 없다.

"간호사한테 얘기해."

"알았어. 서울로 온 지가 일주일이 넘었는데 그럴 만도 하지."

저 놈의 아들 녀석은 무엇하고 있는가. 서울로 누가 갔다는 말인가.
다들 바쁠 텐데 뭐하고 있는가. 그래도 며느리만은 잘 들어왔는데. 며
느리의 얼굴을 떠올려보지만 좀체 떠오르지 않는다. 작고 까무잡잡
한 얼굴. 애쓸수록 옆집의 수덕이 엄마나 오영감 부인 같은 동네 아낙
들만 떠오를 뿐이었다.

동네 사람들은 잘 있는가. 잠은 왜 이렇게 오는 게야. 빨리 집으로
가야하는데. 동네 사람들이 문득 그립다.

"왜 이렇게 안 깨어나시는 거예요?"

저건 며느리의 목소리다.

"여기서도 뭣 때문에 뇌출혈이 일어났는지 알 수 없다잖아. 무슨 병원이 이렇게 큰 데도 알 수가 없어."

저건 아들의 목소린데. 무슨 소리 하는 겐가.

"이제 어떡하실 거예요?"

"어떡하긴. 요양원으로 가야지. 지금 하루 입원비만도 얼마야. 그걸 언제까지 감당해야 돼. 아이고, 허리야."

"좀 쉬어요. 제가 할 게요. 아직 깨어나지도 않았는데 요양원에 보낼 수 있는가요?"

"그럼 어떡해. 의사도 언제 깨어날지 모른다고 하잖아. 오히려 장기는 많이 좋아졌다고 하는데. 하여튼 여기저기 알아보는 중이야. 대충해."

"다 했어요. 금방 깨어나실 거 같은데."

도대체 누구누구의 말인가. 처음엔 아들과 며느리의 목소리를 구분했는데 자꾸 듣다보니 그 목소리가 그 목소리 같다. 요양원은 또 무슨 소리인가. 이제는 마을 친구들과 모이면 하는 말이 집에서 죽는 것도 복이라고. 다들 죽을 즈음 되면 병원에 입원했다가 요양원으로 가기가 일쑤였지. 거기서 몇 개월 지나면 어김없이 부고가 날아왔고. 잠이 정수리를 힘껏 내리누르는 것 같다. 잠에 못 이겨 깊은 수렁에 빠지는 순간 얼굴이 까무잡잡하고 동그란 얼굴이 얼핏 보인다.

그려. 우리 며느리.

천노인은 며느리를 붙잡을 듯 얼굴을 선명히 떠올리려고 했지만 그럴수록 오히려 며느리의 얼굴은 물에 녹 듯 희미해진다.

그려 며느리를 구하길 잘 했어, 잘 했지.

몸이 아래로 추락하는 중에서도 며느리가 처음 집에 올 때가 드라마처럼 휙 떠올랐다.

자, 천만 원이다.

아들이 명절에 내려왔을 때 천노인은 6마지기 논을 판 돈 9천만 원에서 천만 원을 내놓았다. 아들 나이가 사십을 향하고 있는 중이었다. 이러다 손주도 못 보고 죽을 것 같았다.

뭔 돈이래요?

아들은 뜨악하게 바라보았다.

나도 알아볼 거 다 알아봤다. 여도 외국에서 온 며느리 많다. 내 죽기 전에 손자는 보고 죽어야 되지 않겠나.

드러내놓고 싫은 기색을 보이던 아들은 아내가 어떻게 설득했는지 다음 날 돈을 갖고 갔다. 그 돈을 외국며느리를 구하는데 쓰지 않고 헛곳에 쓰면 어떡하나 했더니 두어 달 뒤 용케도 베트남 색시를 데리고 왔다. 키가 작고 얼굴이 까무잡잡해 썩 마음에 들지는 않았지만 찬밥 더운밥 가릴 처지가 아니었다. 논 판 돈 나머지 8천만 원을 내놓았다. 전세라도 구하라고 했다. 아들은 군말 없이 돈을 넙죽 받아갔다.

그래도 그때가 좋았어.

천노인은 멀어져가는 정신을 다잡으며 생각한다. 결혼한 지 1년이 되자 아들한테서 전화가 왔다. 아들을 방금 낳았다는 것이었다. 이렇게 기쁠 수가. 지나가는 사람 아무나 붙잡고 술 사주고 싶었다. 아내는 그 길로 며느리 수발들러 서울로 가고 천노인 혼자 집에 남았지만 하루하루가 구름 위를 걷는 것처럼 기분이 들떴다. 다만 빨리 시간이 흐르지 않는 게 야속했을 뿐이었다. 드디어 삼칠일이 지나자 쌀이랑 잡곡이 든 자루를 둘러메고 기차를 탔다. 다행히 아기는 애비를 닮은 것 같아 적이 마음이 놓였다. 그 날 밤에 거실에서 아내와 나란히 누웠는데 아내는 다음 날 내려가라고 했다. 며칠 더 있을 처지도 못 되었다. 거실에서 마치 동굴에 갇힌 기분으로 밤을 새우고 새벽에 일어나 앉았다. 아내는 얕은 코를 골며 자고 있었다. 어젯밤에 드러눕자마자 곧장 잠이 들었다. 시골집이었으면 드러누워 한두 시간은 이런저런 얘기를 하다 잠이 들었을 터였다. 아무래도 아기를 보고 며느리 수발을 드는 게 피곤한 모양이었다. 시계를 보니 이제 4시였다. 다시 눕자니 그렇고 아내를 깨우기도 미안하여 화장실에서 변을 보며 담배를 피웠다. 낯선 집이고 수세식이라 그런지 똥이 잘 나오지 않았다. 어젯밤부터 터부룩하던 배였다. 담배 두 대를 다 피울 즈음에 항문이 찢어질 듯 된똥이 나왔다. 닦고 나서 변기의 물을 내리니 물이 내려가지 않았다. 이상하다 싶어서 다시 한 번 더 누르니 똥물이 변기 위로 넘쳐 욕실 바닥으로 흘렀다. 난감한 일이었다. 뭔가 잘못 만졌나 싶었는데 도대체 연유를 몰랐다. 한동안 그러다 조용히 나와 아내를 깨웠다. 하지만 아내 또한 이유를 모르기는 마찬가지였다. 할 수 없이 며느리가 깨기 전에 아들을 불렀고 아들이 압축기로 막힌 것을 뚫었다. 지금 생각해도 등골이 오싹한 일이었다. 지대가 높은 탓에 수압이 낮아 종종 이런 일이 있다는 아들의 말은 위로가 되지 못 했다.

깊은 잠을 자다 금방 일어난 것처럼 정신이 혼미한데도 그날의 일이 생생하게 기억났다. 그 다음 아내 제사 때 집밖으로 나왔다가 길을 잃은 후부터는 아들집에 죽도록 가기 싫었지만 안 갈 수도 없었다. 그래서 생각해낸 게 제사를 초저녁에 지내는 것이었다. 밤 10시에 지내던 걸 8시로 당겼고 제사를 지내자마자 서울역으로 달려가 기차를 탔다.

　여기가 어딘가. 주위에 아무도 없는 듯하다. 딱딱, 기계음 소리와 김을 뿜는 것 같은 옅은 소리만이 들릴 뿐이다. 빨리 집에 가야하는데. 소여물을 주고 닭 모이도 주어야하는데. 누렁이는 얼마나 기다릴까.
　"언제 요양원으로 옮길 거예요?"
　갑작스런 목소리에 천노인은 깜짝 놀란다. 여자의 목소리인데.
　"내일쯤 옮겨야지."
　남자의 목소리인데 누구지?
　"정신이 완전히 안 돌아와도 받아준대요?"
　"그나마 가끔씩 정신이 돌아오니 다행이잖아."
　"자 됐어요. 그만 닦아도 돼요. 이 쪽 욕창은 다 아물었는데 또 저 쪽에 욕창이 생겨서 걱정이네요."
　"나가자고. 그나저나 돈은 구했어? 내일 퇴원하면 병원비 내야하는데."
　"봉급 가불하고 같은 라인 언니한테 빌렸어요."
　남자와 여자의 목소리가 가물가물 멀어진다. 아들 목소리가 듣고 싶다. 며느리의 목소리도 듣고 싶다. 신기하게도 아들을 둘씩이나 연년생으로 낳은 며느리. 아들만 좀 똑똑하면 덜 미안할 텐데. 베트남에서 온 여자들은 도망가는 경우도 많다지만 다행히 아들내외는 사이가 좋았지. 며느리가 다정하여 아들의 무뚝뚝한 성질을 많이 누그려 놓았고. 내년 봄엔 손자들이 좋아하는 고구마를 많이 심어야겠구나. 자식들에게 해줄 수 있는 게 없어 안타깝다. 이럴 줄 알았으면 젊었을 적에 좀 더 노력할 걸.

천노인은 누렁이에게 밥을 주다 머리가 깨질 듯 아파서 깊은 잠에서 깨어난다. 깨어나서도 비몽사몽으로 소죽이나 닭 모이를 주지 못한 게 안타까웠다. 나를 보자마자 누렁이가 앞발을 들고 달려들었는데. 그 놈은 누구보다 제일 반겨주는 놈인데. 빨리 집으로 가야하는데. 주위는 조용하다. 여기가 어딘가. 깨질 듯 아파오는 두통과 쏟아지는 잠에 빠져들려고 한다.

곁에 아내라도 있으면 좋으련만.

아내를 떠올리자 그리움이 가슴을 짓누른다. 단 한번만이라도 볼 수 있으면 좋으련만. 처음 아내집에 선보러 갈 때가 어렴풋이 생각난다. 작은 아버지랑 함께 갔는데 막상 아내는 어떻게 생겼는지 자세히 보지도 못 했다. 장인 될 어른에게 큰절을 하고 몇 마디 나누다 왔는데 작은 아버지가 흡족히 여겨 결혼은 성사되었다. 둥근 얼굴에 눈이 컸다. 눈이 황소눈 같았다. 눈이 사람의 마음을 얼마나 포근하게 하는지 그때 알았다.

그런가?

아내는 죽으면서 나에게 그랬지. 내가 먼저 죽으면 안 되는데. 영감 혼자 살면 안 되는데.

그게 몇 년 전인가. 정신은 왜 이리 흐릿한가. 동네 영감들과 어울리면 정신이 맑다고 부러움을 받곤 했는데. 점점 정신이 흐릿하다. 잠을 많이 자서 그런 게야, 잠을. 이제 그만 자야지.

옷도 자주 갈아입고, 냄새나면 손자들이 곁에 안 올 거요. 밥은 꼭 제 때 챙겨 먹고요.

10여 년 전에 아내는 앓아누웠지. 자궁암이라던가. 수술을 두 번이나 했는데. 두 번 다 성공적이라 했는데. 지금이라도 묻고 싶소. 왜 먼저 갔소. 수술이 잘 됐다고 하지 않았소.

그제야 앙상하게 마른 얼굴의 아내가 어렴풋이 떠오른다.

그때가 좋았소.

아랫목에 두터운 이불을 뒤집어 쓴 아내가 말한다.

언제?

아이들 클 때요. 업으면 오줌을 싸곤 해 등이 다 젖을 때가 그래도 가장 좋았던 거 같소.

그렇지. 그때는 집에 웃음소리가 끊이질 않았지.

그럼요. 보리를 한 대소쿠리 삶아 추녀에 매달아놓으면 아이들 셋이서 그걸 내려 둘러앉아 고추장을 반찬삼아 먹었지요. 다른 건 몰라도 보리밥은 항상 넉넉히 삶아 매달아놓았지요.

허허, 그려. 먹성이 얼마나 좋던지. 저걸 다 먹이려면 얼마나 일해야 하나 싶었던 적도 있었지. 추운가? 보일러를 틀었는데.

괜찮아요. 아껴야지요. 술도 집에 사와서 드세요. 가서 먹으면 한 병에 삼백 원이나 더 비싼데.

그려. 이참에 끊어야지.

술 끊어도 살 수 있겠소? 나 없이는 살아도 술 없이는 못 사실 양반이.

뭔 소리여. 임자 없이 나 혼자 뭔 재미로 살란가. 나도 같이 가야지.

아이고, 그런 소리 하지덜 마소. 건강하게 오래 사소. 그러다 잠자 다 나한테 오시오. 아들한테 욕보이지 말고요.

그려. 임자도 맘 놓고 준태 옆에 가 있어. 그렇게 가슴에 묻어두었는 데. 옥이도 있을 게야. 먼저 가 있어. 나도 곧 가야지.

천천히 오소. 굴러도 개똥밭이라는데. 밥이라도 제 때 먹으면 장수 할 거요. 원체 강건하게 태어나셨으니까. 귀찮다고 굶지 마시고.

잠이 태산같이 몰려온다. 아내의 죽기 전 목소리라도 더 듣고 싶건 만 이 악랄한 잠은 왜 이리 무겁게 짓누르는지.

그려 임자 조금만 기다려.

*

꼭, 꼭꼭꼭 ……

닭이 운다. 일어나야겠다. 아직 방안은 검은 천으로 덮어놓은 것처 럼 어둡다. 그래도 닭이 우니 하루가 시작된 것이다. 모이를 줘야지. 나를 깨우는 것은 닭이지.

딸랑딸랑 ……

저건 워낭소리구나. 소도 일어났구나. 닭이 깨웠구나. 배고플 텐데 어여 여물을 줘야지. 누렁이도 내가 나오나 싶어 문 쪽을 눈이 빠져라 바라보고 있겠구나. 일어나자. 일어나야지.

"근데 저 환자는 아무도 안 찾아오는가요?"

"그러게요. 이 요양원에 온 지 벌써 두 달이 지났는데요."

저건 누구의 목소리인가. 옆집 영재 모친 목소리는 아니고. 가게의 호준 모친 목소리도 아닌데. 근데 우리 집에 와서 무슨 소리를 하는 건가.

"가족이 없나요?"

"여기 들어올 때 아들이 데리고 왔는데."

"살기 어려운가보죠?"

"자식들도 오죽하겠어요. 다들 먹고 살기 바쁘니. 여기 올 시간이 잘 나겠어요."

"그렇지요. 특히 여기 치매병동은 더 하지요. 와도 알아보지 못 하니."

무슨 소린지 알아듣지 못 하겠다. 집에 왔으면 안으로 들어올 일이지 마당에서 자기들끼리 쑥덕거리는 건 무슨 심보인가.

"거동도 어려운가요?"

"거의 매일 누워 있어요. 어쩌다 일어나도 집에 가야한다면서 생떼나 쓰고."

"고향이 어디래요?"

"경상도 어느 촌인가 봐요. 농사짓던 분이라던데."

누구인데 새벽부터 남의 집에 와서 떠드는가. 어여 일어나자. 우리 가족들에게 먹이를 줘야지. 어, 수탉이 우리에서 푸드득 튀어오른다. 수탉에 덩달아 암탉도 날갯짓하며 튀어오른다. 알았다. 줄게. 자, 많이 먹어라. 암놈 너는 알을 품고 있는데 그렇게 튀어오르면 되나. 조심해야지. 소가 부르는구나. 그래 간다. 자, 너도 많이 먹어라. 쑥쑥 커서 우리아들 살림에 보태줘라. 갸가 요즘 힘드는가보구나. 자, 어여 많이 먹어라. 니가 우리 집의 기둥이다. 오메, 누렁아. 그만 달라붙어라. 옷을 다 버리지 않느냐. 그래그래, 먹어라. 너도 많이 먹어라. 내가 어디 갔다 오면 네가 제일 반겨주지 않느냐. 네가 내 자식이고 손자다. 내 할멈이다. 내 할멈. 그래, 흐흐흐. 이리 온. 안아주꾸마.

낮이냐 밤이냐. 한숨 자고 일어난 것 같은데 세상이 흐릿하니 아직 날이 새지 않은 건가. 근데 여기가 어딘가. 집으로 가야하는데. 감자는 캘 때가 안 되었나. 장마 전에 캐야하는데. 논에는 장마오기 전에 물을 빼야 하는데. 도대체 여기가 어디인가.

"영감님, 아드님이 면회 왔어요."

"누구라고?"

"아드님이요."

"아버님, 저예요."

"누구시더라?"

누가 또 우리 집에 와서 떠드는가. 요즘엔 낯선 사람들이 부쩍 많이 찾아온다. 시도 때도 없이 마당에서 자기들끼리 쑥덕거리다 간다. 어떨 땐 밤새워 얘기를 하기도 한다. 정작 집주인인 나한테는 말 한마디 건네지 않으면서. 근데 저 노인은 누군가. 가족들이 찾아온 것 같은데. 최노인인가. 어젯밤에 같이 화투쳤는데. 이노인 차노인 넷이 밤마다 모여 화투치거나 윷을 놀았지. 할멈들은 마을회관에 가서 놀지만 몇 안 되는 영감들은 마을 구멍가게에서 백 원짜리 화투를 쳤지. 이봐, 최가. 놀러 왔으면 냉큼 들어오지 않고. 옆에서 자꾸 아버님이라고

부르는 젊은 남자는 누군가? 맨날 심심하다고, 동네에 놀 사람이 없
다고 투덜거렸지 않은가. 들어오게. 나하고 놈세. 자네나 나나 할멈이
없지 않은가. 저기 이가와 차가는 그래도 할멈이 있어 등이라고 긁어
줄 수 있지만 우리는 없지 않은가. 자네나 나나 화투밖에 더 있는가.

"저 분은 맨 날 창밖만 보시나요?"

"그래도 오늘은 정신이 좀 돌아오나봐요. 집에 간다는 말은 않고
저렇게 창밖만 보고 계시니."

"저기 침대에 묶어 놓은 사람들은 심해서 그런가요?"

"예. 안 그러면 여기저기 돌아다니고 어떨 땐 요양원 밖으로 나가
길을 잃어버리기도 해서요."

왜 자꾸 말만 지껄이는 게야. 다들 자기 집으로 가지 않고. 저 최가
는 무얼 하는 게야. 왜 눈만 멀뚱거리고 가만히 있는 게야. 냉큼 이리
로 오지 않고. 쯧쯧.

"어르신 이것 좀 드세요?"

젊은 아주머니가 손짓을 한다. 나를 부르는 게야? 남의 집에 왔으면
용건을 말해야지. 최가는 저기서 무얼 저리 먹고 있는고.

"이리 오세요. 통닭 좀 드세요."

젊은 아주머니가 다가오더니 팔을 이끈다. 천노인은 팔에 이끌려가
며 본다. 그러고 보니 영감들 몇 명이 먹고 있다.

"뭐하고 있어. 빨리 모 안 심고."

닭다리를 들고 먹던 영감들이 돌아본다.

"새참이잖아요. 드시고 또 모 심어세요."

"무슨 모요?"

옆에 앉은 젊은 남자가 묻는다.

"이 방에는 매일 모 심어요. 한 분이 심으면 다른 분들도 죄다 심지요."

무슨 말을 하는가.

"자자. 심자고."

천노인은 휴지를 손에 쥐고 허리를 구부린다. 그러자 지켜보던 영감들이 먹던 걸 내려놓고 휴지를 들고 천노인 곁으로 온다.

"드시고 하시지요, 내 참. 휴지는 이리 놓으시고요."

"관두세요. 이미 늦었어요. 저러면 아무리 말려도 안 돼요. 지칠 때까지 기다리는 수밖에 없어요."

제기랄. 일하러 왔으면 일을 할 것이지 왜 자꾸 쫑알대는가.

"자자. 빨리 심세."

"그러세. 지난 겨울에 눈이 많이 와서 올해는 풍년이 들 걸세."

"그럼. 풍년이 들고말고."

"자네 집은 어딘가?"

"여수일세."

"여수가 어디여?"

"전라도 여수도 몰라?"

"하여튼 심기나 해보세."

아들은 학교 갔다 왔는가. 천노인은 허리를 펴고 주위를 돌아본다. 학교 마치면 곧장 논으로 오라고 했는데. 또 녀석들 모여앉아 대소쿠리에 있는 보리밥 다 먹고 오겠구먼. 허허허. 그래도 모 심을 때가 좋아. 이런 게 커서 알갱이가 주렁주렁 열리면 그것보다 더 보기 좋은 게 어디 있나. 아이들 입으로 들어갈 밥인데.

"빨갱이들은 다 물러갔는가?"

최가가 모를 심으며 묻는다.

"그려, 다 물러갔어. 이제 피난 간 사람들도 다들 돌아올 거야."

"빨갱이 부역한 사람들은 그냥 안 두겠지?"

"쉿 조용히 말해. 누가 들어."

"저 웃마에 살던 김가 아들은 어떻게 되었는가?"

"순사 급사로 들어간 사람?"

"그려. 그렇게 모질게 굴더니만."

"왜놈들이 지들 나라로 다 쫓겨갔는데 어떻게 고향에 발붙이겠어? 아마도 우리보다 다른 사람들이 가만 안 있을 걸세."

"그려. 당한 사람들이 한두 사람이 아닝께."

아이고, 허리야. 영감들은 휴지를 놓고 일제히 허리를 편다.

"임자. 새참 어여 준비하게. 일꾼들 배고프겠어."

"예. 다 준비했어요. 다들 밖으로 나와서 들고 하세요."

"그려, 쉬다 하세. 밖으로 나오게."

천노인의 말에 영감들은 휴지를 바닥에 내려놓고 젊은 아주머니 곁으로 모여든다.

"자자. 물 좀 드시면서 통닭 드세요. 다 식었겠어요."

"시간 맞춰서 가져와야지."

천노인은 말을 하며 문밖을 기웃거린다.

"왜요? 누구 기다리세요?"

"애들은 아직 학교 안 갔다 왔는가. 아직도 보리밥 먹고 있는가."

"다 먹어갈 거예요. 이리 와서 빨리 드세요."

"우리 준태가 일을 잘 하는데. 아직 초등학교에 다녀도 웬만한 장정 몫은 한다니까. 그 밑에 준호도 마찬가지요. 옥이도 얼마나 심부름 잘 하는데."

"그럼요. 곧 올 거예요."

젊은 아주머니는 천노인의 팔을 끌고 영감들 틈에 앉힌다.

"가족들이 많은가요?"

젊은 남자의 말에 천노인은 고개를 치켜든다. 젊은 여자가 눈을 찡긋한다.

"이제 밥 다 먹었을 거예요. 곧 와요. 자 빨리 드세요."

"아들이 와야제."

천노인은 문 쪽으로 고개를 돌린다. 그러자 옆에 있던 영감들도 모두 문 쪽으로 고개를 돌린다. 복도에 고여 있던 찬바람만이 휑하니 들어온다. *